受益终生的精粹

受益终生的处世精粹

李 超◎编

Shouyi Zhongsheng de Chushi Jingcui

安徽师范大学出版社

图书在版编目（CIP）数据

受益终生的处世精粹／李超编. —芜湖：安徽师范大学出版社，2011.11

（受益终生的精粹）

ISBN 978-7-81141-504-9

Ⅰ.①受… Ⅱ.①李… Ⅲ.①人生哲学－青年读物②人生哲学－少年读物 Ⅳ.①B821-49

中国版本图书馆CIP数据核字（2011）第218826号

受益终生的处世精粹

李　超　编

出 版 人：张传开

责任编辑：潘　安　桑国磊

版式设计：北京盛文林文化中心

出版发行：安徽师范大学出版社

芜湖市九华南路189号安徽师范大学花津校区　　邮政编码：241002

发 行 部：（0553）3883578　5910327　5910310（传真）　E-mail：asdcbsfxb@126.com

经　　销：全国新华书店

印　　刷：北京富达印刷厂　电话：（010）89581565

版　　次：2012年2月第1版

印　　次：2012年2月第1次印刷

规　　格：700×1000　1/16

印　　张：10

字　　数：120千

书　　号：ISBN 978-7-81141-504-9

定　　价：16.90元

出版缘起

CHUBAN YUANQI

在人类文明发展史上，每个时代都会有一批在各个领域创作出惊世之作的伟人，他们所留下的一份份宝贵的文化遗产和精神财富，既没有时空界限，也没有地域之分，像星斗辉煌于当时，也像阳光灿烂于今天。在人类历史上，这是为数不多的一群人，但也是值得关注、值得崇拜、值得追随的一批人。他们用真理的力量统治我们的头脑，而不是用武力奴役我们。正是他们影响着我们的生活，他们所留下的杰作已成为全人类共同的宝贵财富，供我们一代一代分享下去。这些人，我们称之为大师，这些伟大的作品，我们称之为经典。

人类文明史的一页页是由许多大师承接起来的，莎士比亚、贝多芬、达尔文、弗洛伊德、甘地、毕加索、海明威、钱钟书……每个如雷贯耳的名字，都代表着一个知识领域的高峰，正是他们不同凡响的创造，成就了人类文化的鸿篇巨制。有人说，“阅读大师，读懂读不懂都有收获”。的确，尽管很多大师与我们生活在不同的时代、不同的国度，说着不同的语言，却几乎时刻伴随在我们的精神世界中，遥远而又亲近。每一位大师都是一座丰碑，他们是精神的引领者和行为的楷模。阅读他们的经典之作，可以使我们变得深沉而非浮躁、清醒而非昏聩、深刻而非肤浅，可以使我们的人格得到提升，生命得到重塑。

读书可以经世致用，也可以修身怡心，而阅读经典，了解大师，是人生修养所应追求的一种境界。千百年来，大师们的经典著作曾经影响了无数人。然而行色匆匆，为了事业、生活忙碌奔波的现代人，几乎没有闲暇静下心来解读这些大师们给予我们的忠告和教诲，我们难以感受到伟大作品的力量。更为遗憾的是，伟大的作品又常常那么晦涩难懂，一些只有专业人士才肯翻阅的书令很多人望而却步，甚至是敬而远之。在一切讲求快节奏的今天，每个人都希望能在最短的时间内获得最多的知识，为了帮助广大爱读书的朋友寻找到一种最省时而且最有效的方式，去阅读那些能经受住时间考验的、世界上亿万读者多少年来都从中得到过特别启迪的书，我们跨越时空地域的界限，从人类文明发展史中采撷菁华，在参考诸多名家推荐的必读书目的基础上，组织数十位中青年专家学者编写了这套《青少年必知的经典系列》丛书。本丛书从国学、西学、中国文学、外国文学、诗歌、名人传记、谋略、修身处世、心理励志、科普、管理、经济、投资、电影、美术、音乐等领域中各选取了几十位最具影响力的大师，着重介绍他们最有代表性的作品，这些流芳百世的经典之作曾经是一代又一代人的路标，了解并阅读这些经典著作，必将给每一位读者以智慧的启迪。

生命的质量需要锻铸，阅读是锻铸的重要一环。真正的经典都有一种强大的精神力量，指引我们的为人处世。站在大师的肩上，我们能够看得更远；沿着他们开拓的道路，我们能够前进得更快。本丛书用最浅显的文字诠释大师们的深邃思想，用最易懂的字句传递原著中绞尽脑汁才能读懂的理论，以最简洁的话语阐述伟大作品的精华，让读者在最短的时间内汲取大师身上沉淀出的宝贵经验与智慧，走进一个神圣的精神殿堂。

阅读的广度改变生命历程的长短，阅读的深度决定思想境界的高低。大师经典带来的影响，不只是停留在某个时代，而是会穿越时空渗透到我们的灵魂中去。英国著名诗人拜伦曾经说过："一滴墨水可以引发千万人的思考，一本好书可以改变无数人的命运。"的确，读书对于一个人的文化水平高低、知识多少、志向大小、修养好坏、品行优劣、情趣雅俗，往往起着至关重要的作用。我们精心编写的这套丛书品位高雅，内容丰富，设计、装帧精美、时尚，不仅具有较高的阅读欣赏价值，还可以收藏，或作为礼物馈赠亲朋好友，是一套能让读者从中获益良多的读物。

一本好书是一个由优美语言与闪光思想所构成的独特的世界，选择一本好书，不仅可以品味一时，更可以受益一生。

编　者

目　录

CONTENTS

道 德 经

老 子(中国·春秋　生卒年不详)

20世纪最伟大的哲学家之一的海德格尔被认为最直接地从《道德经》中吸取了思想资源。值得注意的是，西方哲学家阅读老子思想，都是为了从中获取能够拯救西方文明危机的良方。而他们的确发现，《道德经》中对人与自然关系的和谐理解、为人处世的自然态度、德性培养的修行方法，对弥补西方文明中的精神失落和强权意志等，都具有非常积极的作用。

——《环球时报》

先秦伟大的思想家、道家学派的创始人老子，不仅是先秦诸子的启蒙者，也是中国文化大智大慧、大本大源的象征。他在世界上较早提出了朴素的唯物论和辩证法，千百年来为世人提供了观察社会、思索人生的独特视角，他的思想是构筑中华文化思想体系的重要支柱和组成部分。他又是现实生活中一位特立独行的奇人，为人处世卓尔不群，在当时和后人的心目中他的形象包裹着浓厚的神秘色彩。虽然历史已跨越千年，但老子的思想和精神由于早已融入中国式的生存和生活里而至今犹有极强的穿透力。

老子堪与孔子比齐，同被世界公认为中国古代最伟大的智者和哲人，这位才智过人的哲人，识穷宇宙，道贯天地，立万世之典范，创道家学派一脉，泽被千年，影响深远。他的哲学思想博大精深，汉代的“文景之治”、唐代的“贞观之治”、清代的“康乾盛世”都与老子的思想的影响有关。他教人顺应自然、顺应大势，谦恭、知足、徐缓、柔顺、自守和不妄为，这些伟大的思想在历史的长河中闪烁着耀眼的光华，早已融入我们生活的方方面面。

老子所撰述的《道德经》一书，是中国文化的大宝藏，是中国思想史上一次灿烂的日出。它广博精微，短短5 000多字，以“道”为核心，建构了上自帝王御世，下至隐士修身，蕴涵无比丰富的哲理体系，成为后世道学的圭臬和国人立身处世的规则所在。

两千年以来，《道德经》大而用之

于天下国家大事，小而用之于个人立身处世，所用之处无不产生深刻的影响，无数思想家、政治家、军事家、企业家乃至普通百姓，纷纷从《道德经》中汲取智慧。老子的智慧经过两千年岁月的洗礼，依然光彩熠熠，至今仍对世人有着非同一般的深刻影响和启迪。

KUANGSHI JIEZUO 旷世杰作

周末王室发生内乱，景王崩，王子朝叛变，在守藏室中带走了大批周朝的典籍逃奔到楚国。此事波及老子，老子于是辞去守藏室史官之职，离开周都，准备从此隐居。行至函谷关时，关令尹喜知道他将隐去，请其著书，于是老子留下了他唯一的著作——《道德经》。

《道德经》又名《老子》，共 81 章，分为上、下两篇，上篇道经，下篇德经，共5 000多字。取上部第一字“道”与下部第一字“德”，合为《道德经》。这部经典虽然只有5 000多言，但是作为先秦诸子中重要的学术著作之一，它涉及了哲学、政治、军事、文化、艺术，以及伦理道德、修身养性等，可以说无所不包。老子从极其超越的高度审视世态人生，提出了一套独特的人生观。他的人生观不仅奠定了道家人生哲学的基础，而且对中国人的为人处世和行为方式有着深远的影响。

“道”是《道德经》一书的中心范畴和哲学基石。《道德经》开篇就说：“道可道，非常道。”老子认为，“道”是万物的主宰，宇宙万物都是从“道”演化而来的。在老子看来，修道即修德，凡是善于建功立德的人，必须以人为本，从修养自身做起。在社会人生领域，人们通常主张有所作为，普遍赞同积极有为的人生态度，老子对此却不以为然。在他看来，有些事情不是可以勉强去“为”的；勉强去做，就会遭受挫折。老子十分推崇无为的原则，《道德经》的核心思想是“无为”，“无为”是修道修德的最高境界。世上的事往往就是这样：当你只是为获得而去获得，成功总是那么遥远；一旦你超越了功利的目的，顺其自然而为，成功或许马上就会出现在你的面前。老子无为而为的人生观就具有这方面的意蕴，为人处世目的性不要太强，不要太功利，不要勉强，不要刻意而为，不要急功近利，不要强作妄为，不要为成功而追求成功，否则欲速则不达。

达到“无为”的前提，就是无欲。人作为一种生命存在，总会表现出一定的欲望。老子主张“少私寡欲”，反对纵欲。在他看来，欲望有其限度，一旦超过了，就有百害而无一益。老子发现事物向其对立面转化、物极必反是一个极为普遍的现象，人生领域也不例外。他反复说：“祸兮福之所倚，福兮祸之所伏。”在老子看来，既然物极必反，人的追求超过了一定限度，才会发生不利于自身存在的转化；那么，限制自己的行为，使自己的追求不超过一定的限度，就不会发生那种不利于自身存在的转化。在老子看来，能知足知止，就不会与他人发生矛盾，发生争斗，因而也就不会遭人暗算，产生怨尤。知足知止是老子为自我保护而提出的重要人生原则，这一人生原则包含着丰富的人生智慧，对后世有很大的影响。千百年来，许多人将“知足不辱”、“知足常乐”、“知止不殆”作为自己的人生信条。

老子认为人类最大的祸害是人的私心欲望，修道的关键在于去掉人的私心欲望；去掉了私心欲望，人就可以获得身心健康、获得幸福。在红尘滚滚、物欲横流的社会里，人们怎样才能做到无欲呢？老子给世人提供的减少私心欲望的方法是“守静”。老子守静制动的思想作为人生原则，包含着极高的人生价值。根据老子的看法，为人守静，处世从容，则能举重若轻，化险为夷；遇事急躁，轻举妄动，则很难有好的结果。临事不慌，处乱不惊，镇静自若，以逸待劳，静观其变，又常常能够胜人一筹。“宁静致远”，静定生慧，静能给人带来无穷的创意和智慧。正因为此，千百年来许多人把《道德经》中守静制动的思想奉为人生的座右铭。

人在社会上生活，要面对许多问题，其中最重要的是如何处理个人利益与他人利益的关系问题。老子在如何处理个人利益与他人利益关系问题上赞同无私利他，但又不忘利己。根据老子的看法，一个人只要无私，为他人着想，他就能够扩张自己的利益；而且他越能无私利他，获得的利益便越多。因此老子认为，为人处世应当宽宏大量，能容人，能原谅人，能包涵人。

老子生活在诸侯争霸的时代，对于争斗的残酷现实和灾难性后果，有着深切的体验。他希望社会停止纷争，主张为人应宽容，把“不争”作为为人处世的重要原则。就个人而言，所谓“不争”是指不与人争地位、争功名、争利益，不与人发生正面冲突。老子认为“不争”是一种高尚的德行。他十分赞赏水谦下、居下的品性。水表面上看是最柔弱的东西，随遇而变，遇圆则圆，遇方则方，但却能穿石销金，无孔不入，无坚不摧。他确信柔弱蕴藏着巨大力量，说：“天下之至柔，驰骋天下之至坚。”人们在刚强与柔弱之间，往往看重刚强的力量，习惯于求强、图强、逞强，甚至以强凌弱，老子却告诉人们：柔弱并不是懦弱，柔弱本身就是一种力量，一种比刚强更大的力量。

柔弱处世是老子的高明之处，在他看来，谦恭卑下，先人后己是居上、领先的有效手段。退是为了更好地进。在老子心目中，谦下不先具有积极的功效，它可以引起别人的好感和佩服，得到人们的同情和帮助，而对自己有益。相反，如果一个人热衷于自我表现、自以为是、自我夸耀、自高自大，就会引起人们的反感，不能为人所尊重，自己也不能得到很好的发展，这也就是“谦受益，满招损”的意思。

老子表面上看是现实人生的冷眼旁观者，骨子里却是一位热爱人生的智者。他十分关注人的命运，特别注重生存的方法和策略。他不仅针对当时的社会现实，就个人如何保全自己的生命进行思考，提出了丰富的明哲保身思想，而且还就人在社会中如何取胜、如何实现自己的利益和目的进行探讨，形成了一种独特的人生进取观。人在社会中生活，总要有所追求。老子并不反对人基于自然需要的追求，但他要求人们知足知止。在老子看来，名利是身外之物，人的生命价值远在名与利之上，什么样的名声和财物也没有人的生命宝贵、重要。为获得名利而伤害自己的生命是舍本逐末，得不偿失的。老子把个人的生命看得比天下还贵重，人的生命是第一宝贵的。因此在仕途多舛、命运不济的情况下，应该放弃功名利禄，隐身保命。

从"重身轻物"、"知足知止"的观点出发，老子进而要求那些对社会作出贡献的人，功成不居，功成身退。老子并不主张人锋芒毕露，勇于自我表现。他觉得锋芒毕露对人没有益处，应该韬光养晦，善于隐藏自己，不让人知道自己的实力和底细，以防不测。老子主张韬光养晦、"大巧若拙，大辩若讷"、"君子盛德容貌若愚"，但并不是崇拜愚昧和笨拙，单纯要人愚昧、笨拙，而是要有才干和大德的人懂得匿才藏德，不露锋芒，善于隐蔽自己。在老子看来，树木长得卷曲不合规矩，就会免除砍伐之祸；在社会中，人能委屈自己，生命就会得到保全。当一个人建立事业，功成名就之后，如果不能及时引退，而要自恃其功，继续发挥自己的作用，那就是不懂得知足知止，将会招致灾祸，危及生命。老子从保身的角度提出功成身退的思想，要求人在取得成就、建立功勋之后，见好就收，急流勇退。这是一种十分理智的人生忠告，后世的国人十分服膺这一忠告，范蠡、张良功成身退的故事，长期为人们津津乐道。

老子的思想经受了历史的考验，作为人们修身处世的普遍原则，可用于现实生活的各个方面。《道德经》是人类传统文化皇冠上的一颗明珠，英国著名哲学家罗素到中国访问时，有人向他介绍《道德经》中几段文字后，他极为惊叹，认为2 000多年前能有这么深邃的思想，简直不可思议。在美国作家麦克·哈特著的《人类百位名人排座次》一书中，老子被列为第75位，在地球上出现过的数百亿人中，老子以短短5 000言而进入百位名人之列，足见《道德经》在人类历史上影响之巨大。在西方，《道德经》各种译本至少有40多种。在德国，德国总理施罗德曾在电视上呼吁每个德国家庭买一本中国的《道德经》，以帮助解决人们思想上的困惑。多年以来，世界各国众多的有识之士都从《道德经》里面吸取了丰富的精神食粮，完善了他们的思想，升华了他们的品格。

J JINGDIAN DAODU 经典导读

从老子思想中领悟做人

行走在21世纪的现代人是幸运的，因为能享受丰富的精神和物质财富；行走在21世纪的现代人又是疲惫的，因为我们始终面临竞争，渴望不断超越，无法停止的脚步和思维使我们精神紧张、心情沉重。为了"不虚此行"，我们锋芒毕露，张扬自我；我们冲锋陷阵，伤痕累累……直到有一天，聆听了老子一番教诲之后，我蓦地清醒：原来生活还可以这样过……

法宝之一:以柔克刚

老子是世上最伟大的警句制造者之一。他的《道德经》一书充满新鲜、深邃、使人难忘的话语,是人们认识宇宙和人生的道德教科书。书中老子教导世人要柔弱,“柔之胜强,柔之胜刚,天下莫不如,莫能行。见小曰明,守柔则强。”老子还用水做图解来证明它。“天下之至柔,驰骋天下之至坚,无有入无间。”的确,天下还有比水更柔弱的吗?还有比水更随和而没有个性的事物吗?随物赋形,何其温柔,何其卑弱,但攻坚攻强,舍水取谁?

由此看人,合乎大道德行的人,他们的行为像水一样,没什么竞争,随方就圆,因此谁也打不败他们。

在现在的社会里,要想处理好各种关系,圆满完成各项任务,首要的就是不可太张扬、太强悍、太自以为是,相反,有水一样的柔情、水一样的细腻,水一样的韧劲,反而能更好、更顺利地完成任务。

给自己一层温柔的外壳,既亲近了他人,又保护了自己,两全其美。这就是做人法则之一。

法宝之二:以退为进

恺撒要做世界第一人,可是老子却说:“我有三宝,持而宝之,一曰慈,二曰俭,三曰不敢为天下先……”,“不敢为天下先,故能成器长”。老子的话不无道理,“先”意味着锋芒毕露,意味着爱出风头,“先”也将招来失败和非议。

可以说,老子的慧眼早就看透了这一切,“不敢为天下先”,是从险恶的政治和社会环境中滋生的充满毒素的智慧。“不敢”是老子的法宝,是老子的经验,他不是让我们卑微而苟且地活着,更不是让我们丧失所有的道德和良心无知下贱地活着,他只是看到了世事阴险,人情淡薄,得志者又往往是小人。在这种情况之下,不如退一退,领略海阔天空。老子的哲学,是夹缝中生存的技术,是在盘根错节的社会中游刃有余的智慧,是专制社会中唯一能保护自己肉体存在的法术。

幸运的是,我们生活的社会给了我们很大的自由度,时代需要我们领先。但是,任何时代都需要谨慎的人,需要清醒的人,如果贸然往前冲,难免会“碰壁”。因此,做事前都要做好全盘考虑,协调好各方力量,才有信心、有把握去做好每一件事。可以说,今天的“退”不是简单的放弃、落后,不是不思进取,打退堂鼓,而是一种理智,一种成熟,一种含蓄,一种修养。能“退”才能“进”,甘心“退”才会“领天下先”。

退一退,也是给予别人尊重,体现一个现代人广阔的胸襟,博得更多人的信赖,这就是做人法则之二。

法则之三:以傻为乐

老子说过:愚者有福了,因为他们是世上最快乐的人。他的弟子庄子继续着老子“大巧若拙,大辩若讷”的名言而说:弃智;柳宗元称他比邻的山为“愚山”,称附近的水流为“愚溪”;郑板桥也说过一句名言:难得糊涂。聪明难,由聪明转入糊涂更难;而近代的文学家林语堂也为此作诗一首:“愚者有智慧,缓者有雅致,钝者有机巧,隐者有益处。”由此可见,最有智慧的人也是最会装傻的人。

老子恪守自己的信念，博学深思的他只是著书立说，不参与朝政，不做官，与世无争，甘于清贫，以此为乐。那么，老子果真“傻”吗？其实，他是把自己所有的心思放在了自己喜欢的事情上，从中自得其乐，所以显得与众不同，与俗世格格不入了。

而我们现在的人都显得精明有余，傻气不够；虚伪太多，真情缺乏。说到底，还是现代人放不下功名利禄，看不开红尘世事，拘泥于金钱、地位、关系，对琐事斤斤计较，因此活得很累。于是，老子又告诫世人：“名与身孰亲？身与货孰多？得与失孰病？”“知足不辱，知止不殆，可以长久。”现代人要舍得放弃，“夫唯不争，故天下莫能与之争”。而圣人之所以为圣人，因为他们放弃了人类自私的执著和狭隘的偏见，所以才会与大道同体，与真理同在，而成为真正的人。“圣人终不自为大，故能成其大。”

其实，老子所主张的人生，是一种艺术般的人生。人诗意地盘居在大地上，过着诗化的生活，无拘无束、知足常乐地享受人生。老子引导人们放眼广阔无垠的天地自然和历史长河之中，从一时一事的是非、得失、荣辱中超脱出来。这就需要有一种清静恬淡的心态，淡泊名利，随遇而安，流逝了的不去强求，来到了的也不躲避，不因丰厚的物质生活而欢悦，也不因贫贱简陋的处境而忧虑，不为个人的私欲而心神不安，不因为个人的不遇而情绪波动、怨天尤人，始终如一地追求崇高的精神境界。说到底，活得“傻”一点，也就是活得洒脱一点，自在一点。

看到老子如此厉害的“老滑”都能这样平和、宽容、简朴、知足，我们何不放下心灵的枷锁，让自己自在、轻松一点呢？多几分“傻”，也就多了几分“乐”，这就是做人法则之三。

解读了老子的思想之后，我身心为之轻松。老子以自己的方式劝告我们在滚滚红尘中怎样为人处世，对于我们正确认识自我，正确认识人生的价值，正确处理人与人、人与社会、人与自然之间的关系，从而建立美好的人生，是具有启迪意义的。可以说，老子思想永远是中国哲学宝库中的一盏明灯！它的璀璨光芒将照耀千古万代。（肖丽萍）

老子处世哲学的启示

生活在2 000多年前的老子，虽然只给后人留下一本5 000字的《道德经》，可是他对中国文化的影响超越时空，并对世界东方文化的形成和发展产生了重大影响。特别是老子的处世哲学在现代社会中仍然具有很高的借鉴价值。

一、“少私寡欲”的道德观

什么是最高尚的道德？“道生之，德畜之。长之育之，亭之毒之，养之覆之。生而不有，为而不恃，长而不宰：是谓玄德。”老子认为：“道”生成万物，“德”畜养万物；使万物成长、发展，使万物成熟结果，对万物爱养、保护。生养了万物而不据为己有，推动了万物而不自恃有功，长养了万物而不自以为主宰，这就是最深远的“德”，是道德的最高境界，人的本性的自然表述，这种大公无私的品德才称得上是“玄德”。

然而在现实世界里，人们为利欲声色所惑，逐渐迷失了人固有的本性，即缤纷的色彩，使人眼花缭乱；纷繁的音乐，使人听觉不灵敏；丰美的饮食，使人味觉迟钝；纵情围猎，使人内心疯狂；稀罕的器物，使人操行变坏。对个体而言，物欲窒息了人的天性，这是个体生命走向堕落的根源，也是导致整个人类社会走向争斗和杀伐深渊的根源。因此，老子特别倡导要“少私寡欲”、“祸莫大于欲不知足，咎莫大于欲得”，没有比不知足有更大的祸患了，没有比贪得无厌有更大的罪过了。因而要“见素抱朴，少私寡欲”，即做到外表单纯、内心质朴、减少私欲，而回到婴儿似的单纯质朴状态。

2 000多年前的老子要求人们“少私寡欲”，“复归于婴儿”的思想虽然过于理想化了，但对于现代社会却具有一定的借鉴作用，值得我们深思。

二、“以柔克刚”的处世观

人们通常认为：刚强可以战胜柔弱，现实生活中也总表现出许多以大欺小、以强凌弱的具体事例，人与人是这样，国与国也是这样。在处理“强”与“弱”、“刚”与“柔”的关系上，老子与众不同，他认为：人活着的时候筋骨是柔软的，死后则变得僵硬；万物草木生长的时候是柔脆的，死了则变得干枯坚硬了；所以坚强的东西是属于死亡一类，柔弱的东西属于具有生命力的一类。因此打仗逞强就不能获胜，树木坚强就会遭受砍伐。凡是强大的，反而处在下面的位置；凡是柔弱的，反而处在上面。他辩证地揭示了柔弱胜刚强的人生道理。事物旺盛了就会走向衰老和死亡，所以，大凡刚强的东西往往属于“死”的一类，相反，柔弱的东西却属于“生”的一类。

根据“柔”的思想，老子找到了最具有柔性的水，表达了自己“贵柔”的理想人格追求。“天下柔弱莫过于水，而攻坚强者莫之能胜，以其无以易之”，即世界上的事物没有比水更柔弱的，但是攻击坚硬的东西，没有什么能胜过水的，这是因为没有任何东西能够代替水。

老子的“柔弱胜刚强”的哲学思想启示我们，在处理人与人的关系上，要柔弱谦让，而不能恃强凌弱；退一步海阔天空，为了顾全大局，委曲求全也值得赞誉，而有时暂时的忍让和退却也能收到意想不到的效果。

三、“报怨以德”的处世境界

现实生活中许多人都能做到善待善者，然而，老子从“报怨以德”的思想出发，要求做到：善良的人我就以善良对待他；不善良的人，我也以诚实对待他，于是，整个时代的品德就归于诚实了。这是何等宽阔的胸襟。善良的人要善待他们，不善良的人也要善待他们，这样就能得到人们的好感。诚实的人要信任他们，不诚实的人也要信任他们，这样就能得到人们的信任，就可以化不善为善，使虚伪者成为诚实的人。用恩德去报答怨恨，将别人对自己的恩德，小则视为大，少则视为多，即使有怨恨，也要用德去报答。

老子的“报怨以德”的处世思想早已积淀于中国人的灵魂深处，成为中华民族优良传统的重要组成部分。历史上以德报怨的故事，我们耳熟能详。当今社会，人际关系愈来愈复杂，如果大家都能以老子的“报怨以德”思想去容人待事，相信定能更好地与朋友、同事相处，赢得别人的尊重与爱戴，脚下的路也会越走越宽。

四、“贵身自养”的价值观

老子贵身自养的思想十分明显，老子认为名利毕竟是身外之物，生命对于人只有一次，过度地追求名利会危害自身，如果为了获得名利而丧身，那就是舍本逐末了。怎样贵身自养呢？要摒弃物欲享乐，因为享乐对人的身体有害。“人之生，动之于死地，夫何故？以其生生之厚。”老子说：人本来可以活得长久，却自己走向死地，是什么原因呢？因为奉养得太过分了。对物质的过分追求，是不合乎天道的，而不合乎天道的人就会早逝，所以，有道的人只要求满足基本的生活需要而不追求更多，“圣人为腹不为目”就是这个意思。“金玉满堂”可能腐蚀人的灵魂，败坏人的道德，使人生活糜烂，“金玉满堂”也可能遭到别人的嫉妒甚至掠夺，难以终保其身，反而招来各种祸患。

老子的“贵身”思想在当今竞争激烈、追名逐利的现实社会里给人以很多启迪。要热爱生命、珍惜身体、淡泊名利、树立身重于物的价值观。老子提倡养生护生，引导人们珍惜生命的价值和意义，重视身心的自我调节。他认为世间只有生命是最可宝贵的，不应该为名为利而损害甚至牺牲生命；为功名利禄所累，不仅会残害自己的生命，而且会使人丧失原本淳朴的天性。当前我们正处于市场经济和社会转型期，物质利益原则日益凸显，拜金主义、享乐主义之风日盛，各种“现代病”时有出现，老子贵身自养的思想对全体社会成员完善自我心灵，提高道德境界，实现身心自由发展具有一定指导意义。（王秀娟）

DASHI CHUANQI 大师传奇

从古迄今，在中国每一个时代，每一种阶层，每一类人群，每一处地域，几乎都有关于老子的传说故事，他的思想已经成为中国人传统精神文化的一部分。

老子生活于公元前 571 年至公元前 471 年之间，其人其事仅仅在后世浩如烟海的典籍中留下星星点点的碎片。据史料载，老子姓李，名耳，字伯阳，谥曰聃，春秋末期楚国苦县（今河南省鹿邑县，其县境内今仍有“老君台”遗址）人。“老子”是人们对他的尊称，“老”是年高德重的意思，“子”是古代对男子的美称。据说老子的母亲感应一颗大流星入腹，怀孕 11 个月才生下老子，母亲却因难产而死。《神仙传》中说：“老子者，母怀之七十二年乃生，生时剖母左腋而出，生而白首，故谓老子。”还有传说讲，老子的母亲走到李树下时恰好生下老子，老子生而能言，指李树说：“以此为我姓。”类似此种神话传说繁多，充满传奇色彩。

老子幼年牧牛耕读，聪颖勤奋，长

大后师从常枞。据记载，常枞是一位精通殷商礼乐的学者，他学识渊博，他的教导都要其自己体悟。这些教导对老子的影响很大，加上老子很勤奋，他的思想日趋成熟，中年时已是颇有名望的学者，学识在当时无人能及，因而被任命为周守藏室的史官（相当于现在国家图书馆的馆长或历史博物馆馆长）。这是老子人生的一个转折点。老子在此期间涉猎了朝廷的众多藏书，得以谙于掌故，熟于礼制。老子在此时还研读了《尚书》。《尚书》中载有从尧到周初历朝历代最高统治者的讲话、文诰，渗透着那个时代的精神和许多精深的道理。研读《尚书》的时期，老子的思想又一次产生了飞跃，进入了思想发展的成熟期。当时的老子声名鹊起，许多学者都慕名前来讨教。老子与孔子生活于同时代，只是比孔子稍微年长些。据说，孔子就专程前往洛邑向其问礼。他们在庙堂阶前看到一尊“三缄其口”的金人，孔子问老子，背后的铭文“无多言，多言多败。无多事，多事多虑”是何意。老子的回答是：一个人等到他的骨头都已腐朽了，只有他的言论尚存。作为一个君子，时机成熟的时候可以出而为仕，否则就随遇而安。会做生意的商人，常把货物藏得很严密，仿佛一无所有；有盛德的君子，看他的容貌，仿佛十分愚钝。你应去掉你身上的骄气与过多的欲望，去掉你造作的姿态与过多的志向，这些对你有害无益。孔子听后很是感慨，离开后跟弟子谈到老子这个人时，说：我知道鸟会飞，知道鱼会游，也知道兽会走，但龙在云端无法捉摸，我就不知道了。孔子认为老子就像龙那样深不可测，具有超常的哲人智慧。

老子在世时并不像孔子那样有很多的追随者，也不像孟子那样可以面对君主讲课，所以他发出“吾言甚易知，甚易行。天下莫能知，莫能行”的叹息。后来周王室发生内乱，波及老子，同时由于自己的思想得不到社会的认可，老子于是离开周都，准备从此隐居。这种做法开了我国隐士的先河。后来许多在政治上怀才不遇的人，都效仿老子隐居山林做隐士。老子行至函谷关（今河南灵宝县西南）时，关令尹喜知道他学问高深，劝他说：“李先生您就要走了，为了您的学问不失传，请写本书给我吧！”老子就写成了5 000多字的《道德经》，写完以后骑着青牛飘然而去，从此没有人知道老子的下落。相传老子隐居后活了200多岁，有人认为这是老子修道的结果，所以后来的道学家就把老子尊为道教的始祖，称为“黄老学”。“黄”是指上古时的黄帝，然而黄帝只是个传说的人物，并没有什么言论，因此，“黄老学”就是指老子的思想和其他道家的哲学，加“黄”字则多了些神秘色彩。

老子生于2 000多年前，给后人只留下一本《道德经》，它在政治、经济、军事和文化教育，特别是在哲学方面有重大而深远的影响，是中华传统文化中的一朵奇葩。汉武帝“罢黜百家，独尊儒术”，老子的影响却并未从此消逝，他的学说后来形成了道家学派，并在汉代被演变为宗教，这就是道教。老子被奉为教主，由人变成了神。他写的《道德经》也成为道教的经典。到了唐代，老子的地位达到了登峰造极的地步。唐太宗李世民自认是老子的后裔。唐高宗追封老子为玄元皇帝，诏《道德经》为上经。唐玄宗时，诏各州府广置玄元皇帝庙，建立玄学，令生徒诵习《道德经》。

老子“道法自然”的思想和儒学及后来的佛学一起构建成中国的传统文化，早已深远地影响了中国传统的哲学、医学、工程、艺术等领域。尤其是那些著名的文人，诸如屈原、李白、白居易、杜牧、苏东坡等受其影响的痕迹更为鲜明。

中国历史上的各种学派，无不从老子的思想里面汲取营养而加以利用。从积极方面看：老子的天道观，经过庄子的发挥，成为魏晋的玄学，又影响到宋明的理学；老子的无为观，成功地应用于西汉的政治实践，成为历代统治者的统治之术；老子的玄德观，经过孔子的发挥，成为主宰中国数千年德治的主要内容；老子的用兵之道，经过孙子的发挥，成为变化莫测的军事理论；老子的雌柔观，成为诡辩家的理论基础，造就了苏秦、张仪为代表的纵横家。此外，中华武术、内家武功及历代气功，也无不从老子的思想中得到启发。

YANSHEN YUEDU 延伸阅读

《周易》 我国文化宝库中一部珍贵的文献，分为“经”和“传”两部分，在哲学史、思想史、宗教史、文学史、科技史和医学史等方面都有重大的影响。按照传统的说法，《周易》成书是“人更三圣，世历三古”，也就是《周易》成书经历了上古、中古、下古三个时代，是由伏羲、文王、孔子三个圣人完成的，包含了深刻的人生哲理，尤其经过《易传》解释和发挥，其哲理化程度达到新的高度，《周易》遂成为一部博大精深的哲学典籍。也正是这个原因，《周易》得到了汉代统治者的青睐，由原来的卜筮之书而成为官方安邦治国、修身养性的哲学之书，被称为五经之首，大道之源。《周易》把“道”作为宇宙的本体，但没有展开对“道”的阐述，老子在《道德经》中加以阐明，并发挥了自己的看法。目前世界各国有不少人在谈《易》论《道》，玄妙而神秘的《周易》是中国乃至世界的一份十分珍贵的文化遗产。它的宝藏，还有待于人们继续求索、挖掘，使它焕发出更加耀眼的光芒。

* * * *

《道德经》 我国道家学派和道教最著名的一部经典，著名学者南怀瑾以其深厚的文史功底、敏锐的社会洞察力，在《老子他说》一书中对《道德经》的内涵做了充分的阐解、辩证和引述。《老子他说》具有深入浅出、明白通畅的特点，在普及中国传统文化，使深奥的古籍通俗化、专门的学术大众化方面做了有益的探索。

圣经

基督教经典

《圣经》对西方社会的精神信仰和行为方式影响至深至巨，与希腊神话同为打开西方精神世界的钥匙，想了解西方文化者不可不读。书中的神话、宗教、历史和伦理故事，以及哲理箴言，多蕴涵意味深长的玄思，读来有一种耐人寻味的魅力。

——著名学者 杨 义

1864年9月7日，一个美国黑人团体赠给林肯一份珍贵的礼物。林肯收下礼物后，说："关于这部伟大的书，我已毋庸置疑了！它是神赐给人类最好的礼物。救主给予这个世界所有的美事尽在于斯，没有它，人类将浑然不知是非对错。"无论从何种意义上来说，《圣经》在人类历史上都是一部独一无二的书。西方文明建基于《圣经》，其政治、法律、文学、经济等方方面面无不有着《圣经》的深深烙印。西方国家元首就职宣誓必手按《圣经》，法官判案要手按《圣经》，婚礼上神职人员要用《圣经》为新人祝福，葬礼上神职人员要手捧《圣经》为亡者灵魂祈祷。大街上，有人手拿《圣经》向路人宣道；旅馆内，每个房间都赫然端放着一部《圣经》。每个家庭必备一部《圣经》，人与人交谈中常常引用《圣经》中的言语或典故。数千年来，《圣经》更是文学家取之不尽、用之不竭的宝贵素材……

《圣经》远超世上一切的书，它是东西方一切经典的翘楚。世界上几乎没有谁不知道《圣经》。不管是出于信仰还是出于兴趣，世世代代有无数读者和学者对它投注了无穷的精力。《圣经》具有如此大魅力的原因在于，它不仅是一部基督教经典巨著，还是一部内涵丰富、意蕴精深的智慧百科全书。它记载的是先知、诗人、圣贤、使徒、民族英雄等的宗教经历和体验。他们在走过了人生伟大的旅程之后，有些人以口述的方式，有些人则以文字的记录，把他们生命中酸、甜、苦、辣的遭遇和他们对人生深刻的观察写下来，便成了今日《圣经》的骨骼。因此，我们可以说《圣经》是一部有关生命的书，也是一本指向生命之道的书。它虽然以神道为中心，却是为了发扬人道的精神；它有许多来世的叙述，却是为了教人如何活于今世。它的智慧恍如树林里的风声、旷野中的天籁，淳朴的人听到它的呼唤，热爱生命的人感到它的吸引力。

《圣经》是世界上一多半人的精神支柱，影响着人类的过去、现在和未来。正如美国第16任总统林肯所说，"《圣经》是神赐给人类最好的礼物。救世主一切的美善，皆由此书传给我们。"《圣经》中的道德观是放诸四海而皆准的。《圣经》不但是基督教思想、生活和信仰的基石，亦为希腊、罗马、埃及，以及后来西方国家整个文化的精神泉源。到今天，这种影响又再次波及世界的每一个地域。

KUANGSHI JIEZUO 旷世杰作

《圣经》是基督教的经典，又称《新旧约全书》。基督教在西方成了统治性的宗教之后，《圣经》拥有了一代又一代的读者，其发行量在古往今来是首屈一指的，它对于世界历史尤其是西方文明的历史发展的影响也是无与伦比的。

"圣经"这两个字是从"The Holy Bible"翻译而来的。"Bible"一字来自希腊文"Biblion"，它的原意就是"书"，加上冠词以后，可以译为"书中之书"；在中文中"经"指常道、常法，中国人将圣贤所著的书尊称为经，所以中文用"经"字来表达它，是非常恰当的。而《圣经》一书中所记述的是基督徒信仰和道德的准则，是基督徒立身经世的大道，称为"经"是当之无愧的。

作为宗教经典，《圣经》是基督教徒的必读之书，信徒们在书中领悟基督教教义，寻觅信仰的真谛，获取灵性生活的依据。作为珍贵史料，《圣经》记载了犹太民族和古代地中海地区其他民族的历史发展和变迁，成为史学家们探赜索隐的指南。作为古代文献，《圣经》涉及远古社会的神话、传说、历史、体制、律法、民俗和伦理，是一部包罗万象的古代文化百科全书。作为文学杰作，《圣经》汇聚了多种风格的诗歌民谣、叙述故事，是世界广为流传的众多文化典故之源，为世界文学、绘画、雕塑、诗歌、音乐等贡献出奇特的构思和大量的素材。《圣经》对世界文化之宏远影响悠悠千年经久不衰。随着近现代以来基督教在全球范围的广泛传播，不少人在其精神生活及灵性追求中，在解读古代之谜和寻觅超然智慧中，仍在关注、探究着《圣经》，仍在推敲、品味着这部古雅神奇之书所带来的问与思。

《圣经》包括《旧约全书》和《新约全书》，前者有39卷，后者有27卷。《旧约全书》本来是犹太教的经书，是耶和华和人的订约，也是古代希伯来文学作品的总集。基督教诞生后，于公元2世纪编成了《新约全书》，书中主要记述了传说中的基督教创始人耶稣的救世言行以及他的门徒的一些事迹，并收入一些有价值的文学作品。基督教为适应它的教义的需要，把《旧约》和《新约》合并为《新旧约全书》，作为自己的经典，形成了《圣经》。

迄今为止，《圣经》是世界上印数最多、发行最广、翻译文种最多的书籍，并已被列入吉尼斯世界纪录大全。联合国公认《圣经》是对人类影响最大最深的一部书。这部古老经籍是希伯来民族文化的宝贵遗产，它记载了古代中东乃至南欧一带的民族、社会、政治、军事等多方面情况和风土人情，其中的哲学和神学观念随着基督教的广泛传播，为世界尤其是西方社会的发展、意识形态和文化习俗带来巨大影响。

《圣经》是一部伟大的书，其内容博大精深。《圣经·旧约》中有一个特殊的篇章《箴言》，它以长辈训导子女的方式，讲述犹太人关于修身、持家、处世、办事、修养等格言和谚语，它使少年人有知识和谋略，使智慧的人增长学问，使聪明人得到智谋。《圣经》历史源远流长，不仅为基督教（包括天主教、东正教、基督新教）尊奉为经典，而且是很多人的道德修养的指南。在教导世人的修身处世方面，世上没有任何其他的书籍能与《圣经》比拟。有人说："随便找 100 个遵行《圣经》的人，站在一边；再随便找 100 个反对《圣经》中真理的人站在另一边，试比较两方面的为人、品格与道德，就会有一个很明显的结果：即在反对《圣经》的人中，一定会发现多数是为非作歹、声名狼藉的人。"

歌德从小就接受宗教教育，天天读《圣经》，到老年时他认为他大部分智力修养要归功于《圣经》。曾经有人问维多利亚女皇以治国之道，女皇就指《圣经》为"大不列颠之宪法"。第一次世界大战时，美国总统威尔逊与其知己友人如爱迪生、福特等，约定每日比平时多读《圣经》一章，以提高灵性，应付艰难。《圣经》对世人的影响由此可见。

了解世界文化，尤其是了解基督教文化，必然会接触到《圣经》。《圣经》一书内容博大、意蕴独特，它不仅是犹太教、基督教的正式经典，而且也是世界文化宝库中的珍品。我们之所以推荐《圣经》为修身处世的一个指南，并不是说我们每一个人都要皈依宗教，而是因为当物质的匮乏不再困扰我们的今天，心灵的成长便成为人们生命的第一要素。每一个人的内心中都应该有一个自己的"上帝"——指引自己前行的信仰。生活中充满着诱惑，随波逐流有时会让你感觉轻松，但那只是表面现象，无论如何你还是要有信仰。真正的信仰是精神的支持和动力，它不仅是一种理论，更是一种实践，一种内在生命的实际体验。人生中并非总是天色常蓝，花香常漫。当你遇到困难、压力、危机时，因为有了信仰你会自然而然地感受到生活目标的存在，才能不绝望、不放弃，有尊严地支撑自己始终能沿着理想的道路前行。

JINGDIAN DAODU 经典导读

读《圣经》札记

恨是狭隘，爱是超越

耶稣反对复仇，提倡博爱。针对

“以眼还眼，以牙还牙”的旧训，他主张：“有人打你的右脸，连左脸也让他打吧。”针对“爱朋友，恨仇敌”的旧训，他主张：“要爱你们的仇敌。”他的这类言论最招有男子气概或斗争精神的思想家反感，被斥为奴隶哲学。我也一直持相似看法，而现在，我觉得有必要来认真地考查一下他的理由——

“因为，天父使太阳照好人，也同样照坏人；降雨给行善的，也给作恶的。假如你们只爱那些爱你们的人，上帝又何必奖赏你们呢……你们要完全，正像你们的天父是完全的。”

从这段话中，我读出了一种真正博大的爱的精神。

人与人之间，部落与部落之间，种族与种族之间，国家与国家之间，为什么会有仇恨？因为利益的争夺、观念的差异、隔膜、误会等等。一句话，因为狭隘。一切恨都溯源于人的局限，都证明了人的局限。爱在哪里？就在超越了人的局限的地方。

只爱你的亲人和朋友是容易的，恨你的仇敌也是容易的，因为这都是出于一个有局限性的人的本能。做一个父亲爱自己的孩子，做一个男人爱年轻漂亮的女人，做一个处在种种人际关系中的人爱那些善待自己的人，这有什么难呢？作为某族的一员恨敌族，作为某国的臣民恨敌国，作为正宗的信徒恨异教徒，作为情欲之人恨伤了你的感情、损了你的利益的人，这有什么难呢？难的是超越所有这些局限，不受狭隘的本能和习俗的支配，作为宇宙之子却有宇宙之父的胸怀，爱宇宙间的一切生灵。

有人打了你的右脸，你就一定要回打他吗？你回打了他，他再回打你，仇仇相生，冤冤相报，何时了结？那打你的人在打你的时候是狭隘的，被胸中的怒气支配了，你又被他激怒，你们就一齐在狭隘中走不出来了。耶稣要你把左脸也送上去，这也许只是一个比喻，意思是要你丝毫不存计较之心，远离狭隘。当你这样做的时候，你已经上升得很高，你真正做了被打的你的肉躯的主人。相反，那计较的人只念着自己被打的右脸，他的心才成了他的右脸的奴隶。我开始相信，在右脸被打后把左脸送上去的姿态也可以是充满尊严的。

天上的财宝

耶稣说：不可为自己积聚财宝在地上，要为自己积聚财宝在天上，因为前者会虫蛀、生锈、遭窃，后者不会。

也就是说，物质的财宝不可靠，精神的财宝可靠，应该为自己积聚可靠的财宝。

那么，何时能够享用天上的财宝呢？是否如通常所宣传的，生前积德，死后到天堂享用？

耶稣又说：“你的财宝在哪里，你的心也在哪里。”

看来这才是耶稣的见解：当你为自己积聚财宝在天上时，你的心已经在天上；当你的灵魂富有时，你的灵魂已经得救了。

奥秘和比喻

耶稣对门徒授奥秘，对群众说比喻。门徒问原因，他答：“因为那已经有的，要给他更多，让他丰足有余；那没有的，连他所有的一点点也要夺走。

为了这缘故，我用比喻对他们讲；因为他们视而不见，听而不闻，又不明白。”

这个回答十分费解，本身像是隐喻，却是向门徒说的。

事情本来似乎应该是：无论对门徒，还是对群众，都说比喻，使那已经有慧心的能听懂，从而得到更多，丰足有余，使那没有慧心的愈加听不懂，把他自以为是的一点点一知半解也夺走。

其实，存在的一切奥秘都是用比喻说出来的。对于听得懂的耳朵，大海、星辰、季节、野花、婴儿都在说话，而听不懂的耳朵却什么也没有听到。所以，富者越来越富，贫者越来越贫，是精神王国里的必然法则。

一天的难处一天担当

“你们不要为明天忧虑，明天自有明天的忧虑；一天的难处一天担当就够了。”耶稣有一些很聪明的教导，这是其中之一。

中国人喜欢说：人无远虑，必有近忧。这当然也对。不过，远虑是无穷尽的，必须适可而止。有一些远虑，可以预见也可以预作筹划，不妨就预作筹划，以解除近忧。有一些远虑，可以预见却无法预作筹划，那就暂且搁下吧，车到山前自有路，何必让它提前成为近忧。还有一些远虑，完全不能预见，那就更不必总是怀着一种莫名之忧，自己折磨自己了。总之，应该尽量少往自己的心里搁忧虑，保持轻松和光明的心境。

一天的难处一天担当，这样你不但比较轻松，而且比较容易把这难处解决。如果你把今天、明天以及后来许多天的难处都担在肩上，你不但沉重，而且可能连一个难处也解决不了。

拒绝光即已是惩罚

耶稣说：“光来到世上，为要使信它的人不住在黑暗里。它来的目的不是要审判世人，而是要拯救世人。那信它的人不会受审判，不信的人便已受了审判。光来到世上，世人宁爱黑暗而不爱光明，而这即已是审判。”说得非常好。光、真理、善，一切美好的价值，它们的存在原不是为了惩罚什么人，而是为了造福于人，使人过一种有意义的生活。光照进人的心，心被精神之光照亮了，人就有了一个灵魂。有的人拒绝光，心始终是黑暗的，活了一世而未尝有灵魂。用不着上帝来另加审判，这本身即已是最可怕的惩罚了。

一切伟大的精神创造都是光来到世上的证据。当一个人自己从事创造的时候，或者沉醉在既有的伟大精神作品中的时候，他会最真切地感觉到，光明已经降临，此中的喜乐是人世间任何别的事情不能比拟的。读好的书，听好的音乐，我们都会由衷地感到，生而为人是多么幸运。倘若因为客观的限制，一个人无缘有这样的体验，那无疑是极大的不幸。倘若因为内在的蒙昧，一个人拒绝这样的享受，那就是真正的惩罚了。伟大的作品已经在那里，却视而不见，偏把光阴消磨在源源不断的垃圾产品中，你不能说这不是惩罚。有一些发了大财的人，他们当然有钱去周游世界啦，可是到了国外，对当地的自然和文化景观毫无兴趣，唯一热衷的是购物和逛红灯区，你不能说他们不是一些遭了判决的可悲的人。

人心中的正义感和道德感也是光来到世上的证据。

世上善良人总归是多数，他们心中最基本的做人准则是任何世风也摧毁不了的。这准则是人心中不熄的光明，凡感觉到这光明的人都知道它的珍贵，因为它是人的尊严的来源，倘若它熄灭了，人就不复是人了。世上的确有那样的恶人，心中的光几乎或已经完全熄灭，处世做事不再讲最基本的做人准则。他们不相信基督教的末日审判之说，也可能逃脱尘世上的法律审判，但是，在他们的有生之年，他们每时每刻都逃不脱耶稣说的那一种审判。耶稣的这一句话像是对他们说的："你里头的光若熄灭了，那黑暗是何等大呢。"活着而感受不到一丝一毫做人的光荣，你不能说这不是最严厉的惩罚。

种子和土壤

耶稣站在一条船上，向聚集在岸上的众人讲撒种的比喻，大意是：有一个人撒种，有些种子落在没有土的路旁，种子被鸟吃掉了，有些落在只有浅土的石头上，幼苗被太阳晒焦了，有些落在荆棘丛里，幼苗被荆棘挤住了，还有些落在好土壤里，终于长大结实，得到了好收成。

这个比喻的意思似乎十分浅显，可以用一句话概括：种子必须落在好的土壤里，才会有好的收成。

首先应该肯定一个事实：在人类的精神土地的上空，不乏好的种子。那撒种的人，也许是神，大自然的精灵，古老大地上的民族之魂，也许是创造了伟大精神作品的先哲和天才。这些种子的确有数不清的敌人，包括外界的邪恶和苦难，以及我们心中的杂念和贪欲。然而，最关键的还是我们内在的悟性。唯有对于适宜的土壤来说，一颗种子才能作为种子而存在。再好的种子，落在顽石上也只能成为鸟的食粮，落在浅土上也只能长成一株枯苗。对于心灵麻木的人来说，一切神圣的启示和伟大的创造都等于不存在。基于这一认识，我相信，不论时代怎样，一个人都可以获得精神生长的必要资源，因为只要你的心灵土壤足够肥沃，那些神圣和伟大的种子对于你就始终是存在着的。所以，如果你自己随波逐流，你就不要怨怪这是一个没有信仰的时代了吧；如果你自己见利忘义，你就不要怨怪这是一个道德沦丧的时代了吧；如果你自己志大才疏，你就不要怨怪这是一个精神平庸的时代了吧；如果你的心灵一片荒芜，寸草不长，你就不要怨怪害鸟啄走了你的种子，毒日烤焦了你的幼苗了吧。

那么，一个人有没有好的心灵土壤，究竟取决于什么呢？我推测，一个人的精神疆土的极限，心灵土质的特异类型，很可能是由天赋的因素决定的。因此，譬如说，像歌德和贝多芬那样的古木参天的原始森林般的精神世界，或者像王尔德和波德莱尔那样的奇花怒放的精巧园艺般的精神世界，绝非一般人凭努力就能够达到的。但是，心灵土壤的肥瘠不会是天生的。不管上天赐给你多少土地，它们之成为良田沃土还是荒田瘠土，这多半取决于你自己。所以，我们每一个人都应当留心开垦自己的心灵土壤，让落在其上的好种子得以生根开花，在自己的内心培育出一片美丽的果园。谁知道呢，说不定我们自己结出的果实又会成为新的种子，落在别的适宜的土壤上，而我们自己在无意中也成了新的撒种人哩。(周国平)

《圣经》令我动容的十句话

《圣经》是一部令人动容、令人思考的书。它的每一章、每一句都蕴涵着古老而永恒的智慧，它不愧为人类历史上最深刻、最具价值的著作之一，在思想性、文学性、历史性上都是不可多得的。然而群玉谱中必有最璀璨者，群芳国中必有最艳丽者。下面列出《圣经》的众多名言警句中最让我动容的10句，我所说的“动容”既包括感性的“激动”，也包括理性的“思考”，最重要的是对内心深处的触动。

1.“生命在他里头，这生命就是人的光。光照在黑暗里，黑暗却不接受光。”(《新约·约翰福音》第1章)这是我最经常诵读的一段经文，也是基督教神学思想的核心。这里的“光”指的是耶稣基督，“生命”指的是永生——战胜死亡，获得真理。

2.“你们要进窄门，因为，引到灭亡，那门是宽的，路是大的，进去的人也多；引到永生，那门是窄的，路是小的，找着的人也少。”(《新约·马太福音》第7章)这是耶稣“登山宝训”中最短的一段，但却是整个新教精神的核心。对于清教徒而言，人生就意味着无尽艰险，就意味着走窄门。

3.“爱是恒久忍耐，又有恩慈；爱是不嫉妒，爱是不自夸，不张狂，不做害羞的事，不求自己的益处，不轻易发怒，不计算人的恶，不喜欢不义，只喜欢真理；凡事包容，凡事相信，凡事盼望，凡事忍耐；爱是永不止息。”(《新约·哥林多前书》第13章)基督教是“爱的宗教”，这就是使徒保罗对爱的诠释。从古到今不知有多少人因这段话而皈依基督教，可见“爱是无可比的”。

4.“死啊，你得胜的权势在哪里？死啊，你的毒钩在哪里？死的毒钩就是罪，罪的权势就是律法。感谢上帝，使我们借着我们的主耶稣基督得胜。”(《新约·哥林多前书》第15章)使徒保罗用优美的语言阐明了基督教的脉络：原罪与堕落，牺牲与救赎，胜利与永生。总体说来就是“用爱战胜死亡”。

5.“草必枯干，花必凋残，因为耶和华的气吹在其上；百姓诚然是草。草必枯干，花必凋残；唯有我们上帝的话，必永远立定！”(《旧约·以赛亚书》第40章)旧约的最大特点是“信念”。这句话就是无比坚定的信念，既是相信上帝，又是相信作为上帝选民的自己。以色列人的辉煌，大半缘自信念。

6.“我知道我的救赎主活着，末了必站在地上。我这皮肉灭绝之后，我必在肉体之外得见上帝。”(《旧约·约伯记》第19章)这是约伯的信念。无论承受多么巨大的打击、多么绝望的境遇，都不可放弃希望、放弃信仰。亨德尔为此句作的咏叹调也极为感人。

7.“不可封了这书上的预言，因为日期近了。不义的，叫他仍旧不义；污秽的，叫他仍旧污秽；为义的，叫他仍旧为义；圣洁的，叫他仍旧圣洁。”（《新约·启示录》第22章）我最开始就是看了《启示录》才倾向于基督教的。《启示录》中有很多让人不能不动容的话，这句只是其中代表而已。

8.“谁能使我们与基督的爱隔绝呢？难道是患难吗？是困苦吗？是逼迫吗？是饥饿吗？是赤身露体吗？是危险吗？是刀剑吗？……然而，靠着爱我们的主，在这一切的事上已经得胜有余了。”（《新约·罗马书》第8章）保罗真是无与伦比的传道者，他的讲道是如此气势磅礴且发人深省。这段话继承了旧约的信心，增加了新约的爱，完美地体现了基督教精神。

9.“我又专心察明智慧、狂妄和愚昧，乃知这也是捕风。因为多有智慧，就多有愁烦；加增知识的，就加增忧伤。”（《旧约·传道书》第1章）《传道书》是旧约中我最喜欢的篇章之一，传道者的话虽低沉消极，却又蕴涵着希望。能够用来战胜愁烦和忧伤的，只有一件事：“信仰。”

10.“哈利路亚！因为主我们的上帝，全能者作王了……世上的国成了我主和主基督的国；他要作王，直到永永远远……万王之王，万主之主。”（《启示录》第11、19章）这也是亨德尔歌剧《弥赛亚》中大合唱《哈利路亚》的歌词，它是至今唯一能让我多次热泪盈眶的歌曲。从这短短的几句话中我们可以看到无穷的胜利喜悦。欢呼吧！因为胜利属于我们。（佚　名）

DASHI CHUANQI 大师传奇

《圣经》包括“旧约”39卷和“新约”27卷，由不同的作者写成。《圣经》的40多位作者，不仅各自所处的时代不同，职业、身份也不同，如摩西是政治领袖，约书亚是军事领袖，大卫和所罗门是君王，但以理是宰相，保罗是犹太律法家，路加是医生，彼得、约翰是渔夫，阿摩司是牧羊人，马太则是税吏。《圣经》的写作环境也有很大差异，有的写于皇宫之中，有的则著书在牢狱或流放岛上；有的写于戎马战时，有的完成于太平盛世；有的写于喜乐的高潮，有的则写于悲恸、失望的低谷之中。《圣经》各卷书都是独立写成的，写成后即在各犹太会堂或基督教堂传读。《圣经》的作者们并不知道这些书卷日后会被汇编成册，形成新、旧约正典。奇妙的是，当人们把这66卷书编在一起时，这些跨越几十代人、风格迥异的作品却是那样的和谐，前后呼应，浑然一体！

“旧约”主要用希伯来文写成（其中有一小部分用亚兰语），新约则是希腊文。旧约完成于耶稣降生前数百年，新约则始于耶稣受难、复活、升天以后。耶稣是基督教尊奉的救世主，他对人类历史的影响是显而易见的，他制定了基督教徒的道德准则和行为规范。在人类历史中，从来没有人像耶稣那样，有那么多的诗歌赞美他，那么多的故事叙述他，那么多的画作描绘他，很多伟大的艺术品的灵感都是来自于耶稣的一生。正如作家葛林所说："有一则奇特的传说，世界将在一夕之间失去色彩。天空没有颜色，海水变得惨白、静止、不再波动；青草不再翠绿，花儿全然失色；钻石没有光彩，珍珠失去光泽。大自然穿上丧服，人们忧伤害怕。世界没有生命和亮光。如果今天晚上，你手臂一挥把文学中有关耶稣的部分——关于他的生平、他的事迹、他的精神、他所坚守的原则——全部除去，那么你会使世界——文字的世界——在一夕之间失去色彩，因为耶稣正是那色彩所在。"

耶稣2 000多年前生于以色列。现代文明把时间分为公元前(即基督前)和公元(即主年)的纪年方式来纪念耶稣的诞生。耶稣 30 岁以前是个木匠，过着犹太人的传统生活。当时以色列全境都处于罗马皇帝恺撒的独裁统治之下，包括耶稣出生的伯利恒和成长的拿撒勒。

耶稣 30 岁以后开始教导众人，行神迹，并被记载下来，但他从来都没有远行到距离出生地 200 英里(大约 320 公里)以外的地方。耶稣在传教的 3 年时间里一直尽力保持低调，但他的名声还是传遍了全国，引起了设在以色列各省执政掌权的罗马官员和犹太领袖(宗教律法师)的注意。

耶稣最受争议的就是他一直声称自己就是神，这直接触犯了律法。因此宗教领袖要求罗马政府处死他。罗马当局几次审讯都没发现耶稣触犯了罗马的法律，就连犹太人的领袖也承认，耶稣除了自称为神之外，完好地遵行了犹太人的律法。但他们还是以对政府不利为由，说服以色列南省的罗马总督彼拉多，下令将耶稣处决。

耶稣被捕后遭到严刑拷打，然后双手被人挂起来，钉在一根水平的木梁(十字架)上。这种行刑方法使得空气无法进入肺部，3 小时以后他就死了。然而，有 500 多人却见证说，他 3 天以后复活了，而且此后的 40 天里在以色列的南北两省走动。很多人认为这就足以证明耶稣自称为神是真实的。后来，耶稣返回了自己不久前遇害的城市耶路撒冷，见证人说他从那里离开了地球，升到天上去了。

因为这些神奇的事件，跟随耶稣的人数大大增加了。根据史料记载，仅仅几个月之后，在耶路撒冷城一天之内就增添了大约3 000名跟随者。宗教领袖执意镇压跟随耶稣的人，但他们当中许许多多的人宁愿去死也不肯否认耶稣就是真神的信仰。

不到 100 年的时间，罗马全境(小亚细亚、欧洲)到处都有人跟随耶稣。公元 325 年，跟随耶稣的信仰(基督教)被罗马皇帝君士坦丁确立为官方宗教。500 年以后，希腊境内希腊诸神的庙宇也都改造成了教会，成为跟随耶稣的人聚会的场所。

耶稣的教导及影响所到之处，婚姻被高举，妇女的权利地位被认同，学校与高等院校被建立，儿童保护法令被定位，奴隶得释放，并带给人类无数正面的好处；许多人的生命也得到戏剧性的改变。

耶稣是第一位阐明为人处世的黄金律的人。他说："你们愿意人怎样待你们，也要怎样待人。”由此确立了最严格的道德规范。如果没有《圣经》，我们将无从知悉耶稣道德的完善，数千年来，《圣经》支撑了西方文明的道德规范。

延伸阅读 YANSHEN YUEDU

17世纪英国清教徒约翰·班扬因不信奉国教，被关押在狱12年之久。**《天路历程》**作为他在狱中心血凝成的杰作，被译成多种文字，在世界各地不断再版，其家喻户晓的程度仅次于《圣经》，被誉为“英国文学中最著名的寓言”。本书讲述了一个坚忍的基督徒为寻求永生而踏上荆棘遍布的漫漫旅程，充满危险、诱惑与灾难的尘世被他一步步抛弃，只为负罪的灵魂在高天之上得到迎接。小说人物形象丰满，想象奇特，故事生活化，对人性弱点的对照尖锐而深刻，理想主义的热情震撼人心，因而超越了时间和宗教的局限，在成书300多年后的今天依然光彩夺目。

* * * *

现实生活中荆棘丛生，苦难重重。人们每天都在追求、憧憬、失望、痛苦中煎熬。每个人都要永无休止地经受挫折、失意、疾病、孤独、失恋的折磨和威胁，因此无不渴望找到解脱的药方。**《荒漠甘泉》**是一剂救世良药，征服了东西方亿万读者。从纽约的摩天大厦到伦敦东区的贫民窟，从澳大利亚辽阔的草原到非洲燠热的矿场，无论市井平民、虔诚教徒，还是将军元帅、总统议员，都有它的读者。有的作为座右铭摆在案头，有的作为醒世箴言传至后代。本书的可贵之处在于，作者考门夫人虽是在写读经感受，行文却毫无经味、教味、派味。书中每篇文章都是一篇优美的散文，或摘引寓言、叙述故事，或描述景物、寓情于景，或揭示心态、直抒胸臆，都有声、有色、有情、有理。

论语

孔　子（中国·春秋　公元前551年—公元前479年）

孔子对于社会制度，对于人们思想的影响如此深远，几乎与一些宗教创始人如释迦牟尼、耶稣、穆罕默德相同，但性质却大不相同。孔子完全是历史上的真实人物，他的生平事迹广为流传。其《论语》一书所灌输给人们的严格的道德标准，永为后世尊崇。

——英国著名哲学家　罗　素

在2 000多年前的一个遥远的朝代，夏商周约3 000年的文化沃土孕育了集上古三代文化之大成者——孔子。这位垂宪万世的至圣先师，是世界十大文化名人之一，西方的学者们一直将其与耶稣、释迦牟尼并称为“世界三圣”。公元1988年，诺贝尔奖获得者齐聚西方文化名城巴黎发表了著名的巴黎宣言。这些当代科学、医学和文学的顶尖级巨匠们以不容置疑的语言向全世界宣告：“人类要在21世纪生存下去，必须回首2 500年，从孔子那里寻找智慧。”

孔子是中国传统文化最杰出的导师，由他开创的儒家学派的思想成为中华民族传统文化的主干。在中国的历史上，儒家思想几乎一直占据着主流地位，因此孔子的观念可以说是渗进每个中国人的骨子里。在中国传统文化体系中，修身处世是基点，是核心，而孔子提倡的“忠义礼智信”可以说是华夏伦理道德的规范所据，他的“修身齐家治国平天下”思想亦成为后人价值观念的是非标准。孔子的高明治国之道几乎是百世不衰，他倡导的人生目标和人生设计以及躬行不辍的为人处世方略，不仅显示了一个巨人的完美人格，并且能让后人学到许多学问和做人的道理。

孔子是影响中国礼乐文化、政治文化、制度文化等最深远的思想家、哲学家、教育家，他的名字犹如一颗启明星闪烁在东方的天宇，昭示着一代代的求知者。《论语》这本记录孔子及其弟子的言行的经典，是一部博大精深的著作，它所蕴涵的内容十分丰富，诸如政治、经济、文化、教育等方面无所不包，关于立信、躬行、守礼、好学、改过、慎言谨行等内容都有论及。它全面而又集中地反映了孔子非凡的品德、高深的学问和过人的智慧，无处不体现出他宽厚仁义的用心。孔子告诉世人的不是钩心斗角、尔虞我诈的机谋，而是坦坦荡荡的处世哲学。从这一点看来，《论语》堪称是一部关于处世待人的教科书，被称为“中国人的圣经”。

从汉朝董仲舒提倡“罢黜百家、独尊儒术”以来，《论语》中所倡导的为人处世之道和经世致用之学，给中国社会的文化留下了深深的烙印。这些内容不仅成为孔子生活的那个时代所公行的是非尺度，也几乎成为后世人们所尊奉的信条，至今仍然闪烁着耀眼的光芒。

KUANGSHI JIEZUO 旷世杰作

公元前479年，孔子去世后，他的弟子辑录其言论，编成《论语》一书，保留了孔子生平、思想学说的重要材料。现存《论语》共20篇，492章，各篇无固定标题，后人一般用每篇开头两至三字作为篇名。其中记录孔子与弟子谈论之语约444章，另外48章记载了孔门弟子之间谈论之语。《论语》说理深入浅出、言简意赅，只有数千言。然而正是这数千言，囊括了孔子思想的精华，反映了孔子的天命观、道德观、政治观、教育观，处处体现了孔子通彻人生的大智慧，可谓是其言简而其意深远。

《论语》不但是中国古代文化的重要组成部分，而且对中国人的民族精神和伦理道德也产生了重大影响。在中国人的伦理道德和行为规范中，有许多来源于儒家文化的成分，如尊老爱幼、礼貌待人、见义勇为、遵守秩序等，表扬一户人家庭关系和睦，就说是诗礼之家；称赞一个人有胸怀、有学识，就会说他有儒者风范。中国人浓厚的家族观念和孝悌思想，是儒家文化的直接体现。在中国古代社会，学生们一进学堂，首先要向孔子像行礼，学的也是《论语》、《大学》等儒家经典，成绩好的学生，可以通过朝廷设置的科举考试制度，成为国家的官吏。

孔子在《论语》中告诉人们，处世原则是积极的入世，而不是消极的避世或出世。孔子一生就是恪守自己制定的这一处世哲学的。他生活在春秋时期，当时天下动乱，战争频频，但他并不遁迹山林，去过隐逸的生活，而是多方奔走，四处游说，积极推行自己的政治主张，这种做法在当时是极为罕见的。在周游列国的过程中，孔子曾困厄于匡，绝粮于陈、蔡，但是，不论在何等艰难的条件下，他始终不渝地坚持自己的政治理想，并以此教育弟子。在匆忙奔波的旅途中，他遇见过不少远离世事的隐士，他们对孔子汲汲于世事，或感到不解，或冷嘲热讽，或不予理睬。孔子则表示不能隐居山林，必须在社会中生活，而且积极地参与改变社会的活动，其热心救世的精神可谓坚忍不拔，令人敬佩。即使在他的学说得不到各国君主重视采纳的情况下，他也没有消沉低落，而是办学兴教，著书立说。这些都为后人关心世事、积极入世树立了良好的榜样。

儒家的处世哲学，对于社会来说，是爱人利他；对于自己来说，是正己修身。孔子认为己不正则难正人，首先要求自己奉行社会通行的道德准则，加强自身的修养，经常省察自己。一个人的道德修养，都是从他与社会、与其他人的关系中体现出来的。孔子用对于自身的生命历程的精练表述作为一个范例，说明了修身在其人生的每一阶段的重要作用："吾十有五而志于学，三十而立，四十而不惑，五十而知天命，六十而耳顺，七十而从心所欲，不逾矩。"由于孔子生命历程本身就是一部垂范示教的修身课程，儒家后学无不将其视为效法的榜样。

孔子认为处世即处人。人生在社会中，长于人群里，个人与整个社会、与周围的人群，有着鱼水般的依存关系。一切理想、愿望、目标，都要通过处理好这一关系，才能圆满地实现。孔子深谙个中三味，在待人处世上，创立了以"仁"为核心的思想，把"仁"作为人生处世的最高准则，要人们尊奉这自古以来的行为标准，以礼义为做人的依据。孔子所倡导的道德以"仁"为核心。从造字法上说，"仁"字是个会意字，由"人"和"二"组合而成。"仁"即是人与人相接相交、相遇相处应有的道德规范。它所涉及的方面相当宽泛，主要是孝、悌、忠、信、智、勇、恕。孝是敬爱父母，悌是敬爱兄长。《学而》中说，孝悌是为仁之本，是人的天性，爱父母，爱兄长，在此基础上，才有可能推广爱心，爱及社会而成仁德。《论语》中讲的"忠"，不是特指对国君的"忠"，尽心尽力为别人操劳，这就是"忠"，不管对方是什么人。孔子将信看得很重，与人相处，与人共事，取得信任是至关重要的。《论语》中的"智"，主要有两个意思：一是明白事理，不会头脑简单，轻易上人家的当，作无谓的牺牲；其二乃"知人"。人生活在社会中，总要跟人相处、交往。不知人，何以在与人交往、相处时采取合适的举动，何以择师择友以益其学问道德修养，何以选人任事以成其功，因而"知人"是很重要的。"勇"也是"仁"所包括的一种美德。要做到"勇"，必须注意两点：一是"勇"必须合于礼，合于义；二是"勇"必须与"敬"、"智"结合起来，不是一味蛮干。在孔子眼中，"中庸"是一种最高的德性，他强调中庸是天下事物的本质和规律，平和是获得事物客观规律、道德和行为标准的道路。追求实现中庸平和，能使天和地处于融洽的位置，阴阳能调和，天下万物就能生育成长。

孔子要求一个人的行为能合于"仁"道，人与人之间要"爱"，要有怜悯心、同情心、恻隐之心，要互相关心、互相爱护、互相尊重。而且要把"仁"道作为自己的爱好、追求与信仰，孔子道德修养的最高目标是达到乐道与安仁的境界。子曰："知之者不如好之者，好之者不如乐之者。"孔子本人就是个"乐以忘忧"的人，还赞扬弟子颜回一箪食、一瓢饮，居陋巷而不改其乐的精神。他提倡的"谋道不谋食"、"忧道不忧贫"，都是一种乐道精神。他认为乐道的人是不注重物质享受的，不去计较富贵贫贱，不论居于穷困的境地还是处于安乐的环境，都要安于"仁"德，乐道不倦，把自己的思想感情完全沉浸在“道”里面，从而培养出高尚的情操。

《论语》在论及处世之道时，还十分重视“知人”。在人与人的交往中，首先要“知人”，即了解人。若知人，须从知言入手。孔子曰：“不知言，无以知人。”在了解人的时候，不仅要“听其言”，而且要观其行，进行全面的观察和了解，要“视其所以，观其所由，察其所安”。知人是择友的基础，所以孔子很重视择友。他认为直友可以辅仁，益友可以进德，损友则足以损德，所以《论语》提出了：“益者三友，损者三友：友直、友谅、友多闻，益矣；友便辟，友善柔，友便佞，损矣。”此外，行孝、安贫、立信、躬行、守礼、好学、改过、慎言敏行、反省改过等方面也都是重要的处世之道。

2 000多年过去了，《论语》在现实社会中依然有它的积极意义。比如孔子说：看见贤人便要向他看齐，看见不贤的人要检查自己有没有他的坏毛病，这是人对自身修养的基本要求。在学习上要学而不厌，对于问题要做到知道就是知道，不知道就是不知道，不要不懂装懂。对于政治主张，孔子说：施政要依靠道德的力量，这会使你团结更多的人。这些观点对后人影响都极大。《论语》语言质朴，义理深远，内涵丰富。东汉时期，《论语》被列为七经之一。南宋朱熹把它与《大学》、《中庸》、《孟子》合为《四书》。朱注四书，后来历代朝廷都定为官书，是科举考试的标准本，所以流传极广，影响也最大。到了明清两朝，规定科举考试中，八股文的题目，必须从四书中选取，而且要“代圣人立言”。这一来，当时的读书人都要把《论语》奉为“圣典”，背得滚瓜烂熟。由于《论语》和几千年的中国文化有着血肉联系，历代思想家对《论语》进行了无数的阐释和发挥，所以《论语》所包含的价值内涵已大大超出了这本书的本身，其中有关修身处世所形成的观念，对于中国人的素质修养、道德观念、心理结构、社会习俗、思维处世，无疑产生深刻影响，直到今天还在发挥着潜移默化的作用。

J JINGDIAN DAODU 经典导读

生活的智慧

孔子是中国伟大的教育家、思想家，是一位蜚声世界的文化名人。他的思想不仅对中国，而且对东亚乃至世界都产生了重大影响。孔子创立了儒家思想，一生不懈地教化民众，要人们修身、齐家、治国、平天下、格物、致知、诚意和正心。在《论语》这部记载其思想言行的书中，蕴含博大精深的思想，虽世事变迁，但从今天现代人的眼光来看，先哲的智慧仍闪耀着灿烂的光辉，值得我们后人长期珍视并借鉴和吸收。

仁是孔子哲学的最高范畴，他以仁为中心，建立起自己的人本哲学体系。仁贯彻于伦理领域，他主张孝悌与忠恕；贯彻于政治领域，他主张实行德治；贯彻于教育领域，他主张“有教无类”等等。仁既是其哲学的始点，也是其哲学的终点。仁既是对人们的起码要求，又是人的最高境界。故而，在孔子思想中，仁的意蕴是丰富的，多层次的。

仁是人之本质，是人的内在要求，孔子认为仁的实现绝非是出于外在的压力，而是自我的内在要求。他说：“为仁由己，而由人乎哉？”这是说，实践仁德，全凭自己的主观努力，而决不能依靠他人。

仁是一种美好的品德，在古代，智是一种能通权达变的智慧和客观知识。孔子的仁是一种含有智慧的仁，孔子的智是一种实现仁的智。一个人失去了智慧，他决不能成为仁人，而聪明不为实现仁德服务就会成为小人。孔子曾将仁、智、勇作为君子的三大条件。他说：君子之道有三，仁者不忧愁，智者不迷惑，勇敢者无所畏惧。仁、智、勇三者是衡量君子的标准，三者缺一不可。不过，在这三者之中，仁是主要的，仁是统帅和主宰。假若没有仁德，就称不上是聪明的人。仁是孔子追求的理想境界，仁人或君子是仁的具体实现。因而在现实生活中，如何才能成为仁人和君子是孔子哲学的重要问题。

孔子认为，人就其本质而言，都具有成为君子或仁人的潜能，这种潜能就是人们的相近之性。然而由于人们所处的社会环境及后天的努力不同，从而导致了人的道德修养的差异，这就是“习相远”。而在何种情况下和经过何种努力才能实现仁德，才能成为一个仁人君子，孔子对此做出了可贵的探索。

其一，博学于文。孔子认为，一个人要成为仁人或君子，必须广泛地学习各种文化知识与道德知识。其中包括文、行、忠、信。他认为只是爱好仁、智、信、直、勇、刚等美德，而不注意学习，就会出现种种弊端，最终难以达到仁、智、信、直、勇、刚。因而学习是增进道德修养、提高道德的阶梯。故而孔子主张“下学而上达”。下学就是不耻下问，努力于各种基础知识的学习；上达，即上达天德。下学上达合而言之，就是说学诗、学道、学礼的目的在于超凡入圣，成为一个仁人君子。当然孔子所谓的学，并不仅仅是局限于书本的知识，它还包括向他人学，即所谓“见贤思齐”、“三人行，必有我师焉”。这是所谓的身教重于言教，也就是我们今天所说的“榜样的力量是无穷的”。孔子所树立的榜样就是“贤者”，他认为博学于文有利于提高道德修养的思想，可以说是他自己的切身感受。

其二，约之以礼。孔子认为，接受礼的约束，是成为君子的基本条件。他说君子广泛地学习各种文化知识，用礼加以约束自己的行为，就不至离经叛道了。

像恭敬、谨慎、勇敢、正直等都是人所公认的美德，在孔子看来，这些美德失去了礼的约束，就会走向反面。他说：恭敬而不知礼，就未免显得劳倦；谨慎而不知礼，就会流于畏葸懦弱；勇敢而不知礼，就可能盲动闯祸；心直口快而不知礼，就未免显得尖酸刻薄。总之，礼是人自我完善的外在规范，是个人修养的外在表现。一个人不知礼，就会处处碰壁；整个人类失去礼，就会出现混乱，就会进入无序状态。所以，“不知礼、无以立”，“礼之用，和为贵”。礼的社会作用，就是使人与人之间的关系进入和谐协调状态。

其三，践履笃行。孔子认为，仁德的实现并不表现为一个人如何说，而是看他如何做。践履笃行是实现仁德、完成一个君子的重要条件。孔子一再主张“言必信，行必果”，反对夸夸其谈，自吹自擂，要求讷于言而敏于行。他认为做一个现实生活中的君子远比掌握书本上的学问难。他自称自己的书本学问差不多了，然而“躬行君子，则吾未之有得”。这种躬行君子能“修己以敬”，乃至“修己以安百姓”。修己是道德修养，在古代称之为内圣，安百姓是外在事功，古人称之为外王。“修己以安百姓”，就是内圣外王一贯之道，与孔子倡导的践履笃行相适应，历代儒学者大都主张学问要切于实用，有利于经邦治国，百姓安宁。

其四，克己自省。自我省察是孔子的重要修养方法。曾参是孔子晚期的重要学生，也是孔子内省德的实践者。他自称一天总是反复地反省自己，检查自己，对他人是否做到忠诚，是否做到守信了，对老师传授的知识是否温习了。孔子也说：“内省不疚，夫何忧何惧！”就是说，扪心自问，没有干对不住自己良心的事，也就无忧无惧了。他又告诉人们见贤思齐，见不贤内省。就是看见比自己品德高尚的人，要努力赶上他们，看见品德不端的人要反省一下自己是否也有类似的过错。孔子的这种内省理论为孟子等人发展为“慎独”学说，使它成为儒家的思想的重要组成部分。

其五，知耻改过。在学习上，孔子主张不耻下问，但在道德修养上他认为仁人君子应当对自己的行为负责，知道何者为荣，何者为耻，这就是博学于文，行己有耻。后来孟子将孔子知耻发展为人先天就具有的“羞恶之心”。孔子还认为，人难免会犯错误，犯了错误及时改正，仍不失为一个仁人君子，错而不改，才是错上加错。正是“君子之过也，如日月之食焉。过也，人皆见之；更也，人皆仰之”。他对善于改正错误的大弟子颜回常常是赞不绝口，认为他不迁怒，不贰过，是一位可堪造化之才。孔子不仅是一位知过即改、能虚心接受他人批评的人，而且他还把他人对自己的错误批评当做人生的幸事。这是何等的胸怀！

孔子认为，每一个人都有成为仁人君子的潜能，只要他能做到博学于文，约之以礼，践履笃行，克己自省，知耻改过，他就一定能将自己的潜能发挥出来，实现仁德，成为一个仁人君子。仁作为一个理想的境域，人们无法穷尽它的意蕴，但人们通过自强不息，进德修业，可以不断地上达天德，就能实现仁。仁的实现，既无需像佛家那样逃之深山，隐遁空门，也不必如耶稣教那样，走进教堂，面对圣灵祈祷、礼拜，它就在人们现实生活之中，在人们的洒扫应对之间。所以儒家的学问是入世的学问，孔子的理想人格是现实具体的人格。总之，儒家的学问，孔子的学问“极高明而道中庸”。

在某种意义上说，孔子之学是人学，是如何成人之学，是伦理道德之学。孔子认为天下失序，礼坏乐崩，人心不古，世俗日下，关键在于人们丧失了美好的道德。天下之人，从君主到公卿大夫，乃至平民百姓，如果都注意修身，加强道德意识的培养，成为仁人君子，天下就太平了，国家就安宁了，人民就好过了。道德是孔子全部学说的出发点和基础，是他解决问题的入手处，也是他的理想追求。孔子的这一思想，对后世产生了巨大影响，在中华民族的风俗习惯、心理结构的形成中起到了重要作用。

在《论语》中孔子的思想涵盖了很多方面，但主要是教导人们如何生活，同时他所说的生活也很简单、很平常、很现实，就是“修己爱人”、“修己以敬”、“修己以安百姓”。修己就是加强自我道德意识的培养，爱人、爱百姓就是将自己的仁德外化到社会之中去，使他人、使百姓都感到你的好处。孔子认为修己必须从孝悌做起，孝悌是“尊尊”与“亲亲”的典型体现，是处理家庭关系的两条行为准则，而家庭是社会的细胞，是一个个的小社会，家庭和谐了，社会也就安定了。所以孔子的孝悌之道是关联着整个社会而说的，是为整个社会的安宁和福祉而立言的。

由此可见，孔子告诉人们的是现实的智慧，实践的智慧，生活的智慧。生活是每一个人的生活，每一个人亦都在生活之中，无论是谁都离不开生活，都在生活着。生活是其现实道德的必由之途径。是君子，或是小人，是向上提升自己的精神，还是向下沉沦于世俗，全由自己。（颜炳罡）

走近孔子

《论语》作为一部涉及人类生活诸多方面的儒家经典著作，许多篇章谈到做人的问题，这对当代人具有借鉴意义。

其一，做人要正直磊落。孔子认为：“人之生也直，罔之生也幸而免。”（《雍也》）在孔子看来，一个人要正直，只有正直才能光明磊落。然而我们的生活中不正直的人也能生存，但那只是靠侥幸而避免了灾祸。按事物发展的逻辑推理，这种靠侥幸避免灾祸的人迟早要跌跟斗。

其二，做人要重视“仁德”。这是孔子在做人问题上强调最多的问题之一。在孔子看来，仁德是做人的根本，是处于第一位的。孔子说：“弟子入则孝，出则悌，谨而信，泛爱众，而亲仁。行有余力，则以学文。”（《学而》）又曰：“人而不仁，如礼何？人而不仁，如乐何？”（《八佾》）这说明只有在仁德的基础上做学问、学礼乐才有意义。孔子还认为，只有仁德的人才能无私地对待别人，才能得到人们的称颂。子曰：“唯仁者能好人，能恶人。”（《里仁》）“齐景公有马千驷，死之日，民无德而称焉。伯夷、叔齐饿死于首阳之下，民到于今称之。”（《季氏》）充分说明仁德的价值和力量。

那么怎样才能算仁呢？颜渊问

仁，子曰："克己复礼为仁。一日克己复礼，天下归仁焉。"(《颜渊》)也就是说，只有克制自己，让言行符合礼就是仁德了。一旦做到言行符合礼，天下的人就会赞许你为仁人了。可见"仁"不是先天就有的，而是后天"修身"、"克己"的结果。当然孔子还提出仁德的外在标准，这就是"刚、毅、木、讷近仁。"(《子路》)即刚强、果断、质朴、语言谦虚的人接近于仁德。同时他还提出实践仁德的五项标准，即："恭、宽、信、敏、惠。"(《阳货》)即恭谨、宽厚、信实、勤敏、慈惠。他说，对人恭谨就不会招致侮辱，待人宽厚就会得到大家拥护，交往信实别人就会信任，做事勤敏就会取得成功，给人慈惠就能够很好使唤民众。孔子说能实行这五种美德者，就可算是仁了。

当然，在孔子看来要想完全达到仁是极不容易的。所以他教人追求仁德的方法，那就是"博学于文，约之以礼，亦可以弗畔矣夫！"(《颜渊》)即广泛地学习文化典籍，用礼约束自己的行为，这样就可以不背离正道了。同时也要重视向仁德的人学习，用仁德的人来帮助培养仁德。而仁德的人应该是自己站得住，也使别人站得住，自己希望达到也帮助别人达到，凡事能推己及人的人。即："己欲立而立人，己欲达而达人，能近取譬，可谓仁之方也已。"(《雍也》)

其三，做人要重视修养和全面发展。曾子曰："吾日三省吾身：为人谋而不忠乎？与朋友交而不信乎？传不习乎？"(《学而》)即：我每天都要再三反省自己：帮助别人办事是否尽心竭力了？与朋友交往是否讲信用了？老师传授的学业是否温习了？强调从自身出发修养品德的重要性。在此基础上，孔子强调做人还要重视全面发展。子曰："志于道，据于德，依于仁，游于艺。"(《述而》)即：志向在于道，根据在于德，凭借在于仁，活动在于六艺（礼、乐、射、御、书、数），只有这样才能真正地做人。那么孔子为什么强调做人要全面发展呢？这里体现了孔子对人的社会性的认识，以及个人修养的相互制约作用，他说："举于诗，立于礼，成于乐。"(《泰伯》)即：诗歌可以振奋人的精神，礼节可以坚定人的情操，音乐可以促进人们事业的成功。所以，对于个人修养来说，全面发展显得极为重要。

《论语》许多篇幅谈及君子，但这里的君子是一个广义概念，重在强调一种人格的追求，教人做一个不同于平凡的人。为实现这一目的，《论语》提出了君子的言行标准及道德修养要求。

其一，"君子不器"。孔子认为作为君子必须具备多种才能，不能只像器具一样，而应"义以为质，礼以行之，逊以出之，信以成之。"(《卫灵公》)也就是说，君子应以道义作为做人的根本，按礼仪来实行，用谦逊来表达它，用忠诚来完成它，否则就谈不上君子。

其二，君子要重视自我修养。孔子曰："富与贵，是人之所欲也，不以其道得之，不处也。贫与贱，是人之所恶也，不以其道得之，不去也。君子去仁，恶乎成名？君子无终食之间违仁，造次必于是，颠沛必于是。"(《里仁》)

在孔子看来，作为君子就必须重视仁德修养，不论在任何条件下，都不能离开仁德。同时曾子认为，君子重视仁德修养还必须注意三个方面的规范：一是“动容貌，斯远暴慢矣”；二是“正颜色，斯近信矣”；三是“出辞气，斯远鄙倍矣。”（《泰伯》）也就是说，君子要严肃自己的容貌，端正自己的脸色，注意自己的言辞，只有这样才能使人对你尊敬、信任、温和。同时，孔子还认为“君子泰而不骄”（《子路》）；“君子矜而不争，群而不党。”“君子病无能焉，不病人亡不己知也。”“君子疾得世而名不称焉。”“君子求诸己，小人求诸人。”（《卫灵公》）即作为君子应心境安宁而不傲慢，态度庄重而不与人争吵，能合群而不结党营私；君子要重视提高自己，在有生之年对社会多作贡献，只有这样才能称得上君子的修养。

其三，君子要处处严格要求自己。孔子认为，君子除了自我修养，还要重视用“戒、畏、思”几项标准严格要求自己。孔子曰：“君子有三戒：少之时，血气未定，戒之在色；及其壮也，血气方刚，戒之在斗；及其老也，血气既衰，戒之在得。”“君子有三畏：畏天命，畏大人，畏圣人之言。”“君子有九思：视思明，听思聪，色思温，貌思恭，言思忠，事思敬，疑思问，忿思难，见得思义。”（《季氏》）这些思想从不同角度提出了对君子的要求，概括起来有三点：一是要随时注意戒除个人的欲念；二是处事中要有敬畏之心，防止肆无忌惮；三是认真处理，随时严格要求自己。

其四，君子要重义避利，追求道义。孔子认为，君子和小人之间的差别还在于具有不同的生活态度和不同的人生追求。他认为，“君子喻于义，小人喻于利。”（《里仁》）“君子谋道不谋食。”“君子忧道不忧贫。”（《卫灵公》）“君子怀德，小人怀土；君子怀刑，小人怀惠。”（《里仁》）也就是说，作为君子只有重视道义、追求道义，才能与小人区别，才能真正体现君子的精神。同时，孔子还认为，君子必须言行一致，表里如一，即所谓：“君子欲讷于言，而敏于行。”（《里仁》）“先行其言而后从之。”（《为政》）

《论语》作为孔子及其门人的言行集，内容十分广泛，多半涉及人类社会生活问题，对中华民族的心理素质及道德行为起到过重大影响，直到新文化运动之前，约2 000年的历史中，一直是中国人的初学必读之书。

（佚　名）

职场修身论语：小不忍则乱大谋

职场如战场，很多人在里面绞尽脑汁、费尽心智，既要迎合领导意图，又要搞好同事关系，因此往往需要学习一些职场之术。其实孔夫子早在2 000多年前的《论语》中就已经教给了我们许多做人处世的道理，这些在今天的职场中同样适用。

一、小不忍则乱大谋

“小不忍则乱大谋”这句话在民间极为流行，甚至成为一些人用以告诫自己的座右铭。有志向、有理想的人，不应斤斤计较个人得失，更不应在小事上纠缠不清，而应有开阔的胸襟和远大的抱负。只有如此，才能成就大事，从而实现自己的梦想。

在职场中，往往有很多表面上看起来是吃亏的事情，比如工作的调动、环境的变迁等。面对这些事情，我们应该做到能够泰然处之，“小不忍则乱大谋”，心胸开阔，目光放远一些。看这些事情对自己的长远发展是否有利，而不去逞匹夫之勇。

二、众恶之，必察焉；众好之，必察焉

这句话含有两方面的意思，一是说明了决不人云亦云，不随波逐流，不因众人的是非标准影响自己的判断。要经过自己的独立思考和理性的判断，然后作出结论。二是一个人的好与坏不是绝对的，在不同的形势、不同的人心目中，往往会有很大的差别，所以应该用自己的标准去评判他。领导往往欣赏的是有个性、有主见的年轻人，这样的人才能独当一面，今后才能有更好的发展。

三、工欲善其事，必先利其器

“磨刀不误砍柴工”的道理早已被人们所熟知。在职场中，要想谋取一个更好的职位，你必须事先做充分的准备，把自己各方面的能力锻炼好，只待时机一到，马上就能担当重任，而且还要做得很出色。“机遇只青睐有准备的人”。

四、人无远虑，必有近忧

身处这个信息时代，社会工作的一个特点就是节奏很快。知识体系和技术的更新速度之快，要求我们不断地学习新的东西，按时“充电”。即使身处一个比较安逸的环境，也应该“居安思危”，考虑以后形势的变动对自身发展的影响。如果不思进取、得过且过的话，总有一天会被淘汰。

五、躬自厚而薄责于人，则远怨矣

人与人相处难免会有各种矛盾与纠纷，为人处世应该多替他人考虑，多从他人的角度看待问题。所以，一旦发生了矛盾，应该多作自我批评，而不能一味指责他人的不是。责己严，待人宽，这是保持良好、和谐的人际关系所不可缺少的原则。

职场中人与人相处并不像有些人说的全都是尔虞我诈、欺上瞒下，很多时候还是需要真诚相处的。同事之间产生了矛盾，不要针锋相对、一味地去挑对方的毛病，那样只会伤害同事之间的感情，无利于职场和睦。首先应该自我检讨一下，自己是否有什么过错，是否对对方产生了伤害，站在他的立场上审视自己。多一些宽容，少一些责难，对人对己都是有益的。

六、中庸之为德也，其至矣乎

中庸是孔子和儒家的重要思想，尤其作为一种道德观念，是孔子和儒家尤为提倡的。中庸属于道德行为的评价问题，也是一种德行，而且是最高的德行。宋儒说，不偏不倚谓之中，平常谓庸。中庸就是不偏不倚的平常的道理。中庸又被理解为“中道”，“中道”就是不偏于对立双方的任何一方，使双方保持均衡状态；中庸还可以称为“中行”，“中行”是说人的举止、德行都不偏于任何一方，对立的双方互相牵制，互相补充。总之，中庸是一种折中调和的思想。

中庸之道与没有原则、人云亦云不同，这是一种必要的协调的必不可少的关系。在职场中很多时候往往需要这种为人处世的态度，因为职场也是一个大家庭，如果一味地讲究个性，没有团体合作意识，会搞得一团糟，也不利于集体的发展。因此，在不违背原则的情况下，保持一个中庸之道，确实是明智之举。（佚　名）

DASHI CHUANQI 大师传奇

在中国5 000年的历史上，对华夏民族的性格、气质产生最大影响的人，就是孔子了。他正直、乐观向上、积极进取，一生都在追求真、善、美，追求理想的社会。他不靠金钱，不靠强力，也不用宗教的力量，而门人三千，贤人七十二，心甘情愿地追随着他。因为他"学而不厌，诲人不倦"地追求大道，然后把生命的源泉传给别人。弟子从他身上吸取的是厚道和仁爱、反省自躬、至大至刚的进取精神。从汉代到清朝的整个中国封建历史，从思想领域到文化领域都留下了孔子抹也抹不去的印记。司马迁在曲阜观礼时，观到人们言行举止温文儒雅，从而感受到了孔子的遗泽，情不自禁地慨叹这位大圣之人的深远影响："高山仰止，景行行止。"千载之下，仍令人追思。

公元前 551 年（鲁襄公二十二年），孔子生于鲁国陬邑昌平乡（今山东曲阜城东南）。因父母曾为生子而祷于尼丘山，故名丘，字仲尼。孔子生于乱世，3 岁时父亲又病故，家贫又没有靠山，不得不从事一些在当时被认为卑贱的职业。然而，正是这种逆境激发了孔子好学向上的志向，他 15 岁便确立了学习的志向，其博学、好问、审思、明辨的精神在早年就可见一斑。到了 30 岁左右，孔子博学的名声逐渐大起来，并收了第一批弟子。

孔子一生中有大半时间是从事传道、授业、解惑的教育工作。他首创私学，开门授学，打破了"学在官府"的旧制度，突破了贵族对文化知识的垄断，促进了文化知识在民间的传播。孔子提倡"学以致用"，他的教学目的在于培养为实行"礼治"和"仁政"所需的人才，把"学"与"道"联系起来。孔子创造了一套卓有成效的教育教学方法。"因材施教"是孔子的一条重要教学原则，即针对每个学生的个性和优缺点，循循善诱，尽量发挥其长处。孔子对学生的影响，一部分是言传，通过学习古代文献传授各种技艺，而更多的、更为深刻的则是身教。他的勤奋好学，他对真理、对理想、对完美人格的追求，他的正直、善良、谦虚、有礼，他对国家的忠诚与对百姓的关心，都深深地感染着他的学生和后人。

孔子不仅博闻多识，热心教育，而且毕生致力于研求为政和为人之道。他主张"学而优则仕"，希望依靠自己的广博学识走上从政道路。然而，仕途的大门直到他年过半百之后才向他敞开，孔子 51 岁那年任鲁国中都宰，继而又任司空，52 岁升任大司寇，55 岁又兼任代理宰相。孔子为官期间，在内政外交、文治武功上都有建树。据说因他做了司寇，一向骗人的羊贩子变得规矩了，骂街的泼妇被丈夫休弃，骄横的流氓搬了家，市侩商人也不敢哄抬物价了。但是，他与鲁国实权派“三桓”政见不合，在代理宰相数月之后便辞职，离开鲁国，到别的诸侯国谋求发展。孔子到过卫、宋、陈、郑、蔡、楚等国，所到之处都受到当地国君的礼遇，但始终没有机会实现他的政治理想。孔子周游列国无所遇，68岁那年，他回到鲁国定居。

回到鲁国后，他继续办教育，培养学生，并整理和研究古代文献：《诗》、《书》、《易》、《礼》、《乐》、《春秋》，号称“六经”。可以说，在先秦时代所有的学派和学者当中，孔子在保存、整理古代文献方面作出的贡献最大。

孔子于鲁哀公十六年（公元前479年）去世，他一生以其伟大的人格和自强不息的精神感召了他的学生。他终其一生，视道德人格高于一切，决不为谋求物质利益和权势地位而放弃自己的原则，更不因之而丧失自己的道德人格。他曾说，“君子谋道不谋食”，“朝闻道，夕死可矣”，意思是说君子应为追求真理而活着，不应为追求物质享乐而活着；君子早上寻求到真理，晚上就死去了，也甘心情愿。他认为小人在穷困之中往往乱了方寸，为非作歹；而君子则应在贫困中坚守自己的道德情操。所以他说，吃粗饭，喝生水，“曲肱而枕之，乐在其中矣。不义富且贵，于我如浮云”。义与不义是其取舍的标准。他甚至认为道德人格比生命还重要，在生命和道义发生冲突的时候，“志士仁人，有杀身成仁，无求生以害仁”。虽然他一生志不得酬，颠沛流离，历尽坎坷，然而一切困厄、艰辛，乃至危险都未能动摇他的意志，未能使他放弃救世的热忱，他以明知不可为而为之的精神，为变无道世界为有道的世界奋斗了一生。他的弟子们正是为他的这种精神所感动，在任何情况下，都与老师坚定地站在一起，与老师共患难。孟子曾说：“以德服人者，中心悦而诚服也，如七十子之服孔子也。”以德服人，正是孔子吸引学生的诀窍。

孔子无论生前死后，其崇拜者都不可胜数。他的弟子子贡将其比成不可逾越的日月。儒家后学荀子更将他与古代的“三王”并称。西汉史学家司马迁评价孔子时说，天下的君王乃至贤人实在太多了，活着的时候都很荣耀显赫，一旦死去就消失得无影无踪了。孔子只是个平民，可他的名声和学说却流传了十几代，学者们仍然推崇他为宗师。从天子到侯王，凡是讲论六经道艺的人，都把孔子的学说当做是判断和衡量的最高准则，孔子可以说是至高无上的圣人了！

在中国古代里，孔子被称为“至圣先师”，这反映了封建统治者和士大夫们对他的极端尊崇。客观地从整个中国文化史来看，孔子确实是位具有特殊的历史地位的大教育家和学者。

孔子是公认的世界伟人。他的思想和影响早已超过了国界的限制，走向了世界。早在汉唐时期，孔子的思想就远播朝鲜、日本、东南亚诸国。18世纪以来，他的思想又颇受欧洲启蒙思想的青睐。时至今日，孔子思想依然为世界各国文化的研究者所注目，也为一些地方的政治家所重视。

孔子思想传入欧洲后，对欧洲的思想产生了重要影响。像德国哲学家莱布尼茨、沃尔夫，法国启蒙思想家伏尔泰、狄德罗、卢梭等，都对孔子及其学说给予了很高的评价。绝大部分西方人对孔子尊敬有加，西方出版的“100个历史上最有影响的人物”中，排名第五的是孔子，美国人还尊孔子为世界十大思想家之首。

YANSHEN YUEDU 延伸阅读

《礼记》 战国至秦汉年间儒家学者解释说明经书《仪礼》的文章选集，是一部儒家思想的资料汇编，记录了孔子和弟子的问答和修身做人的准则。《礼记》的作者不止一人，写作时间也有先有后，其内容广博，门类杂多，涉及政治、法律、道德、哲学、历史、祭祀、文艺、日常生活、历法、地理等诸多方面，几乎包罗万象，集中体现了先秦儒家的政治、哲学和伦理思想，是研究先秦社会的重要资料。《礼记》一书的编定是西汉礼学家戴德和他的侄子戴圣完成的。戴德选编的85篇本叫《大戴礼记》，在后来的流传过程中若断若续，到唐代只剩下了39篇。戴圣选编的49篇本叫《小戴礼记》，即我们今天见到的《礼记》。这两种书各有侧重和取舍，各有特色。东汉末年，著名学者郑玄为《小戴礼记》作了出色的注解，后来这个本子便盛行不衰，并由解说经文的著作逐渐成为经典，到唐代被列为“九经”之一，到宋代被列入“十三经”之中，成为士人必读之书。《礼记》与《仪礼》、《周礼》合称“三礼”，对中国文化产生过深远的影响。

* * * *

中国近代以来的国学复兴大潮中，主讲《论语》者无以计数，而能如国学大师南怀瑾先生这样深入浅出、举重若轻地阐释《论语》奥义的却寥寥无几，这也是**《论语别裁》**“在全盘西化”逆流中能一版再版、风行天下的重要原因。南怀瑾先生在本书中对《论语》每一段原文均作了详细而又生动的讲述，颇有经史合参的古风，又能使读者于横生的妙趣中体会深邃的蕴意，从而学以致用于纷繁复杂的现实生活中，可以说《论语》因这部别裁而生出了新的光辉。正如先生所说，将要帮助那些陷入现代社会心理病态的人们求得一个解脱的答案，建立一种卓然不拔、矗立于风雨艰危中的人生目的和精神，庶几不负先贤的一片苦心，也不负新旧世纪之交年轻人不可推卸的责任。

孟　子

孟　子（中国·战国　约公元前372年—公元前289年）

周公殁，圣人之道不行；孟轲死，圣人之学不传。道不行，百世无善治；学不传，千载无真儒……无真儒则天下贸贸然莫知所之，人欲肆而天理灭矣。

——北宋著名思想家　程　颐

在我国漫长的封建社会里，儒家思想处于独尊地位。每逢帝王们祭祀孔子时，他的旁边总会有一位儒家学派的大学者陪着。他同样拥有崇高尊号——“亚圣”。显然，在儒家学派中，他的地位仅次于孔子，这位大学者便是孟子。

孟子是我国古代著名的思想家，他继承和发展了由孔子创立的儒家学说，是儒家第二大宗师。汉代赵岐称孟子为“命世亚圣之大才”，唐代韩愈提倡“道德”论，认为孟子是尧、舜、禹、汤、文、武、周公直至孔子以来，一脉相承道统的直接继承人，他极力推崇孟子，把《孟子》一书视为儒学圣教的入门书。南宋时，理学家朱熹把《论语》、《孟子》、《大学》、《中庸》合在一起，编成《四书集注》，使孟子的地位大大提高。到了元朝，文宗皇帝封孟子为“邹国亚圣公”，从此，以孔子、孟子为代表的儒家思想与政治路线，一直被称为孔孟之道，后世人把孟子与孔子并称为“孔孟”。儒家学说能在中国封建社会的长期发展中占据主导地位，孟子是起了重要作用的。

古今中外，许多被后世认为是多么伟大，能影响千秋万世的人物，在当时大多数都是凄凉寂寞的，就因为他们在生前不抱短见，不唯利是图，对一己之微、对国家天下事，都是以崇高的人品风格来为人处世的。孟子就是这样的人，他生当乱世，以“正人心、息邪说，距诐行，放淫辞”觉民救世，以保卫儒家道统为己任。他的修身处世之道，是对上至《周易》、下至商周时代中国所具有的优秀人文精神的继承和发展。他留下的《孟子》一书告诉我们：“处世”，首先是要“做人”，“为人处世”不可分割，“做人”即是修身处世。而“做人”的要义在于，人的行为必须合乎“人”应该具有的道德规范，做人就是以道德律己、以道德待人。“圣人，百世之师也”，孟子这位才德绝世的圣人，用深远的德行感化世人，足以堪称百世师表。

KUANGSHI JIEZUO 旷世杰作

孟子是一位著名政治活动家，为了传播儒家学说，推行他的“仁义”纲领，他带着学生周游列国，跑遍了邹、滕、魏、齐、宋、鲁等国。到了晚年，他就归隐故乡，与弟子万章、公孙丑等将自己的主张系统地著述。流传至今的《孟子》七篇既是一部儒家经典，也是一部优秀的古代散文集，它在哲学史和文学史上都有着较高的地位。

《周易·坤》说：“地势坤，君子以厚德载物。”孔子说：“邦有道，不废；邦无道，免于刑戮。”（《论语·公冶长》）孟子则进一步说：“穷不失义，达不离道……得志，泽加于民；不得志，修身见于世。穷则独善其身，达则兼善天下。”由此可见，孟子主张人的一生一方面要身任天下，广有作为；另一方面又要修身养性，自善其身，从而在人生功名上和心性修养上都取得圆满。孟子认为天下的基础是国，国的基础是家，家的基础是人。一个人能有好的修养，才能齐家；只有家齐，才能治国；只有国治，天下才能太平。孟子这些有关修身处世之道的论述，几千年来潜移默化于中国人的民族精神中，影响着中国人的行为方式、处世态度。

先秦儒家十分重视高于生命的仁义道德。孔子说：“志士仁人，无求生以害仁，有杀身以成仁。”孟子也讲“舍身而取义”。这并不是说他们就不重视生命，而是把道德修养与养生结合在一起，强调道德修养具有实际意义上的养生功能。

孟子把道德规范概括为四种，即仁、义、礼、智。他认为，仁、义、礼、智四者之中，仁、义最为重要。仁、义的基础是孝、悌，而孝、悌是处理父子和兄弟血缘关系的基本的道德规范。为了说明这些道德规范的起源，孟子提出了人性本善的思想。他勉励人君要诚心向善，以行动来表现善，假使只是在口头上谈善，没有事实证明，不能使人相信，从而心悦诚服；如果能把善见诸行动，以实惠施诸他人，则天下所有的人都会信服他。

孟子认为要端正别人的言行和德行，就必须首先端正自己的言行和德性；如果不端正自己，那么就无法端正别人，甚至包括自己身边的亲人，更不用说去匡正整个天下了。要做真正的君子，就要先正己，方可再正他人。而正己要做到当自己的言行引起别人有意见时就应首先反问自己是否做错了什么，是否想错了什么；当自己的言行没有达到预期效果时就应首先反问自己是否做错了什么，是否想错了什么，不断反躬自问而力争使自己诚实而无过错。

孟子认为君子之所以和众人不同的地方，就在于他能省察自己的心，省察自己是否以仁待人、以礼律己。有仁道的人就能爱护人，有礼法的人就能敬重人；能够爱护人的人，别人也常常爱护他；能够敬重人的人，别人也常常敬重他。假定有个人在这里，以强横不讲礼的态度对待自己，君子必须先行自问有无不仁、无礼与不忠的地方：我爱人，别人却不亲近我，如此我就应反省自己良心上爱人的工夫，是否不及；我管束别人，别人却不受我的管束，我就该反省自己用智的地方，是否不周到；我用礼貌去对待别人，别人却不用礼貌回答我，我就该反省自己的礼貌，是否不恭敬。大凡做的事，得不到良好反应时，绝不可鲁莽地责备他人，而必须反省检讨自己有没有错误。

孟子教人对于义理，应切实审辨，不要犯太过和不及之弊。有时表面看来似乎可取，后来仔细考虑后觉得不能取，因为取了，违背廉德。有时表面看来似乎可以给予人，后来仔细考虑后觉得绝不能予，因为给予了，有伤惠德。有时表面看来可以死节，经考虑后又觉得绝不能死，因为死了有伤勇德。可见天下事理，生死取与舍之间，必求合乎中道。孟子认为做人必须讲求道理，如果只知道吃得饱，穿得暖，生活得安适，没有教训加以约束，那就和禽兽的行为相近了。

孟子认为，仁义礼智的道德是天赋的，是人心所固有的，是人的"良知、良能"，是人区别于禽兽的本质特征。人人都有"善端"，即恻隐之心、羞恶之心、辞让之心、是非之心，称为"四端"；有的人能够扩充它，加强道德修养，有的人却自暴自弃，为环境所陷溺，这就造成了人品高下的不同。孟子认为朋友中小人多，虽欲为君子，不可得也；朋友中君子多，虽欲不为君子，不可得也。所以要能亲君子远小人，与人为善，才能进德修业，日就有功。因此，孟子十分重视道德修养的自觉性，认为无论环境多么恶劣，也要奋发向上，把恶劣的环境当做磨炼自己的手段；应该做到"富贵不能淫，贫贱不能移，威武不能屈"，成为一个真正的大丈夫。如果遇到严峻的考验，应该"舍生而取义"，宁可牺牲生命也不可放弃道德原则。唯有寡欲，始能安贫乐道，持守本心不失。"富贵不能淫，贫贱不能移，威武不能屈"（《孟子·滕文公篇》）这才算是真正的大丈夫。

孟子将孔子的仁爱思想发展为"仁政"学说，对后世影响极大。仁政的具体内容很广泛，包括经济、政治、教育以及统一天下的途径等，其中贯穿着一条民本思想的线索。相对于孔子的"君子"学说，孟子给中国传统文化人格增添了一个意义深远的概念——大丈夫。他认为一怒而天下惧并非真正的大丈夫，蛮勇斗狠、奸诈残忍、蝇营狗苟、见利忘义之徒更难望大丈夫项背。真正的大丈夫是光明磊落的人，是意志坚定的人，是富有仁德的人，是胸怀宽广的人。大丈夫人格的获得，孟子有一秘诀：善养浩然之气。何谓"浩然之气"？这是一种崇高刚强的正气，一种不可势压利诱的骨气，一种超迈雄放的豪气，一种无所畏惧的勇气，一种宏毅坚定的志气。宋代理学家朱熹说："孟子有些英气。"近人林语堂说："我们读孟子，可使顽夫廉，懦夫有立志。"

正人先正己，正己则要反躬自问、反身而诚和养浩然之气，甚至是清心寡欲——“养心莫善于寡欲”(《尽心下》)。孟子这种修身养性、自善其身的人生精神,是孟子自承先贤、身任天下之人生精神的重要补充。

JINGDIAN DAODU 经典导读

儒门亚圣的理趣

静谧的夜晚,柔柔的灯光扑洒在案头那本《孟子》上。轻轻翻开它,一个灵魂飞越2 000年的时光到达现在……2 000年的殿宇楼阁已经倾圮了,而一位圣哲的感悟却在2 000年的晨风暮雨、星光月影的时光流转中丝毫未褪色,他就是孟子。

战国,这个奇特的时代有一群奇特的人。他们的车马驱驰在各国的大道上,他们的声音回响在各国的宫廷里。在这一群奇特的人之中,有一个人傲然独立,他冷漠的目光轻蔑地望着这群人。他与众不同,像一株孤傲的冷杉。因为,他虽然能言善辩,但他的言语不是营私利的工具。他的言语是息止沸反盈天的邪辞辟说的武器,是张扬真理的手段。他就是战国群雄中的舌战大师孟子。

孟子是继孔子之后儒家学派最有权威的代表人物。他继承并发展了孔子的思想,为儒家学说的发展立下了不朽的功勋。在漫长的封建社会里,他被推崇为圣人,号称“亚圣”,受到人们的顶礼膜拜。孟子的思想博大精深,如异彩纷呈的花朵处处绽放,林林总总,蔚为大观。

战国时期,诸侯相争,生灵涂炭,盗贼蜂起,百姓流离。许多仁人志士提出了各自的救国救民方略:道家的无为而治;法家的严刑峻法;农家的饔飧而治。孟夫子却建议伦理与政治合一,内修以成圣,外治而行王道于天下。这就需要圣人来治理国家,德化人心。孟子曾讲过:“人有恒言,皆曰天下国家。天下之本在国,国之本在家,家之本在身。”后来《大学》的作者根据孟子的这一思想提出了修身、齐家、治国、平天下的具体操作程序。

在孟子的王道“理想国”中,人民地位是最高的,“民为贵”、“君为轻”。可战国征伐杀戮的厮杀之声,百姓在水深火热中辗转、痛苦悲吟之声,击碎了夫子的梦。战国诸侯,贪欲膨胀,妄念丛生,人欲的烈焰吞噬了他们的善念仁心。夫子想在他们心中播种“王道理想国”的理想,难于上青天。为了这个“理想国”能够梦想成真,在现实的壁垒中被击碎后,孟子仍不屈不挠地追求着,并寄希望于后世,著成《孟子》流传后代。

俗语说“乱世出英雄”。这种英雄不仅指秦皇汉武那样一统河山的英雄,也包括像先秦诸子那样在乱世中著书立说、周游列国、献计献策的文人学子。孟子正是这样一位生于乱世、长于乱世,以天下百姓安居乐业为己任的英才。在先秦诸子中,他第一个系统地考察了人性问题,并以其人性理论为基础,构造了自己宏大的思想体系。孟子认为,人与动物的本性不同之处在于人有道德,即人生而具有仁、义、礼、智等道德品质。孟子的人性论中所蕴涵的自尊、自立、自强的精神，经过历代的补充和发展，孕育了中华民族自强不息的性格特征。孟子的“善养吾浩然之气”说，注重气节，强调道德生活的主观能动性，把道德修养看成一个日积月累的过程，即使对于那些不能完全理解他学说的人，仍然具有积极的指导意义。

孟子所推崇的理想人格是：“富贵不能淫，贫贱不能移，威武不能屈”的大丈夫。为了达到这样的精神境界，孟子强调人要在艰苦中磨炼意志。因此他说：“故天将降大任于斯人也，必先苦其心志，劳其筋骨，饿其体肤，空乏其身，行拂乱其所为，所以动心忍性，增益其所不能。”在封建社会刚刚形成的阶段，孟子就能提出这样一个不计个人荣辱得失的大丈夫的修养命题，实在难能可贵。他塑造的大丈夫这种道德形象，成了中国历史上2 000多年来无数仁人志士追求的道德目标和理想人格，开创了中华民族注重气节的传统美德，塑造了一批又一批崇尚气节的民族英雄和文人志士。孟子所倡导的这种精神，是中国古代传统伦理道德思想中的精髓，经过后人的发展和践行，成为中华民族精神的脊梁！

在战国的浊流中，孟子是寂寞的。他振聋发聩的呐喊没有回音，但他的内心却是宁静的，因为“道”与他同在。他坚信自己正在执行天命。他言为万世之法，身为万世之师。他所行之道，是万古不易的真理。（明　珠）

论孟子的人生精神

孟子是先秦儒家学派的思想大师，在孔子仁学和礼学的基础上发展了以“仁义”为核心的思想学说，并为宣扬和践行这种思想学说而身体力行，奔走呼号。透过《孟子》一书阐述的思想学说和孟子的实际人生历程，我们可以看到孟子几种来源深厚、影响深远的人生精神。

一、自承先贤，身任天下

孟子和孔子一样，奉行的是厚古薄今、崇古尚贤的社会历史观，他认为：尧舜之后，圣人之道衰败，于是社会动荡，民生悲苦，社会从原有的和谐、美好的有序社会堕落为现有的混乱、悲惨的无序社会。而要挽救这种无序的社会，要恢复尧舜时的盛世之景，则只有实行“仁义”这一圣人之道。

孟子像孔子一样，“自任以天下之重”（《万章下》），身怀治国平天下的远大人生抱负。他大约自43岁起就奔走于邹、齐、鲁、宋、梁、滕等国之间，“后车数十乘，从者数百人”（《滕文公下》），不断向诸侯王公宣扬自己的仁义学说，直至70余岁止而返，这种自承先贤、身任天下的人生精神，是儒家人文精神最根本的内容之一。它蕴涵着这样一种人生理念：人活着就应该像先前贤达人士一样，把为天下人谋福祉当做自己人生的崇高使命和不懈追求。“格物、致知、修身、齐家、治国、平天下”；“先天下之忧而忧，后天下之乐而乐”；“风声雨声读书声声声入耳，家事国事天下事事事关心”；“为天地立志，为生民立道，为往圣继绝学，为万世开太平”，都是后人对这种“身任天下”之人生理念的绝好解释。孟子这种自承先贤、身任天下的人生精神，也大致奠定了儒家思想的德政合一之倾向和泛道德主义之倾向，并造就了中国古代文人士大夫主流性的人生价值取向——治国平天下，成为影响中国文化具体走向的一个重要因素。

二、民生为本，仁爱为怀

“仁者以其所爱及其所不爱，不仁者以其所不爱及其所爱。”(《尽心下》)孟子的仁爱为怀不仅是一种政治伦理的要求，更是一种生活德行的要求；它不仅体现在对民众的普遍之心理仁爱上，更体现在诉诸具体行动的对具体人的具体仁爱上，甚至体现在对一切生命尤其是肉体生命的具体仁爱上。他说：“无伤，是乃仁术也。君子之于禽兽也，见其生，不忍见其死；闻其声，不忍食其肉，是以君子远庖厨也。”(《梁惠王上》)孟子说：“老吾老，以及人之老；幼吾幼，以及人之幼。”(《梁惠王下》)可见，仁爱为怀不仅要推己及人，也要推人及物，是对人的普遍尊重，也是对生命现象的普遍尊重。孟子这种善待人、善待生命、善待万物的人生精神，是值得现代人去深刻地反思的。

三、尊德乐义，以义待利

孟子继承了孔子“不义而富且贵，于我如浮云”(《论语·述而》)的人生精神，主张“非其义也，非其道也，一介不以与人，一介不以取诸人。”(《万章上》)

也就是说，孟子要求对人生始终贯彻这样一种严格的生活准则：不符合社会道德要求的，哪怕是一丁点也不能给予别人；不符合社会道德要求的，哪怕是一丁点也不能取于别人。而对符合社会道德要求的利益，孟子认为自己去获取多少或给予别人多少，都不过分。

像孟子这种尊德乐义、以义待利的豁达、健康之人生精神，对医治现代社会所谓“物欲横流”的精神疾病不啻为一剂良药。人活着固然都有需求，都需要利益，而且古往今来人沦为物的奴役的现象也一直存在。但是，人一旦完全沦为了物的奴役，人就丧失了心灵的自主，从而也就必然丧失在社会中的真正自由，丧失在人生中的真正幸福。因而，人应该有自己的德行和品行，尊德乐义，以义待利，只有在法律、道德等允许的范围内追求自己的利益甚至追求更高的生命境界，人才能不迷失自我，不丧失自我，从而也不丧失真正的自由与幸福。

四、崇义尚道，舍生取义

孟子影响后人最深远的人生精神，除了自承先贤、身任天下和民生为本、仁爱为怀之外，毫无疑问就是崇义尚道、舍生取义这一内容了。在《告子上》第十章里，孟子从鱼与熊掌不可兼得说起，论述了生命与道义不可兼得而舍生命以取道义的人生主张。孟子继承了孔子的崇高人生精神，主张把道义看得高于生命；主张为了崇高的道义，宁不苟且偷生；主张为了崇高的道义，宁不屈从避死。

当人们有了崇高的道义追求，有了崇高的精神境界，人们就能自主自由地、合乎礼义地对待外界的种种利诱或威逼了，做到“无为其所不为，无欲其所不欲”（《尽心上》）。而面对义利的严重冲突，人能“居天下之广居，立天下之正位，行天下之大道”（《滕文公下》），做到“富贵不能淫，贫贱不能移，威武不能屈”（《滕文公下》），做到“仰不愧于天，俯不怍于人”（《尽心上》），直至舍生取义、以身殉道，这才算是真正堂堂正正、顶天立地的“大丈夫”。大丈夫在“天下有道”时就要以此“有道”来完备自身，“天下无道”时就要为了“有道”而舍生取义、杀身成仁——绝不为了人苟活而迁就“道”或牺牲“道”！

孟子这种崇义尚道、舍生取义的崇高人生精神，孟子这种以身殉道的崇高献身精神，后来发展成为泱泱中华的一种昂扬之民族精神。而正是这种崇义尚道、舍生取义的献身精神与忧患以生、自强不息的不懈精神一道，铸就了中华民族浩浩历史上的无数慷慨悲歌。中华民族无数志士仁人的崇高献身精神，都在孟子这里吸取了它源源不断的力量。继承和光大孟子这种崇高的人生精神，对于我们中华民族的长远发展，对于我们中华民族的伟大复兴，都无疑具有非常重要的意义。

五、忧患以生，自强不息

先秦对忧患意识或忧患精神论述最为深刻的思想家，就是孟子。孟子认为有的人之所以有很高的德行、智慧、本领、知识等，乃是因为他经常有灾患的伴随，由此，孟子深刻地认识到了忧患对一个人乃至对一个国家的重要性，从而认为要忧患以生、自强不息。他认为，人在“苦其心志，劳其筋骨，饿其体肤，空乏其身，行拂乱其所为”的艰辛困苦中要想到这是“天将降大任于斯人也”，胸怀抱负，坚信理念，从而去不畏困苦，去迎战困苦；孟子认为，人要生存，要有作为，要有出息，就要敢于直面内忧外患，就要历经一番艰辛困苦的磨难，就要历经一番肉体至精神的人生锤炼。

孟子这种忧患以生、自强不息的人生精神，与他自承先贤、身任天下的人生精神是一致的，与《周易》表达的“天行健，君子以自强不息”的精神是一致的，与孔子“发愤忘食，乐以忘忧，不知老之将至”（《论语·述而》）乃至“知其不可而为之”（《论语·宪问》）的乐观、进取之人生精神，也是一致的。

孟子“生于忧患，死于安乐”的认识，深刻地揭示了人生成长乃至是民族、国家发展的一种特定规律。孟子忧患以生、自强不息的人生精神，也深刻地影响了中国文化的发展和中华民族的发展。应该说，忧患意识和自强意识，忧患精神和自强精神，一直以来都深深地渗透在中国的文化精英的血脉中，渗透在中国的知识精英的血脉中，并扩展成为中华民族的一种显著的民族精神与民族性格。

孟子的人生精神是十分丰富的，它是先秦中国古典文明孕育的绚丽结果，也是秦汉以后中国人生精神和民族性格发展的重要泉源。它同先秦、秦汉、秦汉以后其他思想学派的人文精神一道，共同构成中国之民族精神赖以建构和发展的宝贵资源。

（林桂榛）

孟子与自我价值完善方法

孟子是战国中期最著名的思想家之一。孟子虽与孔子相距百年，但孔子的思想却通过子思的弟子传给孟子，孟子本人也曾以私淑孔子自居。孟子主要继承发展了孔子关于“仁”的学说，主张人性善，倡导“内圣之学”。孟子在其人性论的基础上建构了一个较为完备的思想体系，下面我们就来谈谈孟子关于道德修养与自我价值完善方法方面的内容。

一、修身修心与道德修养

孟子主张人性善，强调“四端之心”根植于人心之中。孟子以先天先验的内心善念来激发唤起人们潜意识中善的本性，极力促使人们通过主体自身的道德修养来达到改造自我的目的。

在孟子看来，要解决任何问题，都要从事物的内部寻求原因，内部原因解决了，其余问题便可迎刃而解，这与孔子所谓的“我欲仁、斯仁至矣”有异曲同工之妙。孟子十分重视“修身”的重要性，把“修其身”看做是治天下的开始，孟子所谓“修身”主要是指道德主体的修为，是提高和完善自我价值的一种个体的主观能动行为，这一行为包括修心、修行两个方面。先有“心”之所思，而后有具体之行为，故修身之要重在“修心”；修身又是齐家、治国的根本，通过修身、齐家、治国、平天下来达到改造社会的目的，反过来又以平天下、治国、齐家、修身来达到由外及内的规定来达到改造人的目的。这两种不同的“流程”或“修心”路线实际是一个完整而统一的内部修养循环系统，是“内圣之道”的完全体现，如果做到了这一点，那么“家，国，天下”的事便畅通无阻了。

为了实现通过自我道德修养达到治国平天下的理想目的，孟子突出强调了“心”在这一过程中的绝对重要性，认为尽心不但可以知性，而且可以知天。孟子的修身、修心学说是他改造人、改造社会、治理国家的重要理论手段，也成为与其性善学说相互发明、相互补充的重要内容。

二、节欲寡欲与存心养性

孟子关于自我价值完善的另一方法是节欲寡欲与存心养性。孟子试图通过两种方式来解决当时的社会和道德问题：第一种是通过游说诸侯国君的方式，目的是使他们接受他所主张的“仁政”学说。但这一方法没能奏效。孟子采用的第二种方式是通过强化自身道德修养的方式来达到这个目的。孟子认为，一个人在道德修养过程中，首先面临的是人的感性欲望与道德理性的关系。在孟子看来，人性虽善，但受物欲影响多了，便可以趋于恶。因此，要完善自我的道德修养，很重要的一个方面就是要节欲、寡欲，他告诫梁惠王如果想实现“辟土地，朝秦楚，莅中国而抚四夷”的“大欲”，就必须节制自己甘肥轻暖、声色犬马之欲，只有这样才能实现“一天下”的更大欲望。

孟子试图使人们对物欲的追求在一种合理的道德范围内进行。孟子主张“节欲”、“寡欲”，并不是否认人有正常的欲望，相反，在某种程度上，他还认为人的欲望正是人伦道德的基本出发点。当人的欲望与人的道德理性发生矛盾冲突时，应当合理地以外在的“礼义”和内在的“仁”来限制人的欲望。孟子倡导的节欲、寡欲并不是目的，而是其“存心养性”的一种手段和方法。孟子认为，人的道德修养的好坏以及修养境界的高低，都是由自身所决定的，如果一个人只懂得追求生理层面的自我满足，就难以发掘内在之善性，就难以成为道德君子；要成为道德君子，首先要“立乎其大”，培养自己的理想人格，做到“穷不失义，达不离道”、“穷则独善其身，达则兼济天下”、“富贵不能淫，贫贱不能移，威武不能屈”；通过“心”的向外扩充，使“浩然之气”充盈于天地之间；立志做一个以天下为己任、追求道德完善的人，只有这样，才能真正实现自我道德价值。孟子从人的普遍性原则出发，目的是为了能够充分调动、激发人们的主观能动性和道德自觉性，促使人们以积极的心态去生活、去进行道德修养。

孟子的这一理论特点对后世仁人志士所奉行的积极向上的人生价值目标具有深远的影响，构成了中华民族崇尚民族气节、坚持正义、具有顽强的民族凝聚力和凛然不可侵犯的民族特征，是中华民族宝贵的精神财富，值得我们很好地继承和发展。（佚　名）

DASHI CHUANQI 大师传奇

孟子名轲，约生于周烈王四年（公元前372年）四月，父名激，母仇氏，本鲁公族孟孙之后，后迁居邹地（今山东邹县），故《史记·孟荀列传》说他是邹人。

孟子从小聪慧，善模仿，因为家近墓地，就学做坟墓埋葬之事。孟母认为这不利于他成长，于是迁住到市场旁边。在市场旁边居住了一段时间后，孟子又仿作商贾贩卖之事。他母亲带着他再徙居学宫的旁边生活，孟子耳濡目染学宫的学习气氛，乃设俎豆，为揖让进退诸事。孟母认为这才是他儿子居住的好地方，于是定居在那里。

孟子少时不肯用功读书，孟母乃断织训子，孟子始发愤勤学不辍，遂成为天下名儒。

孟子所处的是一个“强凌弱，众暴寡，智诈愚，勇苦怯”的时代，他守着先王之道，不肯阿世取容，称尧舜，崇孔子，发而为中正和平王道民本的言论，被诸侯视之为“迂远而阔于事情”而不获用。他周游列国30余年，找不到一个实现他理想主张的机会，于是回国和他的门下弟子万章、公孙丑等讲学论道，著书立说。

孟子继承和发展了孔子的思想，提出一套完整的思想体系，对后世产生了极大的影响，被尊奉为仅次于孔子的“亚圣”。他在40岁以前的主要活动就是效法孔子，广收门徒，办私学，宣传他的思想学说。孟子十分重视人才的培养，注意因材施教。他把收徒讲学、传授知识看成人生的乐趣之一，他的名言“得天下英才而教育之”就是这个意思。在教学方法上他主张用启发式教学，用自己读《尚书》

的经验告诫别人说："尽信书，不如无书"。叫人们不要迷信书本，要活学，要取其可用的部分。他说的"心之官则思"就是教育学生要开动脑筋，思考问题。他强调要专心致志，持之以恒，并以故事形象作比：两个人同时下棋，一个人专心致志，目不转睛，另一个人却心有所思，左顾右盼。两个人虽然基础相同，可是收效却相差很多。

孔子在人们眼里是一个"至圣先师"、蔼然仁者，而孟子则是踔厉风发、意态亢昂，有时甚至带有火气，言辞犀利，显露出十足的刚直不阿、磊落恢弘的大思想家的个性，有一种睥睨王者的人格风范和精神气度。尽管在礼崩乐坏的春秋战国时代，诸侯为争霸天下，莫不纷纷采取功利主义的攻伐之术，以为孟子的"仁政"治国方略"迂远而阔于事情"，也即见效太慢而不肯采纳，但在孟子义正辞严的强大思想攻势下，不能不一时心悦诚服。而孟子并不为了让君王接受自己的政见而屈尊阿附，他无意于取媚讨欢，弄个一官半职干干。他不仅没有丝毫的奴颜媚骨，反而常常直刺君王的痛处，陷这些愚不可及的家伙们于尴尬难堪的境地，不得不"王顾左右而言他"。

孟子为后辈文人树立了刚直英武的楷模。《孟子》中记载，一次，孟子要去朝见齐王，齐王正好派人对孟子说："寡人本应去拜访你，但不巧感冒了，怕风吹，如果你能来朝，我可以接见你。"孟子一听这话，反而不想去了，于是回答说："刚好我也病了，不能上朝见王。"第二天，孟子却到东郭大夫家吊丧。公孙丑说："你昨天托辞有病，今天却去吊丧，这样不太好吧？"孟子理直气壮地说："昨天病了，可今天好了，为什么不能去吊丧？"以臣子的身份公然与君王较劲，没有一身的正气、骨气、胆气是不行的。孟子曾引一位勇士的话说道："彼，丈夫也；我，丈夫也；吾何畏彼哉？""当今之世，舍我其谁也？"英雄气概，溢于言表。

孔子制定的"君君臣臣父父子子"的纲常礼数，孟子并未昏愚地全盘接受，他提出：民为贵，君为轻。他遗世独立，傲岸宏达，凛然不可侵犯，完全不把一些平庸的君王放在眼里。孟子一方面严格区分了统治者与被统治者的阶级地位，认为"劳心者治人，劳力者治于人"，并且模仿周制拟定了一套从天子到庶人的等级制度；另一方面，又把统治者和被统治者的关系比作父母对子女的关系，主张统治者应该像父母一样关心人民的疾苦，人民应该像对待父母一样去亲近、服侍统治者。

孟子守着先王之道，不愿阿世取容，他曾说："穷则独善其身，达则兼济天下。"这种苦心孤诣的教诲，一直使得后代文人们进退有据。不管身在魏阙，还是远处江湖，都不应失去做人的立身根本，培养浩然正气。孟子身上那种有棱角、有个性的哲人风采、英俊气度、男人本色，成为一条汲之不尽的文化源泉。

孟子是儒家最主要的代表人物之一，卒于周赧王二十六年（公元前289年）正月，享年84岁。但孟子的地位在宋代以前并不是很高的。自中唐的韩愈著《原道》，把孟子列为先秦儒家中唯一继承孔子"道统"的人物开始，出现了一个孟子的“升格运动”，孟子其人其书的地位逐渐上升。北宋神宗熙宁四年(1071年)，《孟子》一书首次被列入科举考试科目之中；元丰六年(1083年)，孟子首次被官方追封为“邹国公”，翌年被批准配享孔庙。以后《孟子》一书升格为儒家经典，南宋朱熹又把《孟子》与《论语》、《大学》、《中庸》合为“四书”，其实际地位更在“五经”之上，被尊为“亚圣”，地位仅次于孔子。孟子的思想学说对后世有很大影响，尤其对宋明理学影响更巨，宋代以后常把孟子思想与孔子思想并称为“孔孟之道”。

YANSHEN YUEDU 延伸阅读

《孝经》 作为儒家经典“十三经”之一，是我国古代以孝治国的理论基础，是公元前3世纪的儒家学者所作。该书以孝为中心，比较集中地阐发了儒家的伦理思想。书中指出，孝是诸德之本，“人之行，莫大于孝”，国君可以用孝治理国家，臣民能够用孝立身理家，保持爵禄。《孝经》为社会各个阶层的人都确立了行孝和标准，而且把尽孝与忠君、爱国、明礼、守法、节俭等行为准则结合起来，在唐代被尊为经书，被看做是孔子述作、“垂范将来”的经典。

* * * *

《尚书》 原称《书》，是我国现存最早的一部历史文献。根据《汉书·艺文志》的记载，《尚书》是孔子整理的，共100篇。其内容上起传说中的尧帝，下至春秋时期的秦穆公，按时间顺序可分为《虞书》、《夏书》、《商书》、《周书》4个部分，其内容涉及我国远古至周这段漫长历史时期的天文、地理、政治、军事、法律等方面的知识，是一部记言体史书。《尚书》被儒家列为经典之一，因而它又名《书经》。《尚书》在我国古代典籍中占有十分重要的地位，它自汉代被立为官学以来，一直备受人们的尊崇，成为整个封建社会最重要的教科书之一。

沉思录

马可·奥勒留·安东尼 Marcus Aurelius Antoninus
（古罗马　121年—180年）

《沉思录》有一种不可思议的魅力，它甜美、忧郁、高贵。这部黄金之书以庄严不屈的精神负起做人的重荷，直接帮助人们去过更加美好的生活。

——美国著名作家　费迪曼

马可·奥勒留·安东尼是斯多葛学派的著名哲学家。他幼年丧父，由母亲和祖父抚养长大，在希腊文学和拉丁文学、修辞、哲学、法律、绘画等方面受到了很好的教育，谙熟斯多葛学派哲学，并在生活中身体力行。后为安东尼·派厄斯皇帝收养，并于公元161年继位成为古罗马帝国的明君，史称罗马五贤王之一。

奥勒留这位古罗马皇帝具有崇高的道德修养，在刚刚20岁的时候，他便接受了斯多葛派的严格的思想体系，它教导他要做到身体听命于心灵，感情服从于理智；要把高尚品德视为唯一的善，道德败坏视为唯一的恶，一切身外之物全都无足重轻。这些道德理念使他成为西方历史上最著名的，也是唯一的一位哲学家皇帝，虽然他没有留下政治上的丰功伟绩，但是他在鞍马劳顿中写成的《沉思录》却成为西方历史上最为感人的伟大名著。

《沉思录》是一位有强烈道德感的统治者的内心独白，被无数代人奉为有史以来最伟大的作品。作为斯多葛学派的里程碑，书中阐明的个人道德修养以及处世智慧在西方文化思想史上产生了难以言尽的影响。通过这部传世之作，奥勒留给经由他继承下来的斯多葛主义注入了新的精神，斯多葛派的哲学精神因而得以流传至今，并深深植根于近代西方文化精神之中。而奥勒留在书中所流露出来的他的平等、博爱主张在启蒙思想家们那里得到了回应，他的德性自足之说法在康德那里引起了共鸣，关于恶的见解则为黑格尔所发挥。这部薄薄的随想集为一代又一代注重心灵修养、崇尚精神追求的人所珍视。

KUANGSHI JIEZUO 旷世杰作

从公元161年到180年，马可·

奥勒留·安东尼成为罗马帝国的统治者。但奥勒留之所以被人记得，并非因为他是个了不起的国王，而是因为在死前10年，他率军远至多瑙河畔时，在营火之下，用希腊文写成了这部著名的《沉思录》。

在奥勒留执政的近20年间，罗马帝国水灾、地震、瘟疫、饥荒、蛮族的入侵、军事的反叛等天灾人祸不断，他本人也经历了不少磨难和痛苦。公共职责的沉重负担和个人际遇的沉痛经历使他陷入了极大的悲观中，而使他能忍受下去的正是哲学。他试图以哲学的沉思来避开人世的纷扰，追求内心的安宁。《沉思录》的写作是断断续续的，全书共12卷，各卷分15～71小节不等。书中，奥勒留考察了人与神的关系、理性与情欲的关系、自我与他人的关系，剖析了奥勒留本人独特的内心世界。他强调人要依循自然，过一种合乎理性的生活。人一方面要服务于社会，承担人的责任，另一方面又要培养自己的德性，保持心灵的安静和自足。《沉思录》一书中所蕴涵的那种天下一家的世界主义以及人皆有理性、理性皆相同的平等思想在后世产生了深远影响。

在奥勒留活动的年代，罗马帝国风行斯多葛派哲学。整个斯多葛派起源于古希腊哲学家芝诺的一次旅行。在前往雅典的中途，芝诺的船沉入了深深的爱琴海，哲学家丧失了所有的财物，但他惊奇地发现，自己的精神品质完好无损，于是便有了斯多葛派这种圣人的哲学。《沉思录》可以说是斯多葛派哲学最后一部杰作，斯多葛学派的创始人芝诺及其追随者把"自然"这一要领置于他们的思想体系中心。他们所说的"自然"不是严格意义上的自然界，而是某种和谐的秩序；不仅是事物的秩序，也是人的理性。人的理性是自然的一部分，理性支配宇宙，人作为宇宙的一部分也受理性的支配。理性是适用于所有的人并使所有的人能够平等地、协调地生活在一起的支配原则。因此，按照理性去生活，就是自然地生活。自然法就是理性法。它构成了现实法和正义的基础。斯多葛学派还主张，一切人都是平等的，即使人们的地位、天赋和财富等方面不可避免地存在着差别，但人人至少都有要求维护人的尊严的起码权利，正义要求法律应当认可这些权利并保护这些权利。这种认识和观念构成了西方法律传统活力的基因。"顺应自然生活"是斯多葛学派的思想核心，这一学派关心生命、关心自我、关心制度、关心群体、关心健康、关心财产。他们认为，所谓健康的一生，就是正确地处理世俗事务的一生。斯多葛派认为只有物质的事物才是真实的存在，但是物质的宇宙之中偏存着一股精神力量，此力量以不同的形式出现，如人、如气、如精神、如灵魂、如理性、如主宰一切的原理。按照这一派哲学的思想，人生最高理想是按照宇宙自然之道去生活。人是宇宙的一部分，所以对宇宙整体负有义务，应随时不忘本分，致力于整体利益。奥勒留继承了斯多葛派的思想，认为任何个体都是人类整体的一员，既然人都有共同的理性，那么为人类整体利益服务、热爱人类就是个体应尽的责任。个人利益与整体利益是密切关联的。任何对整体有益者,对部分便不会有害。如果有人认定自己是独立的个体,而逃避对人类的责任,那就会造成他同社会的疏远、隔离,而这不仅会使个人丧失在社会中的利益,也背离了人的本性。这种人就如同那从身体上砍下来的一只手或一只脚。奥勒留强调人们应当牢记人所应尽的伟大职责:不断改善自己心灵,使自己的行动符合理性,并与社会协调,促进人类的公共利益。

奥勒留劝告世人应依照自然之道而生活,需要看管好自己的心灵。心灵是自然的一部分,愤怒、报复、憎恨他人、弄虚作假、屈从于快乐和痛苦都会败坏心灵,意味着同自然的分离。所以要远离各种邪恶的情感和不义的行为,要使心灵保持善良、质朴、真诚、知足,满足于现实境况,能与神和人都和谐相处,既不抱怨他们也不受他们的责备。按照奥勒留的哲学,回归心灵的道路与回归宇宙之神的道路是同一条。由于奥勒留所事的神并非超越个人存在的人格上帝,而是内在于人的灵魂,因此人完善的心灵就是它的自身。奥勒留认为德性是人世间唯一值得追求的东西。人的幸福就在于德性的完善,有德性的生活就是幸福的生活。他说幸福就是拥有善的某种能力或保持善的某种品行。无论地位、财富还是名声、享乐都无助于实现幸福,过一种幸福生活所需的东西其实只要有节制、仁爱、恭顺等德性就够了。

奥勒留认为每一个站到宇宙自然的立场上去的人,都会以平等的态度来观照这个世界,保持价值中立,不再坚持等级的观念,自以为出类拔萃。他的这种等价同源观与庄子的齐物论存在着惊人的相似。他们都具有一种超越价值或者说无价值的开放态度。奥勒留说,大理石只是硬化的土,金银也不过是某种沉积物,精美的织物只是织在一起的毛发,紫袍的颜色只是某种小鱼血染成的,它们其实没有多大的差别,但人们的灵魂却去追逐这种差别,并企图扩大它,这种做法是大错特错的。

等价同源的价值观使奥勒留具有十分豁达和超脱的人生态度,在强调万物等价的同时,他还指出它们有一个共同本源,"万有均来自此一喷泉"。他相信宇宙间的事物都有共同的利益,人与人之间更是如此。"我们之所以生下来,便是为了相互支持帮助,有如手足,有如上下眼睑,有如上下牙齿。""凡是不符合蜂群全体利益的,也就不会符合单独的每一只蜂的利益。""只要你是同宇宙的利益一致,那么你便不会遭遇意外的事情。"奥勒留非常欣赏这样的话:"请给予我你乐意的,请拿走你所乐意的。"他还要求人要"衷心地热爱那些命运将他们带到你身边的人",而且不要挂念自己的善行,耿耿于自己的美德,要像蜜蜂采蜜时那样不发出"嗡嗡"的叫声。至于自私的行为,在奥勒留看来,并不能达到自利,因为这意味着把一朵花从树上摘去,把一只手从身体上砍下来。在他的笔下,自私是这样一种行为,即"将自己从自然整体上砍下来,而他生来便是世界整体的一部分,复归于整体的特权是神对人的奖励"。

奥勒留相信人生的最高境界是内心的安静,而要获得内心的宁静,就要热爱人类,遵循自然,过一种有德性的生活。奥勒留的等价同源观所支持的爱是无分别的、一厢情愿的、没有暗藏妒忌和怒火的、全然的爱，不要求爱的回报。即使爱的对方以怨报德，也不会收回，也不会转化为痛恨。他指出热爱人类，还体现在与他人合作、容忍他人的缺点、宽恕他人的不义。每个人都是全人类的一分子，都与他人处于密切关系中，彼此为对方而存在。人是为了合作而生的，基于自然的本性，众人皆为同胞，有着兄弟情谊，所以人们要相互同情，容忍他人的缺点和错误。要把宽恕当做正义的一部分。要以德报怨，即便别人待你恶劣，你也慈善待人，对损害你的人心平气和地给以恰如其分的忠告。

此外，奥勒留还指出只有能直面人的卑微，超越痛苦，摆脱烦恼，坦然面对死亡，才是真正的静心之道。要使自己生活宁静，还要不屑于琐事，省掉不必要的行为；不贪图力所不能及的事物，不过分倚重外物；懂得有些事物并不是人该追求的，没有此类事物，人生反而更为轻松；抛开不适当的念头，免除所有压力而生活。不要纠缠于无法挽回的过去，或是憧憬着虚无缥缈的未来，渴望得到本来不属于自己的东西，企图生活在别处他乡，使得灵魂不能归宿，从而把自己的心搅得像一汪浊水，失去澄明自在的本来面目。

《沉思录》是一部容易读的书，我们好像被作者崇高的美德所俘。像这样的书，实在非常稀贵。这部黄金之书，多少世代以来，早已被无数平凡的男女读过。他们并不把它当做古典名著，而视之为抚慰与灵感之源。它以庄严不屈的精神负起教导世人修身处世的重荷，直接帮助人们去过更好的生活。

JINGDIAN DAODU 经典导读

鞍马劳顿中的自我对话

马可·奥勒留在位近 20 年，这是一个战乱不断、灾难频繁的时期，洪水、地震、瘟疫，加上与东方的安息人的战争，来自北方的马尔克马奈人在多瑙河流域的进逼，以及内部的叛乱，使罗马人口锐减，贫困加深，经济日益衰落，即使马可·奥勒留以其坚定的精神和智能，夙兴夜寐地工作，也不能阻挡古罗马帝国的颓势。在他统治的大部分时间里，尤其是后 10 年，他很少待在罗马，而是在帝国的边疆或行省的军营里度过。《沉思录》这部写给自己的书，这本自己与自己的对话，大部分就是在这种鞍马劳顿中写成的。

在斯多葛派哲学家的眼里，宇宙是一个井然有序的宇宙，世界是一个浑然和谐的世界。正如《沉思录》中所说："所有的事物都是相互联结的，这一纽带是神圣的，几乎没有一个事物与任一别的事物没有联系。因为事物都是合作的，它们结合起来形成同一宇宙(秩序)。"在这个世界上，低等的东西是为了高等的东西而存在的，无生命的存在是为了有生命的存在而存在，有生命的存在又是为了有理性的存在而存在的，理性动物是彼此为了对方而存在的。所以，在人的结构中首要的原则就是友爱的原则，每个人都要对自己的同类友好，意识到他们是来自同一根源，趋向同一目标，都要做出有益社会的行为。

这样，就把我们引到人除理性外的另一根本性质——社会性。人是一种理性动物，也是一种政治动物，一种社会动物。《沉思录》的作者认为：在人和别的事物之间有三种联系：一种是与环绕着他的物体的联系；一种是与所有事物产生的神圣原因的联系；一种是与那些和他生活在一起的人的联系。相应地，人也就有三重责任、三重义务，就要处理好对自己的身体和外物、对神或者说普遍的理性、对自己的邻人这三种关系。人对普遍理性的态度就是要尊重、顺从和虔诚。自己的身体和外物只是作为元素的结合和分解，并没有什么恒久的价值。身体只是我们需要暂时忍受的一副皮囊罢了，要紧的是不要让它妨碍灵魂，不要让它的欲望或痛苦使灵魂纷扰不安。

至于我们和邻人的关系，人们的社会生活和交往，斯多葛派则给予了集中的注意。事实上，人的德行就主要体现在这一层面。在奥勒留那里，个人的德行、个人的解脱比社会的道德改造更为重要，这也许是因为他们觉得自己生活在一个个人无能为力的时代，一个混乱的世界上。他们所追求的生活是一种摆脱了激情和欲望、冷静而达观的生活，他们认为痛苦和不安仅仅是来自内心的意见，而这是可以由心灵加以消除的。他们恬淡、自足，一方面坚持自己的劳作，把这些工作看做是自己的本分；另一方面又退隐心灵，保持自己精神世界的宁静一隅。因此，这不是一本时髦的书，而是一本经久的书，买来不一定马上读，但一定会有需要读它的时候。近2 000年前一个人写下了它，2 000年后一定也还会有人去读它。（何怀宏）

人生不过一种意见

公元177年，马可·奥勒留——古罗马帝国的皇帝，坐上了奔赴北方的战车。如果公元121年4月26日是奥勒留准确的生日的话，这一年他刚好56岁。但那时候人们通常只能活40岁。

多年来他的帝国一直动荡不安，危机四伏，甚至可以说兵荒马乱，加上军队的内讧，他的年轮几乎是在战车下转动的，他的身体也十分疲惫。尽管所到之处，人们都在高呼“皇帝万岁！”皇帝本人却深知来日不多，一种壮士一去不复返的预感徘徊在他心头。不过他早已做好随时放弃生命的充分准备。作为万万人之上的皇帝，通常是没有朋友的，但马可·奥勒留拥有许多知心的朋友。直到3天前他们还在一起谈论宇宙、神灵与人生的深奥哲理。罗马城外，风把旗帜吹得猎猎作响，他深情地与朋友一一握手，就像生离死别一样。他的情绪可能感染了朋友，他们请求他留下自己的箴言。这就是今天我们可以在书架上看到的《沉思录》。多亏他的朋友，不然我们也许就读不到这册智慧的书——它本来是写给自己看的。虽然那场战役最终取得了胜利，奥勒留却在胜利的喜讯中离开人世。

与所有真正的斯多葛哲人一样，奥勒留的关怀远远超出罗马的版图。他的志向不在于成为一个万万人之上的罗马皇帝，而是要成为一个宇宙公民。奥勒留认为在辽阔无际、迁流不息的宇宙流中，人什么也抓不住，包括万里江山和金碧辉煌的宫殿，也包括人自己的肉身。“名医希波克拉底治愈了好多疾病，但他自己终究也病倒而死去。占星家查尔丁之流预言别人的大限之期，最终自己却没有躲过死亡之日。亚历山大、庞培、恺撒一生征战，毁灭了多少城市，在战场上砍杀了成千上万的马匹士卒，可他们自己终归仍然追随死人而去。赫拉克利特曾大谈宇宙之火，却因水肿病而死亡。”《沉思录》的作者要求人们“经常思考一下往昔的古人吧。他们一心一意地为自己的怨恨和家族的世仇作报复，并且无所不用其极；他们有的声名显赫一世，有的则罹难蒙灾、创巨痛深。然后你问自己一句：似诸人等，而今安在？他们消失得无影无踪，如一缕烟逝去”。“不用多长的时间，你将释怀于整个世界；更短的一点时间内，世界也就忘记了你。”那些执著的企图，只能使人陷入被动与烦恼，并且最终也要失算。“那些戏，甚至不值得耗费蜡烛去演出呢！”

在揭示世界的流变和生命的无常之后，奥勒留追问：“究竟是什么使你执意盘桓于此呢？”

生活在世俗中的人们，通常会抱怨是外部事物的诱惑与违逆导致他们内心的痛苦不安。奥勒留告诉人们，这是不确切的，甚至是自欺欺人的，是逃避人生使命的托词。“如果外部事物使你烦恼不安，那么请你注意，使你心情烦乱的并非事物，而是你对事物的看法，而只要你愿意，你是很可以将它打发掉的。”他坚持了两条格言：“事物不能拂乱灵魂；人生不过一种意见。如果生活使你痛苦，那就反省并且去除自己的意见和观念吧，是它们令你痛苦的，而不是生活使你无法承受。”“不要忘了，一切事物说到底都是一种意见。只要你乐意，都属于你的思想所支配。因此，去掉你的见解，就好像你绕过某个危险的海峡，你不会损失什么，但你却获得了安全的航线，平静的海面，还有风平浪静的海湾。”

由于有了这种直指人心的痛快淋漓，奥勒留便无须去寻找隐逸的丛林了，或者说他在自己心中找到了寺庙。“人们习惯于凡欲引退便寻找那人迹罕见的地方，或乡间，或海滨，或山中。而这也是你一心向往的。可归根结底，这是一种俗不可耐的向往，因为你自身当中便有这样的力量，随时可以引退的，只要你希望如此。一个人的心便是他回避喧嚣世界的最自由的宁静去处。如果你心中宁静，那你就已获得了内在的和平；这种和平安宁在于听从自心的吩咐。”这种在自己心灵发现丛林的结果是，奥勒留不像一般的隐者那样逃避自己的责任与义务。他认为厌弃、回避与执著追逐同样是烦恼的诱因，外在的企求与内向的蜷缩同样使心灵变形，愤怒和狂喜都会使灵魂扭曲，失去自性的圆满。因此，他既不追逐人生，也不逃避人生，从不怠慢社会历史赋予一个罗马皇帝的使命。他每天都在提醒自己，要尽到自己身上的社会责任。

奥勒留的终极关怀是心灵的关怀。他指出：“一个毫不犹豫便会跻身于赴死者的高尚队伍的人，便是一个类似祭司和神之伺奉者的人，一个能够正确利用心中神性的人。在这种神性力量的帮助下，此人便获得了庇护。他不受欢乐的诱惑，不怕痛苦的侵袭，不受伤害又超然于恶人们的邪恶意志之上。因此他在进行一场高贵的战斗，抵御心中的所有情欲。他的内心深处浸透了公义的精神，全心全意地接受一切逆顺之境，面对自己的命运。若非公众的必然利益和普遍的福利，他对任何言谈、思想或行动都不屑一顾。”对于那些以高贵的灵魂去伺候肉体的人，奥勒留指出：“你只是以一个有价值的东西去服务于那并无价值的存在。因为前者是灵魂、智能和神性，而后者却是污垢和腐败。”

心灵若依附于财富、地位、权力等外物，并以其为尊严和荣耀，就会多了虚妄不实的成分，变得猖狂而又脆弱。把它们纳入心灵，与把众多不同种族、不同信仰的人群纳入罗马帝国的版图是一样的。为了保持灵魂的高贵和纯洁，他劝诫人“把你的感觉局限于它们应有的范围，让你的心保持应有的距离，不用与它们混在一起。”使你的心像清泉一样长流不息，时刻保持自由、澄明、节制和善良，不至于成为一潭死水。这就是奥勒留解脱烦恼的秘诀。没有任何外境能颠倒一个回到心灵的人，“可以说，生死、荣辱、苦乐、贫富——所有这一切都是善者和恶者会共同遭遇的东西，从本质上说，他们并没有内在的高尚性或卑鄙性，因而，如果说它们是非善非恶的，也就没有任何不妥了。”

同样道理，没有任何一个人的罪恶能伤害另一个人。那些企图伤害别人的人，他们的忌妒、仇恨、愤怒和歹毒首先伤害了自己的心灵，使之失去了安详、澄明和美好。他们这样做其实是十分愚昧的，也是值得同情的。人既然不可以被别人的行为所伤害，那么，伤害人的只能是人自己本身。而人的不幸的根源正在于此。

一般的价值淘金者通常是把世界敲碎成一片散沙，然后从中检测各粒沙子之间的差别，以此来确定它们的轻重贵贱，然后淘汰那些轻贱的沙粒，从而获得贵重的金子。对于他们来说，价值是一种差别。奥勒留是一个特殊的淘金者，他从宽广的时空视野来考察宇宙之沙，发现这些沙子尽管眼前五光十色，千差万别，但是这些差别更多是来自我们的褊狭的立场和意见，依特殊立场而成立的意见必定随着立场的转变而转变。

尽管奥勒留皇帝统治的时代时有战争、瘟疫和地震发生，但是历史学家仍把这个时期评为最适合人类生活的年代之一。生活在他的时代的人们是幸运的。公元180年马可·奥勒留的逝世，意味着罗马帝国黄金时代的结束。继承王位的独子康莫多斯是最坏的皇帝中的一个，后来的子孙似乎都没能像奥勒留一样给臣民带来如此多的恩惠。奥勒留生下了孩子却不能生下他的心。（孔　见）

DASHI CHUANQI D 大师传奇

斯多葛派著名哲学家、古罗马帝国皇帝马可·奥勒留·安东尼（121年—180年），原名马可·阿尼厄斯·维勒斯，生于罗马，其父亲一族曾是西班牙人，但早已定居罗马多年，并从维斯佩申皇帝（69年—79年在位）那里获得了贵族身份。马可·奥勒留幼年丧父，是由他的母亲和祖父抚养长大的，并且在希腊文学和拉丁文学、修辞、哲学、法律甚至绘画方面得到了在当时来说是最好的教育。马可·奥勒留从小就表现出探索万物本源的兴趣，11岁时，他便有意身着古代希腊与罗马哲学家们常穿的简陋的长袍，模仿他们的生活方式。他少年的心智，得到了当时世界上最好的教化。奥勒留对哲学的爱好不能被视为是达官贵人的附庸风雅，这出自他的天性。

斯多葛派认为整个宇宙是一个神，一个心灵，它分配给每一个人以灵魂。"人是一点灵魂载负着一具尸体。"人应当摈弃肉体的享受，一切可称为快乐的东西，去完善自己的灵魂。奥勒留向往这种高尚的生活。罗素在他那本著名的《西方哲学史》中评价奥勒留说："他是一个悲怆的人；在一系列必须加以抗拒的各种欲望里，他感到其中最具有吸引力的一种就是想要引退去一个宁静的乡村生活的那种愿望。但是实现这种愿望的机会始终没有来临。"的确，奥勒留渴望成为一个圣人，一个像苏格拉底那样的哲学家，但是命运让他踏上了一条看起来是相反的道路。

还在孩提时期，马可·奥勒留就以其性格的坦率真诚得到了赫德里安皇帝（117年—138年在位）的好感。当时，罗马的帝位常常并不是按血统，而是由选定的过继者来接替的。在原先的继嗣柳希厄斯死后，赫德里安皇帝选定马可·奥勒留的叔父安东尼·派厄斯为自己的继嗣，条件是派厄斯亦要收养马可·奥勒留和原先继嗣的儿子科莫德斯（后名维勒斯）为继嗣。当赫德里安皇帝于138年去世时，马可·奥勒留获得了恺撒的称号——这一称号一般是给予皇帝助手和继承者的，并协助他的叔父治理国家，而在其叔父（也是养父）于161年去世时，旋即成为古罗马帝国的皇帝。遵照赫德里安的意愿，他和维勒斯共享皇权，但后者实际上不起重要作用。

马可·奥勒留在位时，连年征战，《沉思录》这部写给自己的书，许多篇章是在刀光剑影的征途上写下的。

罗素在《西方哲学史》中说马可·奥勒留"是一个悲怆的人；在一系列必须加以抗拒的各种欲望里，他感到其中最具有吸引力的一种就是想要引退去一个宁静的乡村生活的那种愿望。但是实现这种愿望的机会始终没有来临。"于是，一个渴望归隐的圣人却坐上辉煌的宝座，一个哲学家成了一个皇帝，内圣外王之道在他身上获得了统一，他对自己严厉，但对别人的缺点却十分宽厚，对全人类公正而仁慈。大约是169年，罗马军队在劫掠塞琉西的阿波罗神庙时，据说打开了一个神秘的金盒子，里面藏有疾疫的毒菌，于是末日降临，意大利的许多村庄和城市沦为废墟，罗马城里也有近万人死亡。正当奥勒留为赈济灾民焦头烂额时，他亲信的将军，帝国东部总督阿维第乌斯·卡西乌斯在叙利亚举兵反叛，意欲夺取王位。叛乱最终被平定了，杀死卡西乌斯的是他手下的属将。但对于卡西乌斯的死，奥勒留深为遗憾，因为这样便使他失去了一个因为能使一个仇敌成为朋友而感到欣慰的机会。后来，他更用事实证明了他这种想法绝非虚妄，因为在元老院情绪激昂，要求重惩那个叛徒的追随者的时候，他却采取了十分宽容的态度。他为权力的欲望毒害将军的心灵而感到沉痛，还说本来要求宽恕的应该是他自己。奥勒留还小心地毁掉一切有关叛乱的文件，以免牵连参与其中的人。

奥勒留对战争十分厌恶，认为它是对人的天性的屈辱和摧毁，但在必须进行正当防卫的时候，他却无所畏惧地接连 8 个冬天在冰封的多瑙河岸边亲冒矢石进行战斗，一直到在那严酷的气候中他的虚弱的身体终于不支而倒下。

公元 180 年 3 月 17 日，马可·奥勒留因病逝于文多博纳(维也纳)。他死后一直受到对他感恩戴德的后代的无比崇敬，而且在他去世 100 多年之后，还有许多人在他们家的神龛中供奉他的雕像。

Y 延伸阅读 YANSHEN YUEDU

在西方，“塞涅卡说”之类的话犹若中国的“子曰诗云”一样为人们所耳熟能详，他的**《面包里的幸福人生》**历来是大家公认的首选必读书。本书是塞涅卡写给他的朋友吕西里阿的 124 封信的一个选集，内容涉及人生的各个方面，以谈友谊为主线，兼及疾病、痛苦、死亡、读书、旅游、演说、饮酒等等，也有少量篇幅是专门讲哲学、文风和介绍科学知识的。从这些书简中，我们可以看到作者对古罗马生活方式的细致观察和深刻思考。他的这些格言式的陈述，毫无板起面孔说教的架势，读来隽永有趣，所以弗朗西斯·培根说：“塞涅卡致吕西里阿的信是分散的片段式的沉思录。”

* * * *

卢梭是近代最具影响力的哲学大师，他对人们的生活方式影响深远。他教导父母们教育子女要不拘陈规，因材施教；他深化了友谊和爱情中的情感表现而不是拘谨礼让的束缚。他使人们睁开双眼，面对自然的绚丽多姿，他使自由成为一个几乎是人们普遍渴望的目标。他的**《忏悔录》**达到了圣·奥克斯丁《忏悔录》同样经典的地位。在这部被称为“文学史上的奇书”中，卢梭把自己作为人的标本来剖析，他把自己的灵魂真诚地、赤裸地呈现给读者，其坦率程度是史无前例的。在历史上多得难以数计的自传作品中，真正有文学价值的显然并不多，而成为文学名著的则更少。至于以其思想、艺术和风格上的重要意义而奠定了撰写者的文学地位——不是一个普通的文学席位，而是长久地受人景仰的崇高地位的，也许只有《忏悔录》了。

* * * *

《处世智慧》 是叔本华誉满天下的最后一部著作《附录和补遗》中最精华的部分，他融合东西哲学主流，科学地披露人性和世故，加以睿智和生动的笔触，娓娓地跟我们讲如何为人处世，如何求取幸福和成功。《处世智慧》具有很强的可读性，曾受到歌德的高度评价。全书是以美文的方式写作的，用笔犀利，见解独到而深刻，语言优美、流畅，思路清晰，观点鲜明，谈社会、谈人生、谈处世，令人读后回味无穷，发人深省，是一部有着很高文学价值的哲学杰作，历经百年而更加闪耀着智慧的光辉。

荀 子

荀　子(中国·战国　约公元前313年—公元前238年)

愚窃尝读其全书，而知荀子之学之醇正，文之博达，自四子而下，洵足冠冕群儒，非一切名、法诸家所可同类共观也。

——清代著名诗人　谢　墉

在春秋战国这段辉煌的历史时期，先人创造了光辉灿烂的历史文明，其中夏商时期的甲骨文、殷商的青铜器，都是人类文明的历史标志。同时，诸子百家开创了中国历史上第一次文化学术的繁荣。而提到文化学术，我们不能不提到荀子。

荀子是我国战国时期杰出的唯物主义思想家，他兼通诸经，集百家之大成，是先秦非常重要的儒学家、大学者。他的思想学说流传甚广，李斯、韩非都是他的学生，西汉初期许多著名经师也出于他或他的弟子的门下，后世张衡、王充、柳宗元、王夫之、戴震以及近代的资产阶级革命民主派人士等都不同程度地受到他的影响。荀子使儒家学说得到长足发展，开创秦朝以法治国的先声。汉以后的“独尊”的儒学，实质是荀学。他的思想既是法家的代表，又在儒家中独树一帜，对中国的政治历史实践影响深远。

荀子是儒家经学早期传授中的一个十分重要的人物，他进一步发展了孔子的修身和处世之道，认为不能“从人之性，顺人之情”，认为外在礼法的约束、君师的管教对个人修养起决定作用，因而强调隆礼。在处世方面，他更注重人为的能动作用，主张人定胜天，反对怨天尤人。可以说，儒家思想发展到荀子，不仅其体系趋于完整、系统，而且也开始从封闭逐渐变成开放，这无疑为秦汉以来的儒家对各家学说之长兼收并蓄、融会贯通奠定了坚实的基础。

荀子是先秦诸子的最后一位大师，由于他处在战国末期的时代，诸子各派的思想学说均已出现，这使得他不仅能采纳诸子思想，又可以进行批判和比较，因此他所著的《荀子》一书，内容非常丰富，所及哲学、政治、经济、军事、法律、伦理、教育、科技、历史、文艺等方面，无不思虑精湛，独辟蹊径。

其中有关“修身处世”为主题的名篇可以说是中华民族宝贵的精神财富，能帮助今人完善人品操行，提升人生境界，为实现最高价值的人生提供历史的参照物。

KUANGSHI JIEZUO 旷世杰作

荀子对自然观、认识论、逻辑思想与伦理政治思想诸方面的阐述，集中反映于《荀子》一书之中。该书在汉代被抄传达 300 余篇，后经刘向校订整理，定为 32 篇。据唐代杨京考证，这 32 篇中，《大略》、《宥坐》、《子道》、《法行》、《哀公》和《尧问》6 篇，系其门人弟子所记，余者为荀子所著。全书体系完整，涉及面很广，多为关于社会政治、伦理、教育等方面的长篇专题学术论文，其论点明确，论断缜密，结构严谨，风格朴实、深厚。荀子善于运用自然界和日常生活中的事例作为论据，巧譬博喻，反复论证，其中有关教导世人修身处世方面的观点对后人影响深远。

修身是儒家传统道德的一项重要要求，是指自我完善，严格按社会道德规范要求自己。荀子忠实于孔子的精神，也强调修身的中心地位。他将儒家教育的过程——从学习成为君子到仿效圣人，从习诗到践礼——概括为一种积累知识、技能、睿识和智能的不断努力。荀子认为所有人通过修身能够达到完美的可能性，他专门著《修身》一篇，并将它作为其著作的第二篇，可见其对修身问题的重视。荀子从“修身”的社会效应角度指出：“以修身自强，则名配尧、禹。”“故君子务修其内而让之于外，务积德于身而处之以遵道（遵从道德原则），如是则贵名（美好的名声）起如日月，天下应之如雷霆。”荀子认为圣人和大儒都具备道德上最高的品格；若一个人能实践道德，便会如圣贤般留下美好的名声，天下百姓就会如雷霆般拥护他。从这点出发，荀子特别注重和强调克己修身。

荀子对修身的要求很高也很具体，以至于一言一行，甚至服饰、饮食、居处、容貌、态度等，一律要求合乎道德准则。他认为做到这些，就与尧、禹差不多了，实际上是强调修身可以成为自强的一种途径。荀子的观念较现实，他反对孟子的“法先王”，认为尧舜之道实在太渺茫，而且远古的法度早经灭绝，虽欲取法，但也不能；先王之中，虽有贤人善政，但时代久远，却无从可取，因而主张“法后王”。从这一观点出发，荀子主张见善的，就要学习；见不善的，就要自省。善在身，就能自乐自好；不善在身，就会带来灾祸。他认为修身必须勇于接受别人的批评，勇于改正自己的错误。

荀子在人性论上发展孔、孟的人道观，根据“克己复礼”的思想提出性恶说，在性恶说的基础上，荀子进一步发展了孔子的修己之道。他强调不能“从人之性，顺人之情”，认为外在礼法的约束、君师的管教起决定作用，因而强调隆礼，主张用隆重的“礼义”来区分人们的名分和等级，使人们的社会关系协调一致，从而增强力量、征服万物、得到利益。“崇礼”是荀子修学论政之本，因人性恶而有欲求，当求之而无餍，便发生纷争，故必须立礼义、法度以节制之，因此，荀子强调礼乐的重要，认为“礼者，治办之极也，强固之本也，威名之道也，功名之总也”。荀子所说的“礼”与孔子所言之“礼”，在作为人的行为准则这点上是一致的，但内容已有很大的分别。荀子认为上自人君治国之道，下至个人立身处世之理，以至起居饮食的细节，无不包含，不但是人类行为的准则，也是言论思想的规范。因此，“人无礼则不生，事无礼则不成，国家无礼则不宁。”

可以说，儒家思想发展到荀子，不仅其体系趋于完整、系统，而且也开始从封闭逐渐变成开放，这无疑为秦汉以来的儒家对各家学说之长兼收并蓄、融会贯通奠定了坚实的基础。《荀子》大多数是说理文，其体式超越了《论语》、《孟子》那样的语录或对话连缀，体式上已不再是零散缀合的片言只语，而大多是立意统一、浑然一体的完整篇章；论证中也是精严周密，由浅入深，反复推敲，步步展开，环环相扣，首尾贯通，一气呵成，在先秦散文史中具有划时代的意义，它为后世常规议论散文奠定了基础。

JINGDIAN DAODU

J经典导读

荀子的处世思想

《荀子》的内容十分丰富，对哲学、政治、经济、军事以及文学都有所涉及。其中关于世人立身行事、待人处世方面的论述对后世产生了巨大的影响。

以“仁义”为立身之本，是荀子提出的处世原则之一。他认为人不可为图名利去做“难能可贵”的事，在“仁义”面前，宁遭世俗非议，也不可退让。仁人君子虽然惧怕危患，却不逃避为正义而死；虽然也希求利益，却不做自己认为错误的事情。“君子养心，莫善于诚。”荀子认为“诚”是实现“仁义”的要领，是“养心”的门径。诚心执守仁爱，施行正义，仁爱就表现于外，正义就能够做到，就显得神明，就能够使人转化。明智若神，随物变化，便具备了“天德”（德同于天）。在处世中，应当“慎独”，但是不真诚就不能独处。

荀子主张同他人相交，亲近而不私密，宽宏而不怠慢，方正而不伤人。他认为正人君子尊崇别人的德行，赞扬别人的优点，并不是出于谄媚；依据正义，直接举出别人的过失，并不是为了诽谤；称说自己的美好，也不是为了夸耀。只要出于正义，就可以时曲时直随机应变。

善于权衡取舍，可以免遭耻辱和伤害。对于贪图和厌恶、求取和舍弃，要能够衡量：见到可以贪图的事物，必须前前后后考虑一下它的可以受害的一方面；见到可以取利的事物，必须前前后后考虑一下它的可以受害的一方面。要能够从两方面衡量一下，仔细地思虑一番，然后再决定自己的贪图和厌恶、求取和舍弃。如此，才经常不会遭到失败。反之，就“动则必陷，为则必辱”。

正确对待荣辱，是为人处世必须认真考虑的。光荣和耻辱的最大界限是：正义在先而私利在后的，光荣；私利在先而正义在后的，耻辱。光荣的经常通达，耻辱的经常穷困，“通者常制人，穷者常制于人”。荣辱和安危、利害密切相连。朴素谨慎的，经常得到安全；放荡凶悍的，经常受到危害。安全的，经常表现和乐；危害的，经常表现忧难。有了知识，才可以保持长久，知道得广博，才可以事事通达，反复地明察是非，就趋向于适可和美好；用来克制情欲，就能够顺利；用来求取声名，就获得光荣。

荀子认为不可以以貌取人，也不可凭面相体相来诊断自己的命运。相察形貌，不如评论思想；评论思想，不如选择行为。形貌胜不过思想，思想胜不过行为。行为纯正，而思想顺随着它，形貌即使丑恶，思想行为善良，也不妨碍他成为君子；形貌即使美好，而思想行为丑恶，也难免成为小人。从人身上确实可以看出不祥的征兆，但它不是生相，而是不良的德行。评价一个人，是看他的品德，比较其意志，比较其文才，而不是比较人的高矮，分别人的丑俊。

在社会上生活，一定要有处世之术。荀子对此有颇为具体的分析。他认为保持尊宠、居守官位、终身不倦的处世之术是：地位高贵而不表现奢侈；受到信任，而不处嫌疑之间；责任重大，而不敢擅自专主；财利到来，应感到自己的善行好像不应该获得，必定要表尽了谦让之义，然后才去接受。福事到来，就和悦地去处理；祸事到来，就稳妥地去处理。富裕了，就广泛布施；贫困了，就节约财用。可以处贵，可以处贱，可以处富，可以处贫。此外，还要消除怨怒，而且不妨害别人。能够担任这项职务，就谨慎地去实行；如果不能够担任某项职务，就不如推让贤能，安稳地追随其后，如此，失掉尊宠，也不致获得罪过。

荀子的处世哲学，除了上面介绍的几点之外，尚有安贫乐道、不怨天尤人等，对后人都有很大的影响。

（佚　名）

荀子的礼治思想

荀子的礼治思想是其政治思想的核心。荀子十分强调礼在社会生活各个方面的作用，因而极力宣传和推行他的礼治思想。他主张要以礼修身，以礼齐家，以礼治国平天下。荀子在《礼论》中，将他所说的礼的含义定义为相互联系的两个方面。其一是“养”，即所谓“养人之欲，给人之求”。其二是“别”，即所谓“贵贱有等，长幼有差，贫富轻重皆有称”。荀子还在《礼论》中集中论述了礼在自然界和人类社会中的作用。荀子指出，礼对于人类社会来说，“从之者治，不从者乱；从之者安，不从者危；从之者存，不从者亡。”荀子还在《修身》中从更为宽泛的角度论述了礼的作用，他说：“人无礼则不生，事无礼则不成，国家无礼则不宁。”基于此，荀子极力主张“隆礼”，从而形成了他的礼治思想。

修身，从字面上理解，即修养身心之义。中国历代均有重视修身的传统，将修身看做是齐家、治国、平天下的基础。那么，怎样修身呢？用什么作为修身的指导思想呢？荀子特别强调“礼”的作用，强调要以“礼”修身，即修身靠“礼”。

首先，荀子认为以礼修身是学习做人的正道。荀子指出：不遵照礼去做，不重视礼，叫做不走正道的人；遵照礼去做，重视礼，叫做走正道的人。能够深刻地认识礼，坚定地相信礼，不变地喜好礼，就能够修养成为圣人。荀子认为学习从诵习《诗》、《书》开始，读完《礼》结束；也就是从做一个有知识的人开始，到成为圣人结束。荀子说：仅仅读一些杂书，训解《诗》、《书》，这样一辈子，也不过是一个学识浅陋的儒生而已。要成为一个真正的读书人，必须把“隆礼”放在核心的位置。尊崇礼法，虽不能深刻理解其精义，仍然可称做是遵礼守法的读书人；不尊崇礼法，即使明察善变，也依旧是不守礼法的儒生。

其次，荀子认为以礼修身是人类强盛的根本。荀子提出：礼义是人类与兽类的根本区别，也是人类能够战胜万物、强盛兴旺的根本原因。荀子在《王制》中对人与水火、草木、禽兽进行区分，并在此基础上论述了这一思想。他说：“水火有气而无生，草木有生而无知，禽兽有知而无义；人有气、有生、有知，亦且有义，故最为天下贵也。力不若牛，走不若马，而牛马为用，何也？曰：人能群，彼不能群也。人何以能群？曰：分。分何以能行？曰：义。故义以分则和，和则一，一则多力，多力则强，强则胜物；故宫室可得而居也。故序四时，裁万物，兼利天下，无他故焉，得之分义也。故人生不能无群，群而无分则争，争则乱，乱则离，离则弱，弱则不能胜物。故宫室不可得而居也，不可少顷舍礼义之谓也。”

再次，荀子认为以礼修身是个人生存的需要。荀子说，无论是个人的衣食住行，还是个人的礼仪交往，都应该符合礼的规定，只有这样，各方面才能通达顺利。在个人的衣食住行方面，荀子在《修身》中说：“凡用血气，志意，知虑，由礼则治通，不由礼则勃乱提僈；饮食、衣服、居处、动静，由礼则和节，不由礼则触陷生疾；容貌、态度、进退、趋行，由礼则雅，不由礼则夷固僻违，庸众而野。故人无礼而不生”。在人与人交往方面，荀子在《修身》中也说：“体恭敬而心忠信，术礼义而情爱人，横行天下，虽困四夷，人莫不贵；劳苦之事则争先，饶乐之事则能让；端悫诚信，拘守而详，横行天下，虽困四夷，人莫不任。”

荀子在论述以礼修身时还特别强调“修”的作用，强调要以礼“修”身，即身靠礼“修”。首先，荀子认为人的本性可修。荀子指出，人的本性就是人天生的可以用来修养的自然材质。没有人的天生的自然材质，那么就没有被礼法加工、改造的对象；没有礼法的完善，那么人的天生的自然材质就不能变得美好。天生的自然材质和完善的礼法相结合，就能修成圣人的名望。荀子在《礼论》中说：“性者，本始材朴也；伪者，文理隆盛也。无性则伪之无所加，无伪则性不能自美。性伪合，然后成圣人之名，一天下之功于是就也。”荀子认为，圣人不是天生的，只要坚持不懈地以礼修身，普通百姓都可以成为圣人。荀子在《儒效》中说：“性也者，吾所不能为也，然而可化也；情也者，非吾所有也，然而可为也。注错习俗，所以化性也；并一而不二，所以成积也，习俗移志，安久移质，并一而不二，则通于神明，参于天地矣。故积土而为山，积水而为海……涂之人百姓，积善而全尽，谓之圣人。彼求之而后得，为之而后成，积之而后高，尽之而后圣。故圣人也者，人之所积也。”

其次，荀子认为人的本性需修。众所周知，荀子是人性恶论者。荀子认为，人之性恶既不利于人的自身发展，也不利于社会秩序的保持，因而有必要用礼义来加以矫正。荀子在《性恶》中说：“今人之性恶，必将待师法然后正，得礼义然后治。今人无师法，则偏险而不正；无礼义，则悖乱而不治。古者圣王以人之性恶，以为偏险而不正，悖乱而不治，是以为之起礼义、制法度，以矫饰人之情性而正之。以扰化人之情性而导之也。始皆出于治，合于道者也。今之人，化师法，积文学，道礼义者为君子；纵性情，安恣睢，而违礼义者为小人。”“人之欲为善者，为性恶也。今人之性，固无礼义，故强学而求有之也；性不知礼义，故思虑而求知之也。”

荀子在论述以礼修身时特别强调老师的作用。荀子认为，礼，是为了端正人的行为的；老师，是为了正确解释礼的各项规定的。没有礼，就不能端正人的行为；没有老师，就不知道礼是什么样子。因此，以礼修身，需要有老师的教导。荀子在《修身》中说：“礼者，所以正身也；师者，所以正礼也。无礼，何以正身？无师，吾安知礼之为是也？礼然而然，则是情安礼也；师云而云，则是知若师也。情安礼，知若师，则是圣人也。故非礼，是无法也；非师，是无师也。不是师法，而好自用，譬之是犹以盲辩色，以聋辩声也，舍乱妄无为也。”正因为如此，荀子在《儒效》中说：“有师法者，人之大宝也；无师法者，人之大殃也。”不仅如此，荀子还认为老师的作用还能使人们大大提高修身的效率，使以礼修身变得更加方便和快捷。荀子在《劝学》中说：“学莫便乎近其人。《礼》、《乐》法而不说，《诗》、《书》故而不切，《春秋》约而不速。方其人之习君子之说，则尊以遍矣，周于世矣。故曰：学莫便乎近其人。”

荀子在谈到以礼修身时还特别强调要深入了解礼和仁、义之间的关系。荀子认为，礼、仁、义三者之间的关系十分密切，只有对仁、义、礼三者的关系都已经了解了，才算明白以礼修身的要求了。（刘冠生）

DASHI CHUANQI 大师传奇

荀子名况，字卿，又称孙卿，战国末期赵国郇邑人（其地理位置约在今山西省新绛、临猗、解县一带）。在对诸子百家思想的总结批判中，荀子丰富了儒家学派的思想理论体系，成为战国末期著名的思想家。

荀子的少年时代，正处于中国社会和文化发生剧烈变革转型的战国时期。长期动荡的战乱岁月，暴政横行的严酷现实，给广大民众带来了沉重的负担，给整个社会造成了严峻的危机。重建统一的社会秩序，恢复合理的人伦规范，成为当时社会的发展需求和人们的迫切向往。少年时代的荀子，目睹残酷的现实和民众的疾苦，立志改变现实。他夜以继日博读百家之说，用心领会各家的思想异同。面对着百家言之有故、持之有理的学说，荀子纵论百家之说，详解诸子之弊，在对社会文化的反思认识中，通过阐发以礼为核心特质的文化价值，形成了自己的独特认识。在百家之说中，荀子特别推重儒家孔子的学说，更为仰慕古代尧舜禹的丰功伟绩。为了救治时代危机，复兴圣王之道，荀子指出，要拯救现实危机，重建社会秩序，应当“上则法舜、禹之制，下则法仲尼、子弓之义”。

为了丰富自己的思想学识，荀子满怀着救世的愿望，离开了赵国，来到了燕国。荀子在燕国逗留期间，燕王哙和子之对荀子的观点大加非难，不予重视。面对着人生的冷遇和挫折，加之燕国出现的混乱，公元前264年，年轻的荀子决定到当时的文化中心齐国的稷下学宫游学。战国时期，齐国的统治者为了实现富国强兵、争霸中原的政治目的，在都城的稷门附近，创立了稷下学宫，以求吸引各国的学者来此探讨治世之道。

稷下学宫是一个容纳了许多学派的研究机构，它不仅招聘本国的学者，也招聘邻国的学者。由于齐国统治者采取了一系列的鼓励措施，稷下学宫以其优厚的待遇、宽松的环境、众多的学派和丰富的活动，吸引了各地学者蜂拥而来，成为当时的学术中心。许多著名的思想家如孟子、邹衍等各家代表人物，都曾到稷下讲学，谈论政事。荀子由燕国来到齐国之时，正值稷下学宫处于兴盛之际。风华正茂的荀子，以其令人耳目一新的学术观点和辩论风采，在学术大师们面前展露了他横溢的才华和深邃的思想，受到了稷下先生们的重视和肯定。正是在各派学术名家的指导下，荀子立足儒家思想立场，兼收百家学说之长，不断丰富着自己的理论体系。

荀子在稷下学宫游学期间，广泛地听取各家名师的讲演，多方面地掌握了百家思想的特点。他主持稷下讲坛长达24年之久。齐王建嗣位后，国事混乱不堪，政权落君王后之手，荀子因上书语涉君王后，受到群小的攻击，不得不于公元前255年接受楚国春申君黄歇之聘，任楚国兰陵（今山东苍山县兰陵镇）令。

荀子的晚年，是在政治逆境中度过的。他身具治世之才，但一直不受重用。当时，跟随荀子学习的弟子中，有很多出类拔萃的人。其中，李斯和韩非就是荀子引以为豪的两位门徒。他们在跟随荀子长期的学习中，通晓天下大势，深知治国方略。李斯以其卓越的才能，受到秦王嬴政的重用，获取了尊贵的地位，为秦国统一天下做出了重大贡献。韩非出身于韩国的贵族，他在跟随荀子学习中，着重接受了荀子的重法思想，并提出了“法、术、势”三者合一的统治方法，成为先秦时代法家学派集大成的著名代表人物。

荀况学问渊博，在继承前期儒家学说的基础上，又吸收了各家的长处加以综合、改造，建立起自己的思想体系，发展了古代唯物主义传统。荀子把天、地、日、月、星星等和万物一样看做是自然存在的东西，按照一定的规律自然变化，这是朴素的唯物主义思想。荀子在2 000年前就能够有这样进步的思想，是很难得的。他不但不承认天神的威力，而且主张人的力量可以制服天。人应该控制天，人也是能够“制天命而用之”的，这是荀子与当时其他学派大不相同的思想。这种思想在当时是十分进步、极有积极作用的。

公元前 238 年，楚国考烈王去世，令尹李园乘机杀害了春申君。春申君死了之后，荀子也被罢黜，不再担任兰陵令。从此，荀子就留居在兰陵。在此期间，荀子全面总结了自己的学术思想，将其对儒家思想的继承发展，以及对百家学说的综合批判，进行了系统的整理，写成了数万言的著作，这即是《荀子》一书。

荀子的一生是在战乱和动荡中度过的。他深刻认识到了现实社会朝着统一的发展趋势。在对百家思想的批判总结中，他以深邃的理论思维、精辟的辩证论说，为即将到来的封建大一统的社会体系，提供了理论上的论证和实践上的指导。

司马迁把荀子和孟子一同看成是孔子之学在战国逆境中的复兴者和光大者，“天下并争于战国，儒术既绌焉，然齐鲁之间，学者独不废也。于威、宣之际，孟子、荀卿之列，咸遵夫子之业而润色之，以学显于当世。”刘向把荀子看成是儒家经传的主要传人。但遗憾的是，唐之前没有人为《荀子》作注，以至于“荀氏之书千载而无光焉”。唐代杨倞整理《荀子》并为之作注，可谓传荀学之功臣。杨倞把孔子、孟子和荀子视之为儒家一脉相承的传人，认为“孟轲阐其前，荀卿振其后”，“其书亦所以羽翼‘六经’，增光孔氏”。在大讲道统之传和心性之学的宋明道学中，荀子主张性恶、批评思孟或他的法家弟子等原因，因此在宋明儒学中，荀子受到了普遍的轻视。朱熹甚至以一种轻蔑的态度评论荀子，以至于把荀子逐出儒门，归入法家。与此形成强烈反差的是，一直在子部的《孟子》一书，在唐代开始被请求“入经”的“升格”趋势在宋代已成定局，位列儒家经典十三经之中，并被朱熹推崇为《四书》之一，从而确立了其在儒家中的正统和尊崇地位。

清中叶以后，对抗宋学和重视经典考证之学的考据学兴盛，荀学得到了振兴，这同时也意味着为受到宋学贬损和压抑的荀子正名。一批学者开始关注和研究荀子和《荀子》一书，其著者如谢墉的《荀子笺释》、汪中的《荀卿子通论》，至王先谦的《荀子集解》一出，荀学已蔚为大观。在清中至清末的荀学复兴中，人们肯定了荀子在儒学史的地位，认为荀子道性恶与孟子道性善，虽出发点不同，然旨趣则归于一，孟子“欲人之尽性而乐于善”，荀子“欲人化性而勉于善”。汪中经过考证，断定和坚信“荀卿之学，出于孔氏，而尤有功于诸经”。

无论是在儒家学统上还是在道统上，荀子都称得上是一个儒家卓越的传人和创新者，是处在战国诸子纷乱、诸侯纷争之大背景之下，能够立场明确地对抗法家和批评秦政、毫不动摇地维护和弘扬儒家学术思想和社会政治理想的重镇。

YANSHEN YUEDU 延伸阅读

管子是春秋初期著名的政治家、军事家、经济学家、哲学家，他所处的时代，正是中国历史上“礼崩乐坏”、社会急剧变化的时代。几经人事变换的管仲终由鲍叔牙推荐，被齐桓公任命为卿，尊称“仲父”。在管仲相齐的40年间，他大刀阔斧地进行改革，在军事、政治、税收、盐铁等方面进行了卓有成效的改革，使齐国国力大盛。他帮助齐桓公以“尊王攘夷”为口号，“九合诸侯，一匡天下”，使齐国成为春秋时期第一个称霸的大国。而管仲的思想才学就体现在《管子》一书中。《管子》共有86篇，其中10篇亡佚，实存76篇，后人认为它绝非一人一时所作，而是兼有战国、秦、汉的文字，集有一批“管仲学派”的思想和理论。其内容博大精深，主要以法家和道家思想为主，兼有儒家、兵家、纵横家、农家、阴阳家的思想，更涉及天文、伦理、地理、教育等问题，在先秦诸子中，“襄为巨轶远非他书所及”。可以说，《管子》是先秦时独成一家之言的最大的一部杂家著作。

* * * *

韩非是战国时期韩国的贵族，他和李斯都是荀子的弟子，“喜刑名法术之学”，后世称其为韩非子。韩非子是法家思想的集大成者，他所著的《韩非子》一书是法家经典著作之一，对中国历代帝王“外儒内法”的统治方式有着重大的影响。《韩非子》不仅是先秦诸子百家思想的一朵奇葩，而且也是一部立论鲜明、论谈犀利、文势充沛、气势磅礴的散文杰作。其中的寓言故事不仅数量多，而且在思想上和艺术上都达到了很高的水平，许多寓言故事一直流传至今，成为我国文学创作史上的宝贵财富。此书即使在今天看仍然不失为一部智慧之书，细察我们现代社会的各界，不难发现，它仍在很大程度上启发、甚至指导着他们中的不少人。

庄　子

庄　子（中国·战国　约公元前369年—公元前286年）

读《庄子》的人，定知道那是多层的愉快。你正在惊异那思想的奇警，在那踌躇的当儿，忽然又发觉一件事，你问那精微奥妙的思想何以竟有那样凑巧的，曲达圆妙的辞句来表现它，你更惊异；再定神一看，又不知道那是思想那是文字了，也许什么也不是，而是经过化合作用的第三种东西，于是你尤其惊异。这应接不暇的惊异，便使你加倍的愉快，乐不可支。

——闻一多

在先秦诸子中，庄子的生活经历可谓是贫穷加上平淡。他没有孔子周游列国、制作礼乐的壮举，没有孟子游说诸侯、雄辩滔滔的辉煌，更不像墨子那样为万民之利而疾呼呐喊。在庄子生命的大部分时间里，或溪边垂钓，或泽畔行吟，或流连于山中，或放荡于旷野。在熙熙攘攘为名利的世间，庄子像是一位事不关己的局外人，平平淡淡地存在着，无拘无束地生活着。然而，正是这位靠打草鞋吃饭的哲人，无论是他深邃而隽永的智慧，还是他旷达而率真的品性，都启示过不同时代的各个思想家，也激励了一代又一代向往精神自由的人。

庄子是战国时的文学家、哲学家，是道家学派的亘要继承人，其代表作《庄子》一书内容博大精深，文字雄奇，既是重要的哲学名著，又堪称不可多得的文学范本。这本奇书，在中国思想史上留下深刻的影响，在魏晋时代被玄学家尊为经典“三玄”之一，它有如一朵独放异彩的奇葩，从一个侧面反映了东方人所特有的智慧和文明，它对历代统治者的建功立业乃至对个人修养——修道、养气，以及修身、处世等，都大有用处。

庄子是得到世界公认的我国先秦时期的思想大师之一，他的哲学不是简单的处世哲学，而是包含着理想追求的生命哲学，重在解脱世人的精神枷锁。庄子有维护自由之心，他不为外物所拘，不为俗议所限，为人们设计了自处之道。在他所构建的价值体系中，没有任何的牵累，可以悠然自处，怡然自得。著名学者冯友兰先生在90岁的时候，向祝寿的朋友和学生说，自己悟到的处世道理，可以用庄子的“举世而喻之而不加劝，举世而非之而不加沮”这两句话来表达。绝顶聪明的冯友兰先生到了90岁才认识到庄子这两句话的深刻含义。由此可见，《庄子》一书的思想是相当深刻的。

KUANGSHI JIEZUO 旷世杰作

庄子是继老子之后，战国时期道家学派的代表人物。同时他也是一位优秀的文学家、哲学家。他的《庄子》阐发了道家思想的精髓，发展了道家学说，并使之成为对后世产生深远影响的哲学流派。

《庄子》一书气势磅礴，笔锋犀利，寓意深刻，具有浓厚的浪漫主义色彩，它上承《老子》，下启《淮南子》，是道家的一部主要著作，亦称《南华真经》。现存33篇，包括内篇7篇，外篇15篇，杂篇11篇。整部书虽然都是由虚设的寓言凑成的，但是每一则寓言都有它无穷的意味，节节引人入胜，能让人一读再读，拍案叫绝。全书内容博大精深，所涉及的方面相当广泛，其中修身处世方面的见解对后世产生过极大的影响。如《逍遥游》解释了何谓“逍遥”，以及如何能够达到逍遥之境界；《养生主》论述了养生之道和处世之道；《人间世》则是指人间社会，庄子在此篇中论述了其处世哲学；《德充符》指道德完美的标志，是庄子的道德论；《山木》则详细阐述了免患之道；《庚桑楚》阐述了有关“养心”的问题，指出必须解除扰乱、束缚人心的一切世俗情感，以保持或复归纯朴自然的本性；《外物》说明只有不求外物的人，才能够自由地畅游于世；《让王》则体现了庄子安贫乐道的思想与忘我的精神修养境界。庄子的这些处世修身之道是在目睹了历史运行的坎坷轨迹、经历了社会人生的风雨旅程之后，总结出来的带有一定指导意义的处世艺术。

庄子是老子之后道家理论最重要的开创者。庄子的道学不同于老学之处，在于他更详尽地处理了人与自然的关系、人的可开创能力，包括智能、认识能力、身体能量等。庄子同样站在天道自然的命题基础上，提出了从人的自我修养到面对整个社会国家的处世之道。道家创始人老子的一个价值取向：贵生。重人是贵生的前提，贵生乃重人之保障。庄子亦重人，但他不似老子侧重对人的地位的重视，而强调对人的本质的守护。人的本质是什么？庄子认为是“真”，“真在内者，神动于外，是所以贵真也。”“贵真”即是珍贵人的生命本质，因为“真”是决定人之为人的根本，人一旦失去了它，便不成其人而为非人，人要由非人还原为人，就必须重新找回自己的“真”。故与“贵真”相联系，庄子又提出了“反真”、“归真”的主张。但人的生命本质以其生命形式为存在前提，人之“真”须以人之“生”为基础，故与“贵真”相联系，庄子又提出了“全生”的主张。何以全生？庄子发明了“无用之用”的全生法。“无用”即是无用于他人，对他人无用则不会为人所损害，能保全自己；能保全自己便是有用于己。这一方法与老子居卑处下的生存原则手段虽异而目标却同，都是为了保全生命，体现了他们对人的生命价值的珍重。

庄子在处世原则上与老子目的相同而手段有异，他提出了以巧智机敏而见长的"缘督以为经"的处世法，意即立身处世要遵循中虚之道。这里包含两层相关的意思：一是提倡以"中道"处世。庄子之"中道"是指在两极之间取其中，比如在善与恶之间，庄子主张既不要一味地为善而近名，亦不要一味地为恶而近刑；为善近名易成众矢之的，为恶近刑会招杀戮之祸；只有不善不恶的中间状态最有利于保全自己。二是提倡以"虚道"处世。庄子以"庖丁解牛"为喻，说明奉行"以无厚入有间"之虚道的重要性，这个虚道说到底就是善找隙缝、会钻空子。在盘根错节的生存环境中，总会有空隙、"有间"，只要善于以"无厚"之刃"入有间"，便可游刃有余，这个无厚之刃便是上述所谓"中道"。与老子理性思辨的处世之道相比，这是一种风格不同的更圆滑、更机敏、亦更世俗的处世艺术。

庄子生于战国时代，当时的社会是比较混乱的，而庄子所追求的就是如何超脱苦难的世界，实现人的自由。庄子认为人生的苦难是始终存在的，但他并不把人生看做是痛苦消极的，相反，他有着极强烈的对现世生活和生命意义的积极肯定，他想把人们从根本的困境中解脱出来。在处世方面，最重要的即是如何处人与自处。庄子认为在充满斗争的人世间，处世相当艰难，因此必须处处慎戒留意，时时注意保护自己，方能免于祸患。他所指出的处人与自处之道，总的原则是"虚己"与"顺物"，具体方法则是运用"心斋"。所谓"心斋"即是除去求名斗智的心念，使心境达于空明的境地。庄子认为社会上存在种种纷争，主要是人们求名用智，"名"和"智"是造成人间产生纠纷的根源，所以必须"绝圣弃智"，摒除追逐名利。面对社会上的种种纷争，要做到视而不见、听而不闻，使"我周旋于亿万人间，如处独焉，如蹈虚焉。御至纷如至少，视多事为无事"。

庄子竭力提倡老子之学，将静养之"少私寡欲"发展为"无欲"，将"忘我"升华为"坐忘"。他在《刻意》篇中说："夫恬淡寂寞，虚无无为，此天地之平而道德之质也。"指出息心才能平易，平易才能恬淡，平易恬淡，则忧患不能侵入，邪气不能袭扰，故而其道德完美而精神不亏缺，虚静专一而变动，则身体内部气血的运行与天道同步，顺乎自然之理，自可全真保性，祛病强身，延缓衰老。庄子特别强调不能违心地去追求高官厚禄，而应顺乎天意、顺乎自然。在庄子眼中，人们只有顺其自然，才能不因此而扰乱本性之平和，从而使心灵安逸而不失愉悦。庄子他所强调的顺应自然之自然是要求人们遵循人的实践价值，按人的自然本心去生活。从庄子的这种处世态度，我们可以明白一个道理，要懂得任何时代都会有不逢时之人，一个人一生之中也总有身处逆境的时候，在这种无可奈何之时，我们应该用一种良好的心态去面对问题，这样做，困境虽不一定能够摆脱，但在这种“知其不可奈何而安之若命”的境界里，人们在精神上的痛苦却可大大地被化解。我们就应该像庄子一样，不要为名利所缠绕，而要愤世嫉俗，摆脱名利的负累，克服“人为物役”的异化，这样就能使不如意的事化解为自然之事，用一种良好的心态去面对问题。

与老子相比，庄子对现实世界的傲气更盛。他对当权者作了无所顾忌的嘲讽：“窃钩者诛，窃国者为诸侯，诸侯之门而仁义存焉。”他对现实政治作了肆无忌惮的揭露：“今处昏上乱相之间而欲无惫，奚可得邪？”他宁可“曳尾于涂中”，亦不愿与统治者同流合污。但即便如此，庄子还是没有遗弃现实世界。一个重要原因是，他不想否定生命甚至还十分爱惜生命，从而也就不能离弃生命赖以生根的土壤，不能否定现实人生。事实上，庄子是站在既属于这个世界而又高于这个世界的位置上，俯瞰人间、傲视人间。他既未积极入世亦未出世，而是傲世。庄子倡导人应该随时变化以顺应环境，行为事迹融于世俗，但内心世界仍要保持正直、高尚。在错综复杂的社会关系中，要想做到“游刃有余”，就应审慎行事，并善于藏拙，韬光养晦。如果自己所处的环境确实充满了对名利的争斗，与其处在这样的环境中碌碌无为，不如“待机而动”，换个利于自己发挥的新环境。庄子的处世态度对于那些汲汲于名利而不能自拔的人来说，不失为一服清凉剂。

《庄子》一书体大思精、汪洋恣肆，是研究庄周学术思想和处世之道的重要资料。唐代道教盛行，与《老子》并称“老庄”的《庄子》也是身价百倍，受到许多著名的思想家、艺术家的欣赏和崇拜。历史上如唐代的李白、宋代苏东坡、清代曹雪芹都深受庄子的影响，近现代的一些思想家都对《庄子》有很高的评价。闻一多阅读《庄子》以后，特别崇拜庄子。他认为，魏晋时代，庄子成了“整个文明的核心”，“是清谈家的灵感的泉源”，从此以后，“中国人的文化上永远留着庄子的烙印。他的书成了经典”。这可以说是对《庄子》的最好评价。

JINGDIAN DAODU 经典导读

庄子的处世态度

庄子生逢战国时代，又身处于强邻环伺的是非之地，战争迭起，因此他能够深深地体会生于乱世中精神、身体和生命所受到的恐惧、苦痛和压迫，所以从《庄子》一书中，我们能看出他提倡心灵上的解脱以摆脱外在的痛苦。而精神解脱的方法，主要在于开拓自己的眼界以及心胸。

世上的种种物体往往都会受到生命、时间、空间的范围所限制，而逃脱不出，人也是一样，常常为了小事情想不开，抛不去身边的杂务羁绊，放不下名与利的牵制，而不能完全地逍遥。庄子认为这都是因为我们不能打开自己的眼光，囿于自己孤陋的所学、狭隘的生活环境和短暂的生命。尽管我们现代人的科技已经能扩展我们的生活范围、知识领域以及延长我们的生命，但那些毕竟有限，我们仍旧不能摆脱俗事的牵绊。若是真的能彻底抛开，心胸视野能开拓，看得见真正的大，自然不会再斤斤计较身边的小，争取名利，或在已经相当有限的有生之年去怪怨自己的美丑，感叹自己生不逢时等。如果不再计较这些小事，那一切的烦恼都可以看破看淡，如此才能达到真正的逍遥。

有了辽阔的视野、开放的心胸，就能轻易地摆脱俗务的羁绊。而俗事之所以令人烦恼，除了眼光不够远阔，再者就是人们对于主与客的地位不能辨明。人生于世，活在世上的主体是什么？是才能？是容貌？抑或是荣华富贵？人生的价值是什么？是名扬海外？是见重君王？抑或是德芳万世？我想这是许多人之所以去苦苦追求，让自己烦恼，想不开的根源。其实，人活在世上的主体应就是人自己。人生的价值，就在于“活着”，其余的才能容貌、荣华富贵，都不过是加在本体身上的东西。人们往往反客为主，为本体以外的事劳心劳力，却忽略了自己才是主，虚名富贵均为客。丢了生不带来死不带走的东西，却像扔了自己的性命似的，这就是辨不清主客关系。

清楚地了解真正的主客，才能不为外在的种种动情伤性，只有真正分得清的人才能真正地让身旁的痛苦由心中解放，而不再为外物所绊。

庄子对于多变的外在环境，主张的是一种轻松面对、游刃有余的生活态度。外在的环境变化多端，一时起，一时落，浮浮沉沉，就是有再好的准备，偏偏人算不如天算，终究是没能逃出命运的摆布。因此，庄子认为，遇上的世事既然不能掌握，不如随遇而安，这样就是这样，不做强求争取，一切依乎天理，多余的反抗天理是一种伤害自己的举动。庄子认为，我们应顺着“固然”，用自己的直觉和经验行事，顺着情势而行，调整自己，才能在烦扰的世事中轻松地游走，若事事与人相争，就有如用刀砍骨头一般，伤人伤己，两败俱伤，是最不明智之举。但是一旦碰到了难关时，仍要谨慎小心地去处理，而不能草率轻忽。最后还要懂得收敛自己的锋芒，小心地自敛其才而不随意地表露在外。

《庄子》一书中包含了大量含义深微的寓言，庄子爱用寓言说故事，是因为了解人性的自以为是，爱好强争胜的缘故，既然如此，庄子干脆借人之口来说，借事来说，来让人易于接受他的想法，这也是庄子处世哲学的一种展现。

庄子一生在沉沉浮浮的乱世中，却能让自己以安安定定的心过完一生。从《庄子》一书，我们可以了解到他的做法和生活哲学，主要是因为他心的位置从不曾因世局的动荡而动荡；他有辽阔的视野，所以从不为小名小利动心，不曾让外界的遭遇影响自己；因为他用游刃有余的态度对待世事，所以他不曾因强求而伤心伤性；因为他看破生死的真谛，所以他不忧生惧死；因为他看破名利的真相，所以不会让自己接受功名的羁绊。庄子的生活态度是对一个面对自己不能掌握的环境时，表现出来的大智慧，人人若都能不争，天下就能太平，人人若都能不以物伤性，就能跳脱许许多多让自己想不开的忧愁。由此可见，庄子的处世态度，在今日，仍旧有值得我们省思的地方。（刘又诚）

半梦半醒——浅读庄子

与古人对话是艰难的。跨越时空的距离，回到远古时代的大背景当中，暂时撇开现代人的粗陋和思维定式，并不是简单的事。尤为困难的是，透过似懂非懂的文言文，以我们的浅见拙识，能在多大程度上解读和把握古代哲人的思想精髓？

庄子生活在燕赵等七雄争斗、相互兼并的战国时期，目睹礼崩乐坏、山河破碎、黎民涂炭，他力图对世道人心的嚣然无序进行某种程度的消解，他所描绘的人与万物和谐共处、无知无欲、纯真素朴的理想天国，既体现了在远古社会生产力低下的情况下，人们对征服限制、威胁人类生存的自然力的幻想，也是对黑暗现实的无奈回避；而逍遥自在、离弃形骸之累、抛弃智慧巧诈、不依恃他人、不求于他人、安贫乐道的理想人生，流露出对生命的眷恋和对自由的向往，也是对他所处时代困境的极端反叛和超脱。

庄子学说纷繁复杂，难以提纲挈领。暂不去论证庄子为得天下者制定的一套无为而治方略的可行性，作为一介布衣，只要每个人做好了自己，国家的治理也就易如反掌了。因此，读《庄子》，重点应放在个人的修养方面。所谓修养，也就是自我开导，“解铃还须系铃人”。人们总是寄希望于哲学和宗教，依赖万能的救世主拯救众生于水深火热之中；甚而幻想把命运牢牢地掌握在自己手里，超脱人生的悲苦和对死亡的恐惧。在庄子看来，生死寿夭、苦乐悲欢、是非荣辱、高低贵贱都缘自空间与时间的局限。在《齐物篇》中，他指出：要达到无差别的精神自由之境，必须超脱世俗观念的束缚，忘掉物我之别，忘掉是非之别。宇宙万物循道而动，非人为操纵，一切存在如浮云过眼，感官体验到的只是虚相，人生本是大梦一场，游于方外无生死。只有把时间和空间的限制缩减到无穷小，才能以超逸的心态去应对人间的纷乱。众所周知的庄周梦蝶所寓意的就是物我合一的无我境界，蝶中有我，我中有蝶，蝶我共有，变幻自如。《养生篇》中，庄子用著名的庖丁解牛的故事向我们展示了，只有得“道”之助，才能游刃有余，从而最大限度地发挥主观能动性，这一点是积极的和耐人寻味的。

《德充符》中，庄子认为内在的美质可以压倒外形的丑陋，这是一种内心力量、智慧和品格的极度夸张，对树立自信不啻为一剂强心针，值得借鉴。《大宗师》中，庄子通过子桑户、孟子反和子琴张之间交往于无心，相助而不着痕迹，超然物外、内心相契的友情，描述了达到绝对精神自由的境界，比管鲍之交和高山流水遇知音的俞伯牙和钟子期之间的契合更胜一筹。

《秋水篇》是我比较喜欢的篇章之一，其中“非梧桐不止，非练实不食、非醴泉不饮”的高洁品性应该成为我们鉴别泾渭的分水岭；而濠梁之辩让人体会到庄子纵情山水、放浪其间的旷达情怀，可谓奇思妙想。《达生篇》中养斗鸡一节让人击掌叫绝：与常人的思维逻辑相反，养斗鸡不是培养鸡的斗志，而是消解它的浮盛和表现欲，最终变得“呆若木鸡”，不战而胜，所向无敌，令人掩卷沉思。《山水篇》中，庄子的追求从现实提升到理想中，他要保持个人的精神自由和人格独立，甚至于在幻想中生活：“乘道德而浮游”，怀道者无往而不乐。这种自由的理想——无人生之累——缺乏现实基础，是不可能真实地和完全地存在着的，但对于处于逆境之中的人，不失为一贴奇效的心理良药。

研读《庄子》，可以领悟道之所在，道是主宰宇宙和人生的自然法则，然而，道不可知、不可闻、不可见、不可言说、不可名指，不能从外部获得，必须通过自悟才能得道。我们应该把庄子推崇的圣人之道，被世人视做非常态的东西，变为生活中的常态，那么，对无常的人世变迁也就不再敏感了。只是，平常人的参悟水平也许很难达到视死如归、鼓盆而歌的坦然和洒脱。以我浅薄的理解，保持平常心，摆脱名缰利锁，“淡泊明志，无欲则刚”即为驾驭道而无往不利的诀窍。

读《庄子》，可以让我们时而变成一只自由的蝴蝶，时而变成扶摇九万里的鲲鹏，沉浸在庄子汪洋恣肆、气势磅礴、纵横跌宕、奇趣迭出的意境里，陶醉完了再及时抽身回到柴米油盐酱醋茶的日常生活中。愿我也能如庄子般逍遥自在地穿行在方域内外：一只眼在方外，笑看世间百态；一只眼在方内，正视人生困苦。（佚　名）

DASHI CHUANQI 大师传奇

提起庄子，多少给人一种神奇的感觉。他的家世渊源不可知，师承源流不清楚。在当时，没有人为他作传，他也没有自述之文，因而他的身世始终是个谜。幸好，在《庄子》书内，他的学生偶尔散漫地记载着他的一些行为事迹，凭着这些资料，我们可以捕捉到一个特殊的影像。

庄子，名周，战国蒙（一说是今河南省商丘县东北，另一说是今安徽省蒙城县）人，他为人不谄不骄，曾经做过蒙地漆园小吏，史称“漆园傲史”。由于当时诸侯混战，民不聊生，庄子愤世嫉俗，不肯与赃官为伍，便索性辞官隐居，悉心研究学问。俗话说“无官一身轻”，庄子辞官以后，居陋室，穿破衣，捕鱼织履，箪食瓢饮，虽说生活贫苦，倒是心安理得，悠悠自乐。

庄子极端重视人的精神世界的追求，主张人活在世界上不能像儒家那样只知治外（客观世界）而不知治内（主观世界）。为了实现自己治内的目的，庄子把获得最大限度的精神自由作为自己追求的最高目标，把恬淡逍遥的人生视为自己精神的最高享受。

据《史记》记载，楚威王闻知庄子很有才能，便以厚金礼聘，请他做卿相。庄子听说后，笑着对楚国的使者说："千金、卿相，的确是重利尊位。但你难道看不见用于祭祀的牛吗？养了几年之后，便给它披上绣花衣裳送到太庙作祭品。到那时，它即使想做一头自由自在的小猪，也不可能了。你快走吧，不要玷污了我！我宁愿像一条小鱼，游戏于污泥浊水之中，自得其乐，也不愿为治国理政的俗事凡务所拖累。我将终身不仕，以实现我孜孜以求的精神自由。"庄子鄙弃功名的思想由此可见一斑。

庄子的一生充满了传奇色彩，他不屑于平常人那种世俗观念，往往过着超凡脱俗的生活。他对一般人所鄙夷的东西都投注了极大的兴趣，化腐朽为神奇。一次，庄子率领着弟子游历四境，当他们走进深山时，看见伐木人正挥动刀斧砍伐一棵又一棵参天大树，唯独不去砍伐身旁的一棵外观看起来枝叶茂盛的大树。于是，有弟子走上前问伐木人是什么缘故，那人回答道："这棵树做不成器具，没有一点用处。"庄子说："这棵树可能就是因为不中用，才能不受刀斧之害，享尽自然的寿命吧！"他们一行人从山里出来之后，来到了朋友家，朋友让儿子杀一只鹅来款待客人。过了一会儿，儿子问："我们有两只鹅，一只会叫，一只不会叫，到底该杀哪一只呢？"做父亲的不假思索地说："当然是杀那只不会叫的鹅。"第二天，他们又继续上路，有个弟子不解地问庄子："昨天山上的那棵树，因为'不材'，所以能免受砍伐，现在主人家的鹅却因为'不材'而被杀掉，不知道先生您是怎样自处和处世的呢？"

庄子思忖了片刻，便笑着说："我将处于'材'与'不材'之间。虽然在'材'与'不材'之间显得很稳妥安全，其实也是不容易做到的，还是不能免于累患的。要是我能够顺其自然而处世，就不会有这些累患了。以前的黄帝和神农都是以这种方式处世的，不过现在已经没有多少人愿意这样做了。你们看到了吗？万物有聚合就有分离，有成功就有毁灭，愈是锐利的东西愈容易受挫折，愈是至高至上的地位愈容易倾覆，有所作为势必会有所亏损，愈能的人愈容易遭别人谋算。你们一定要记住，千万不能偏执一方，凡事都要顺随自然。"

庄子一番话使弟子们感触很深，他说的处于"材"与"不材"之间，即意味着要以审时度势的态度回应事物的变化。它凝聚了庄子的修身处世策略：那就是要以"材"的一面实现自己的政治抱负和人生理想；以"不材"的一面应付乱邦之道与暴君之虐，以求全生保性，表现了一种游刃有余的处世之道。

虽然身处乱世，但庄子并没有像当时的一些人一样为了同现实社会决裂，而隐居到山林之中。他鄙视那种存身之道，称其是和时代相背离的举动。他说："隐蔽并不是把自己隐藏起来，古时候所谓的隐士，并不是把自己隐匿起来不见任何人，也不是缄默不语，更不是放弃自己的智慧。那些举动都是违背时运的。若想要保全生命，最好的办法是：有成功的机会就大行于天下，和道的精神相结合；没有成功的机遇，穷困潦倒时就宁愿沉默地等待。”他钦佩那种德隐而身不隐的人，称赞他们身处市井社会而保存了崇高的精神信念，称赞他们是所谓浪迹世俗之间而存志于山林之中。

庄子一生虽然穷困潦倒，却从不为功名利禄折腰。他把自己的节操和信仰，把对精神自由的追求，看得如同生命一样宝贵。他安贫乐道，视名利如浮云，始终与统治者采取不合作的态度，表现出了“不为轩冕肆志，不为穷约趋俗”的恬淡逍遥的人生理想。庄子的一生，正如他自己所言：不刻意而高，无仁义而修；无功名而治，无江海而闲；不道引而寿，无不忘也，无不有也；其生也天行，其死也物化；静而与阴同德，动而与阳同波；不为福先，不为祸始；其生若浮，其死若休，淡然独与神明居。庄子者，古之博大真人哉！

YANSHEN YUEDU Y 延伸阅读

汉景帝时，淮南王刘安主持编著了**《淮南子》**一书，也称《淮南鸿烈》。参与编著的宾客中著名的有苏非、伍被、李尚等人。据《汉书·艺文志》载，此书卷帙甚多，但流传下来的仅有《内篇》21篇。在综合百家方面，《淮南子》与《吕氏春秋》比较接近。不同之处在于，它更多地吸取了《老子》、《庄子》，特别是《黄老帛书》的思想资料，成为集黄老之学之大成的理论著作。它对道、天人、形神等问题提出了新的见解，还在继承春秋时的“气”说与战国中期稷下黄老之学的宋研、尹文学派的“精气”说的基础上，提倡了“元气论”的概念和系统的宇宙生成论。其中还有不少篇章谈到修身养性的问题，对后人影响深远。

* * * *

“愚公移山”这个寓言在我国几乎家喻户晓，但很少有人知道，这个寓言出自先秦道家重要著作**《列子》**。其作者列子名寇，又名御寇，战国前期郑国人，道家代表人物之一，主张清静无为。该书中保存了不少先秦时代的寓言故事和神话传说，题材较广泛，有些颇富教育意义。《列子》上承老子，下启庄子，对中国思想史、哲学史、文学史和科学技术史的发展有重要影响。

道德箴言录

拉罗什富科　La Rochefoucauld（法国　1613 年—1680 年）

国外也有许多流传的语录体著作，如拉罗什富科的《道德箴言录》等，对后世的许多作家乃至思想家都或直接或间接地产生过相当的影响。

——当代著名诗人　浪　波

意大利文艺复兴的先驱但丁曾经告诫世人“不能像野兽那样活着，应该追求美德”，因为“道德常常能填补智能的缺陷，而智能却永远填补不了道德的缺陷”。法国 17 世纪著名思想家拉罗什富科对此深表赞同，当他看到很多人为功名利禄的事情冥思苦想而忽略了对自身品格的修炼做深入的思考，不知欲立大业必先修炼自身时，他指出道德上的善和正当的行为才值得钦佩、企求或为之奋斗。为了引导世人不再局限于一种肤浅的自下而上状态之中，他以其出类拔萃的感受力，从自己和别人的生活中淘洗出最珍贵的宝藏，然后传授给世人。

拉罗什富科是法兰西“伟大世纪”的一位佼佼者，这个“伟大世纪”也因他而万古流芳，他的《道德箴言录》为法兰西那个处于巅峰的古典文学的伟大世纪添了光彩。《道德箴言录》不是那种昙花一现的书，它的生命力的长久和它的篇幅的短小恰成反比。该书不仅有它独特的反映当时上流社会道德风俗面貌的历史学、社会学意义，还有助于人们洞悉人性的各个方面，拉罗什富科以其犀利的洞察力和优美的文笔分析了人的精神、理智和判断力，对人的灵魂作了精辟细致的描绘。

《道德箴言录》这部简明的伦理格言集，曾一度被禁，被认为是“渎神”的作品，但是谁也无法阻挡读者对它的喜爱。此书自问世 300 多年来，不断被再版，被译成各国文字，成为世界文化精品宝库的一个重要组成部分。它曾是司汤达、纪德、尼采、哈代、马克思和爱因斯坦等名人所喜爱的书，书中的许多箴言成了民间广为流传的格言佳句。在许多国家，《道德箴言录》都是畅销不衰的经典著作。直至今日，它所产生的影响并不亚于《蒙田随笔集》。由于其特殊的价值，它曾被世界图书协会评为“最别具一格的十本书”之一。

拉罗什富科的名字以其独特的魅力与培根、卢梭并驾齐驱，他的《道德箴言录》讲述的是尘世间的处世论，显得尤为贴近我们的生活实际。若能认真地一读《道德箴言录》，你将受益匪浅，终生难忘。

KUANGSHI JIEZUO 旷世杰作

拉罗什富科是一个神秘而复杂的作家，他自身的经历使他悟出人世无常，使他从巴黎还乡隐居，反思自己，著书立说，于 1665 年匿名出版了《道德箴言录》。

《道德箴言录》共收箴言 641 条，拉罗什富科在书中阐释了一般的人、人与世界的关系、人本身以及人的现状和前途等。拉罗什富科认为：“研究人比研究书本更必需。”而且，“一般地认识人类要比单独地认识一个人容易”。可见，他不仅强调具体的人优越于书本知识，也意识到个人的深刻性与复杂性。他自己就是主要从实际生活中而非书本上来认识人的。

开宗明义，拉罗什富科在书名的下面就题有这样一段箴言：“我们的德性经常只是隐蔽的恶。”然后在《序言》中他又讲到德性融进了无数的缺陷。在第一则箴言中他认为：人们所谓的德性，常常只是某些行为和各种利益的集合，这一思想贯穿始终，构成了他整部《道德箴言录》的基调。于是，他犀利的笔几乎触及所有被人们看做是德性的品质和行为：善良、公正、高尚、诚实、贞洁、勇敢、精明、节制、慷慨、谦虚、坚定、忠实、悲痛、感激、荣耀、功绩、怜悯、同情、赞扬、劝告等。

拉罗什富科对人本身的分析主要是从两个方面进行的，一是分析人的情绪、激情以至疯狂；二是分析人的精神、理智和判断力。他认为人永远被自己的激情所纠缠，一种激情的消除总是意味着另一种激情的确立，而且人们宁愿忍受激情的折磨，激情常常变成狂热和疯癫。激情使人们创造伟大的事业，使行动有力、使语言具有雄辩性，但它也到处潜藏着危险。激情有各种形式，从爱情、友谊一直到懒惰，懒惰也是一种不为我们所知、危害甚烈的激情。拉罗什富科意识到激情对于人生的意义，又感到它的可怕和复杂。

至于人的理智方面，拉罗什富科认为我们的知识总是肤浅和不完全的，这不仅因为事物有近乎无穷的细节，而且还有一些超出我们感知范围的东西不能为我们所认识。精神和理智有一种狭隘性、局限性，我们不相信离我们眼界稍远的东西；精神还有一种懒惰性，总在使它惬意的事物上萦绕不去。并且，我们没有足够的力量完全遵循我们的理智。我们的精神或理智不仅难于认识我们外部的事物，而且难于认识我们的内心，“精神始终是心灵的受骗者”。

17 世纪的法国封建王权要求用理性的光辉来战胜个人私欲，为国家服务，“忠君爱国”是法国古典主义文学表现的重要主题。然而拉罗什富科却独树一帜地在神学思想占主导地位及君主独裁的时期敢于说出心里的真实感受:人的本性是自私的。他的前半生曾参与战争与政治斗争,在残酷的社会中摸爬滚打,争强斗狠,流血负伤,流放入狱。他晚年又痛失爱子,妻子及红颜知己也先他而去,这使他备感人生凄凉。血淋淋的事实和丰富的人生经验,使他得出了人如同动物一样具有自私本性的结论。人并不比动物优越多少,人在华丽而优雅的外表下,掩盖不住原来那动物的本性和无休止的欲望。

《道德箴言录》在拉罗什富科生前共出有五版。最早的荷兰版于 1664 年在海牙出版,名为《道德的警句箴言》,收有 188 条箴言,它是在作者不知道的情况下,根据一些书信和谈话中流传的他的箴言辑录而成的,因而很不可靠,错误百出。不过这事倒促成了作者自己把他的箴言公之于众。在 1665 年,第一个可靠的版本以《关于道德的思考或警句箴言》的确定名称在巴黎出版,共收 317 条箴言,随后四版出版的年份依次是 1666 年、1671 年、1675 年、1678 年,箴言的数目也依次增删为:302 条、341 条、413 条和 505 条。现在我们看到的这本《道德箴言录》就是以作者生前最后一版(1678 年)为主干的,另外还收入了作者生前没有发表过的 58 条箴言,以及作者从前四版中删去的 79 条箴言,总共是 641 条箴言。

《道德箴言录》是一本西方广泛诵读的“格言集”,在英国,人们熟悉它就像熟悉培根的格言。马克思曾写信给恩格斯称其思想“很出色”,并抄了数段寄给恩格斯。爱因斯坦在二次大战最苦闷的岁月中也向朋友四处推荐此书。美国“遁世”作家塞林格一生最挚爱的书就是《道德箴言录》,而且深受其影响。塞林格唯一的长篇小说《麦田的守望者》在西方曾风靡一时,从其中可以隐约发现《道德箴言录》的痕迹。

《道德箴言录》这本书的巨大吸引力的一个奥秘还在于它的艺术性,它的精练和生动。拉罗什富科对格言这种形式的把握达到了相当高的程度,他惜墨如金,用语简洁,字斟句酌,往往在快到结尾时突然给出一个出其不意的转折,使你初觉是谬论,继而却为之叹服。他很好地掌握了语言艺术,往往通过强烈的对比给人以鲜明的印象,并巧妙地使用比喻和双关语,对全书的结构也作了精心的安排。

JINGDIAN DAODU 经典导读

人类行为动机的透视者

拉罗什富科的《道德箴言录》并不是一堆规范和训条的集合,告诉人们应当做什么,不能做什么,而是一系列对人们行为品质的分析和描述,揭露人们实际上在做什么、想什么,它类似于一部道德心理学、道德社会学著作。

在《道德箴言录》中,拉罗什富科感叹真正的善良是多么的稀少,而那些自以为善良的人常常只是出于一种讨好和软弱的癖性;他揭示人们热爱正义只是因为怕遭受不义；公正在法官那里只是一种对擢升的向往；他提出崇高只是为了拥有一切而蔑视一切；人们通常所说的真诚只是一种想赢得民众信任的巧妙掩饰；他揭露慷慨常常只是一种伪装起来的野心，它蔑视小的利益是为了得到大的利益，或者是对作为一个赠与者的虚荣的爱超过对他给出的东西的爱；揭露谦虚常常是一种假装的顺从，是骄傲的一种计谋，通过降低自己来抬高自己，通过顺从来使别人屈服；他指出人们的坚定常常只是一种疲惫无力，麻木不仁；人们对君主的忠诚则是一种间接的自爱；他指出人们失去亲朋的悲痛常常只是为了哀叹自己，甚至有的女人想借此攀上名声的高峰；而人们对别人施惠的感激只是为了得到更多的恩惠；至于人们对别人的赞扬往往是为了被人赞扬，想让人注意他的公正和辨别力，而拒绝别人的赞扬则是为了被赞扬两次；人们给别人什么东西很少像给别人劝告那样慷慨，但这种劝告中缺少真诚，劝告者在其中寻求的常常只是他自己的利益和他自己的光荣。

对于人们常常引以为自豪的人与人之间的友谊和男女之间的爱情，拉罗什富科笔下也不客气，他说："人们称之为'友爱'的，实际上只是一种社交关系，一种对各自利益的尊重和相互间的帮助，归根结底，它只不过是一种交易，自爱总是在那里打算着赚取某些东西。""在爱情中，欺骗几乎总是比提防走得要远。"有好的婚姻，但其中并无极乐，爱情使人盲目，使我们做出可笑的错事。不过，他也透露出对真正的友谊和爱情的渴慕。

拉罗什富科还用了许多篇幅直接分析人的各种劣根性和恶行，如人的虚荣、骄傲、嫉妒、猜忌、软弱、懒惰、欺骗、隐瞒、贪婪、吝啬、奉承、背叛、调情、残忍、无聊、诡计，等等。不过，他认为人们还不敢公开地行恶贬善和与德性作对，而往往是在德性的名义下行恶。伪善——这是邪恶向德性所致的敬意。

拉罗什富科对上述所有行为品质作出的道德评价，很明显地是根据它们的动机而非它们的效果。正是通过观察和追溯人们行为的动机，他才从人们所谓的善行和德性中看到了恶劣的情欲。他的动机论立场还可以见之于例如这样的箴言："有些光辉灿烂的行动，如果它并非一个崇高意向的产物，不应把它归入崇高之列。"不过他也感觉到作出这种判断的困难："很难判断一个干净、诚实、正当的行动是出于正直还是出于精明。"那么，人类的所有这些恶，包括假冒伪善的恶的根源是什么呢？拉罗什富科没有明说，但看来是跟他所说的人的几乎不可摆脱的自爱的本性有关。他说人类造了一个自爱的上帝而备受其折磨，我们根据自爱来感觉我们的善恶和确定别人的价值，各种激情只是自爱的各种口味；自爱奉承我们，自爱使我们明智，也使我们做出比天生的凶恶还要残忍的事情，甚至我们在反抗和抑制自爱时也是依凭某种自爱。但是我们对于自爱的根源和本质却几乎一无所知，难以洞穿其黑暗的端底，自爱认识一切却不认识它自己！在另一条箴言中，拉罗什富科认为利益是自爱的灵魂，自爱离开利益，就会聋哑、失明和瘫痪。拉罗什富科把利益看成是人们实际上奉行的道德的基础，对后来的功利主义伦理学有所启迪，而他的悲观和愤世嫉俗，则可以说是后来在叔本华和尼采那里大大发展了的悲观主义的一个源头。（何怀宏）

一个法国亲王的道德沉思

我现在还能清楚背诵出多年前读到的一句箴言：“爱情和火焰一样，没有不断的运动就不能继续存在，一旦它停止希望和害怕，它的生命也就停止了。”那时，我还无缘系统拜读拉罗什富科的专著，只是自此对其人其作品充满了了解的渴望，直到终于在书店中邂逅这本安静质朴的《道德箴言录》，如获至宝地觅到“拉罗什富科著”几个字。平心而论，作为同样以写作格言而闻名的作家，拉罗什富科的名气的确不如培根、蒙田等人，或许，这与他著述极少不无关系，但这丝毫不能影响他作为思想家的伟大，按《不列颠百科全书》中的说法，“他是以一部书立身的人”。

早年的拉罗什富科是“一个流血的政治型人物”，由于世袭的马尔西亚克亲王身份和后来的公爵身份，他对政治有着与生俱来的狂热，于是他从政、密谋、鏖战、被流放，甚至被监禁于著名的巴士底狱……这一阶段的他好勇斗狠，是以行动来阅读生活这本大书。晚年的拉氏相当不幸：爱子夭折、妻子和情人先后去世、健康每况愈下、深受病痛折磨，唯一值得庆幸的是，他变成了一个沉思的文化型人物，其思考的重要成果便是一本虽薄犹厚的《道德箴言录》。

拉罗什富科根据他近50年的“人生体验”写出了这本人生断想录，在《道德箴言录》一书中到处渗透着谋生和与人周旋的智能。“我们的德性经常只是隐藏的恶”，作者用这句尖锐、深刻的箴言开笔写作，是对道貌岸然的人进行宣战。

拉罗什富科认为欺骗别人实际上就是欺骗自己。人们越是想尽办法欺骗别人时，自己在“一往情深”之中越是容易为别人所骗。所以，在所有关于人格的词汇里，真诚两字最为重要。只有真诚，人才能坚定不移、游刃有余，在与他人的交往中应对自如。

在拉罗什富科所处时代的法国，有抛弃丈夫和孩子与他人私奔的荡妇；有可怜的妓女和操纵她们命运的吸血鬼；有白天道貌岸然、夜里丑态百出的绅士。通奸、诈骗、贪污、受贿和诡计四处横行，还有阴谋圈套和残忍斗争。面对人性的丑恶以及花样百出的欺骗，人们应采取什么样的态度呢？拉罗什富科自身也曾参与策划阴谋、投身于权利争斗，但当他能够潜下心来作自我反省之时，他就敢于正视人间丑恶百态，以真诚作为盾牌，以善良作为利刃，向渴求真理的人们道出了他的真言，使人们的心灵日益健康和纯洁起来。

当然，人生中有许多细节并非只

是一味依靠真诚就能够解释清楚的，比如关于男人与女人，关于爱情，复杂的内心情感，需要我们运用更多的智能，才能“一览无余”。正如拉罗什富科所指示的那样：“给爱情下定义是困难的……在灵魂中，爱是一种占支配地位的激情；在精神中，它是一种相互的理解；在身体方面，它只是对躲在重重神秘之后的我们能爱的一种隐秘的羡慕和优雅的占有。”

爱情与女人对于曾经一度是唐璜式风流公子的拉罗什富科而言，似乎是刻骨铭心的痛楚。他深知爱情往往是一种游戏，恋爱中的男人只有在他从如醉如痴的恋爱的梦中醒来时，才会看到对方的缺点。当我们为情所困时，想想拉罗什富科的告诫，可能会突然醒悟，帮助自己走出困境。

无论是关于人性、生命、爱情，还是关于欢乐、痛苦与忧戚，拉罗什富科对一切可能性都作出了辛辣而犀利的解剖，使我们能得到许多启示。

（佚　名）

DASHI CHUANQI 大师传奇

弗朗索瓦·德·拉罗什富科在1613年9月15日生于巴黎。他是法兰西一个最古老家族的后裔。他的父亲是普瓦图省省长，很受当时的红衣主教黎塞留的器重。1622年，拉罗什富科伯爵领地晋封为公爵领地，是当时王国的最高封号。

17世纪的法国是一个封建制度逐渐解体，资本主义生产关系逐步确立并巩固的时代。拉罗什富科所处的时期在政治上是一个重建法兰西王朝，并向路易十四的绝对君主制过渡的时期。虽然总的说来，在思想上这一时期还是一个沉思的时代，激烈的理论和革命的行动还要等到下一个世纪方能兴盛。然而，这一时期的精神生活领域绝非一片死寂，倒毋宁说中世纪的冰封已开始消融，人们的思想日趋活跃，文化日趋繁荣。

就是在这样的背景下，拉罗什富科开始了他的活动。他的活动明显地呈现为两个时期，他15岁时同表姐结婚，婚后6年有了一个儿子，后来又陆续生了5个子女。人们对他这位不引人注目的夫人几乎一无所知。拉罗什富科在其后来的著作中，从未提到过她。他16岁时进入军队，成为谢弗斯公爵夫人的情人，并同她一起参与了宫中的阴谋活动，黎塞留下令将其投入巴士底狱。黎塞留和路易十三相继去世后，法国上层贵族以为重新掌权的日子已经到来。然而，摄政的奥地利的安妮王太后选择了马扎兰执政，从而引发了投石党人运动。拉罗什富科爱上了孔代王子的姐姐隆格维尔公爵夫人，并同她生了一个儿子。

为了博得这位情人的心，让她高兴，拉罗什富科不惜招募作战部队同国王开战，为此他负债累累，他的韦尔都邑的城堡也被王后下令夷为平地。后来，他由于怀疑情妇对他不忠，同她断绝了关系。5年后，隆格维尔夫人进了修道院，而拉罗什富科则弃政从戎，重新拿起武器，参加军队为国王而战。

到晚年拉罗什富科则来了个大转变，可以说变成了一个文化型的人物，并且是一个沉思的文化型人物。他经常出入的不再是硝烟弥漫的沙场，而是安静的、充满女性气息的沙龙，他倾听、交谈、思考，他在养伤，也在消化他早年的丰富阅历，他并没受过多少教育，但他有很好的感受力。他著有《回忆录》与《道德箴言录》两部作品。后来人们还收集到他的 150 封信和 19 段感想。

1667 年，54 岁的拉罗什富科得了痛风症，告别当时正在围攻里尔的部队。其后，他一方面和朋友们交往，一方面致力于《道德箴言录》新版的出版工作。这时，他经受了连续丧失亲人的悲痛。1670 年妻子过世，1672 年母亲紧接着离他而去，儿子中有两个（其中一个是他最钟爱的小隆格维尔公爵）也在渡莱茵河的战斗中牺牲（他的长子也在此役中身负重伤）。他拒绝进入法兰西学士院，借口是他怕在公众面前发表演说，而他正是从前那个投石党人运动中的士兵演说家！其实，他是不愿在那儿见到投石党的那些宿敌，也不愿当着面去奉承路易十四国王；当然，他还是忠于他的国王的，只是不愿将他作为偶像崇敬而已。

1680 年 3 月 17 日，在隆格维尔夫人去世一年以后，他也在拉斐特夫人的守护之下与世长辞。博叙埃为他主持了临终圣事。他的逝世，使法兰西王国的上层贵族又失去了一位杰出的代表人物。

拉罗什富科在《自画像》中写道："我不客气地说，我具有才能"，"我头脑清晰。"正因为他有刚毅、明朗的性格，所以在道德、风俗方面的思考达到了相当的深度，启迪了几代人的心灵，影响所及，直到现代。

YANSHEN YUEDU 延伸阅读

亚当·斯密不仅是一位经济学大师，而且是一位杰出的伦理学家。他一生从事学术研究，留下了两部传世佳作——**《国富论》**与**《道德情操论》**。其中《道德情操论》阐明了具有利己主义本性的个人怎样控制他的感情或行为，尤其是自私的感情或行为，以及怎样建立一个有确立行为准则必要的社会。该书正是从解决人存在和幸福的物质条件和精神条件入手，为人的真实存在、为人的幸福探索道路。

* * * *

人生旅行在很大程度上是寻找道德和精神方向的历程。美国著名作家威廉·贝内特的**《道德指南针》**是由众多短小精悍的诗歌和故事完美组合的一部作品，是人类智慧的结晶。它将人生当做一种道德品质的修炼，阐述了是与非的明确观念，为世人提供明确而可靠的关于对与错、高尚与卑鄙、正义与非正义的准则，使人们在对正义与邪恶感到困惑时，有清楚的方向感，帮助、指导他们在日常生活中及人生面临重大抉择时的行动。这些娓娓道来的文字对于一个人的成长很重要，对于陶冶人的心灵，铸造人的精神品质极有裨益。

颜氏家训

颜之推 (中国·南北朝 531年—约590年以后)

从总体上看,《颜氏家训》是一部有着丰富文化内蕴的作品,不失为我国古代优秀文化的一种,它不仅在家庭伦理、道德修养方面对我们今天有着重要的借鉴作用,而且对研究古文献学,研究南北朝历史、文化有着很高的学术价值;同时,作者在特殊政治氛围(乱世)中所表现出的明哲思辨,对后人有着宝贵的认识价值。

——著名学者 诸伟奇

颜之推是南北朝时期我国著名思想家、教育家、诗人、文学家。他是当时最博通、最有思想的学者,经历南北两朝,深知南北政治、俗尚的弊病,洞悉南学北学的短长。当时所有大小学问,颜之推几乎都钻研过,并且提出自己的见解。他的理论和实践对于后人颇有影响,著有《颜氏家训》,是对其一生有关立身、处世、为学经验的总结,被后人誉为家教典范,影响很大。

作为中国传统社会的典范教材,《颜氏家训》直接开后世"家训"的先河,是我国古代家庭教育理论宝库中的一份珍贵遗产。颜之推并无赫赫之功,也未列显官之位,却因一部《颜氏家训》而享千秋盛名,由此可见其家训的影响深远。被陈振孙誉为"古今家训之祖"的《颜氏家训》是中国文化史上的一部重要典籍,这不仅表现在该书"质而明,详而要,平而不诡"的文章风格上,以及"兼论字画音训,并考正典故,品第文艺"的内容方面,而且还表现在该书"述立身治家之法,辨正时俗之谬"的现世精神上。因此,历代学者对该书推崇备至,视之为垂训子孙以及家庭教育的典范。纵观历史,颜氏子孙在操守与才学方面都有惊世表现。光以唐朝而言,像注解《汉书》的颜思古,书法为世楷模、笼罩千年的颜真卿,凛然大节震烁千古、以身殉国的颜杲卿等人,都令人对颜家有不同凡响的深刻印象,更足证其祖所立家训之效用彰著。即使到了宋元两朝,颜氏族人也仍然入仕不断,尤其令以后明清两代的人钦羡不已。

《颜氏家训》"自唐宋以来,世世刊

行天下”，究其原因：一是该书假话较少，也不板着脸说教；二是讲了处世的招术，全书中有很多闪耀着智慧光芒的人生哲理，因此受到广大读者的重视和喜爱。

KUANGSHI JIEZUO 旷世杰作

颜之推的《颜氏家训》共分为7卷，20篇，其中《文章》、《书证》、《音辞》、《杂艺》等6篇讲述作文、考证，音韵等内容，其余14篇则是作者向子孙后代讲述了立身行事的种种方面，或引古训，或征时谚，或述古之圣贤以为榜样，或说时之肖之以为鉴戒，举凡为人处世之道，几乎无不涉及。

颜氏家族之所以能连绵几百年长盛不衰，很大程度上就是因为严格的家教，深厚的家学，使颜氏子孙多能独善其身。颜之推在《勉学》、《省事》、《止足》等篇目中教育子孙要加强个人修养的培养；在《教子》、《兄弟》、《后娶》、《治家》等篇目中要求子女妥善处理好家庭伦理关系；在《风操》、《慕贤》、《名实》、《涉务》等篇目中则对子女们在社会交往中提出种种告诫。

《颜氏家训》内容弘丰、道理深邃，其思想的一个主要方面是重视对子女的教育。子女是一个家庭的未来，是父母的希望和寄托，为父母者是万万不可忽视的。在教子与爱子问题上，颜之推主张爱子与教子相结合，反对溺爱。他说父母对子女只知一味地溺爱而不注重教育，对子女在生活方面的要求总是给予满足，完全放松而不加以限制；孩子做错了事本该训诫，反而给以奖励；说错了话应当责备，反而不了了之；长期如此教育，对于孩子并没有什么好处，到孩子长大成人后，终归要成为品德败坏的人。为此，他提出爱而有教，严而有慈。

对待多子女问题上，颜之推主张一视同仁而不能偏爱。他认为有些做家长的重男轻女，往往出于极端的自私或愚蠢的偏见，这样做实际上已背离了父母之道。如果做家长的不从思想认识上解决“爱子贵均”的问题，而只是在教育方法上试图一视同仁，与父母朝夕相处而又十分敏感的子女，还是很容易感受到父母的偏爱，从而受到心灵上的伤害。这对他们的成长是极不利的。

勤奋学习以成为有用之才，也是颜之推在家庭教育上的一个重要主张。他要求子孙在学习上专心致志，一定要刻苦、要勤奋、要有毅力。他说，自古以来，就是圣明的君主，尚且需要勤奋学习，何况一般的人呢？颜之推认为学习的目的在于自己受益，因此他明确指出：我们读书做学问，就是磨炼我们的心志，培养敏锐的眼光，使我们待人处世不致出现差错。有的人读了几十卷书，就自高自大，欺侮凌辱长辈，鄙视怠慢同辈；人们憎恨他如仇敌，厌恶他如对鸱鸮（猫头鹰）。像这样因为学习而遭到自我损害，还不如不学习为好。

颜之推还看到了环境对子女的成长有着很大的影响，尤其是在少年，孩子们正处在长知识、长身体的时期，很容易受社会的感染。他要求审慎对待周围的人，“必慎交游”。颜之推所说的慎交游并不是限制交游，而是鼓励交游，反对闭门读书，要求相互切磋，但一定要时时注意与子女接触的人，以防误入歧途。

在颜之推看来，学习一技之长是自立的前提和根本，他引谚语说："积财千万，不如薄技在身。"颜之推提倡自己养活自己。他说父兄不能长期依靠，家中的财产是不能永远保持下去的，一旦遇到不测之祸，不得不背井离乡，就没有人来庇护。因此，最有效的办法，便是自己靠自己立足于世。而在技艺中容易学习和最有用途的，莫过于读书。通过读书可以认识中国的文明和历史，扩大知识范围，不仅可以知道人的成功与失败、喜悦与悲伤，甚至可以达到天地鬼神都不能隐藏的地步。

重视守道崇德，少欲知足也是颜之推的一个主要观点。颜之推在《家训》中批判了门阀士族生活的奢侈浪费，针对士族奢靡浪费之风而提倡节俭。颜之推还批判了门阀士族的嫉贤妒能，斥责这些人是自己的眼睛看不见自己的睫毛，不自量力。针对门阀士族的嫉贤妒能，颜之推在《慕贤》篇中对人才问题进行了专述：第一，疾呼要重视人才；第二，指出要善于发现人才和使用人才；第三，强调要爱护人才。

《颜氏家训》专有《养生》一篇，叙述各种养生之道。颜之推认为不能傲物受刑，贪溺取祸，否则就会无生可养。作者还提出了"生不可不惜，不可苟惜"的观点，这是孟子"舍生取义"思想的继承和发展，向来为正人君子所重视、所提倡。颜之推对保养生命十分重视，把避祸全身当做养生的第一要务。他虽然重视个体生命的存在价值，但并不一味地苟惜生命。他对待生命价值有两种截然不同的态度：一种是无价值的丧失生命，颜之推认为这十分可惜；另一种是有价值的丧失生命，颜之推认为这并不可惜。

颜之推的《颜氏家训》是中国古代"述立身治家之法，辨正时俗之谬"的一部重要典籍，历代学者都给予高度评价。王三聘称颂"古今家训，以此为祖"。袁衷认为，古今家法《颜氏家训》最正，相传最远。王钺评价更高，认为"篇篇药石，言言龟鉴。凡为人子弟者，可家置一册，奉为明训，不独颜氏"。《颜氏家训》的确是中华文化发展史上的一颗璀璨明珠。

JINGDIAN DAODU
J 经典导读

颜之推与《颜氏家训》

颜之推才华横溢，是一位杰出的学问家、诗人，《颜氏家训》是他的代表作，是其晚年最为成熟的作品，凝聚了他毕生心血，堪称中国家训之宝典。全书共七卷，分为《序致》、《教子》、《兄弟》、《后娶》、《治家》、《风操》、《慕贤》、《勉学》、《文章》、《名实》、《涉务》、《省事》、《止足》、《诫兵》、《养生》、《归心》、《书证》、《音辞》、《杂艺》、《终制》20篇，内容虽然博杂，然而其核心思想明确，那就是"立身治家"，"文以经训"，"务先王之道，绍家世之业"。作者在书中将自己终生经验、教训总结出来，用以告诫后世子孙，作为子孙的前车之鉴。

颜之推创制家训，意在治家。他认为，治家首在教育子女，故《教子》是全书之第一篇。他十分重视对子女的早期教育，甚至在中国教育史上比较早地论述了“胎教”。他说：“当及婴稚，识人颜色，知人喜怒，使为则为，使止则止，比及数岁，可省笞罚。”甚至他认为，“少年若天性，习惯如自然。”即少年时代养成的良好习惯，久而久之，就像天生一样自然而然。这一思想十分可贵，至今对我们教育子女仍具有启发意义。

在处理家庭成员的关系上，颜之推强调作为尊长应当起表率作用，他说：“夫风化者，自上而行于下者也，自先而施于后者也。是以父不慈而子不孝，兄不友而弟不恭，夫不义而妇不顺矣。”这可以说是对传统三纲理念的逆向操作，是完全合乎孔子正己正人精神的，是对秦汉以来对儒家曲解的一次修正，很值得人们思考。他还十分重视弟兄和睦，并一再要求后世子孙对婚娶要慎之又慎。

《颜氏家训》十分重视礼仪礼节，知书达礼、以礼传家是颜氏的重要门风。在历经战祸，《礼经》丧乱不全之际，之推公将自己所知所见所闻记述下来，“传示子孙”，这就是他的《风操》篇的主要内容。在之推公看来，一个礼义之家可以给一个人以规矩，但一个人的成长在社会，所以接下来，他强调《慕贤》、《勉学》。放在人际关系上，慕贤就是慎交友，他有几句千古不刊之言，说：“是以与善人居，如入芝兰之室，久而自芳也；与恶人居，如入鲍鱼之肆，久而自臭也。墨子悲于染丝，是之谓矣。君子必慎交游焉。”这是对世人最忠诚的警示。

当然交游能给人以良好的外在环境，而能否成功仍然取决自身的努力学习，所以《颜氏家训》有一篇《勉学》专谈学习的重要性。好学是颜氏一世祖颜子特有的品德，而颜氏后人将这一品德保有之、发扬之。由《颜氏家训》可以看出颜之推强调早教早学，但并不排斥晚年学习。他说：“幼而学者，如日出之光，老而学者，如秉烛夜行，犹贤于瞑目而无见者也。”今天的终身教育，之推公可谓首倡。

《颜氏家训》中有许多人生箴言值得后人借鉴，如在《名实》篇中，颜之推说：“上士忘名，中士立名，下士窃名。”可见他认为那种身不修而求名于世的人，就像面貌丑恶却要求镜子里出现美影一样，令人讨厌。他一再告诫子孙，务必名实相符。在《涉务》篇中，颜之推要求后世子孙做一个有益社会的人，“不徒高谈阔论，左琴右书，以费人君禄位。”在《省事》篇中，要求后世子孙做事要有节度，肠不可太冷，腹不可太热，以仁义为节。在《止足》篇，之推公要求后世子孙，“少欲知足，为立涯限耳”。他以颜含诫子孙言为训，“汝家书生门户，世无富贵。自今仕宦不可过二千石，婚姻勿贪势家。”在《诫兵》篇中，他强调颜氏以儒雅起家，喜武素无成就，甚至喜武之颜氏子孙向无善终。在《养生》篇中，他告诫后世子孙，要珍惜生命、爱护生命，但又要有杀身成仁、舍生取义的勇气，所以

"生不可不惜，不可苟惜"。这些思想至今闪烁智慧光芒。（佚　名）

试论《颜氏家训》中的儒家思想

颜之推的《颜氏家训》继承了传统的儒家道德学说，阐发了一套教子、治家、为人、治学的方法。

本着"礼为教本，敬者身基"的思想，颜之推提出了教子的主张。他认为对小孩子，无论是在道德品行的培养上还是文化知识的学习上，都应"早教，勿失机也"。他以自己少年早学能得到好的结果为例说："吾七岁时，诵《灵光殿赋》，至于今日，十年一理，犹不遗忘。"但是到了"二十之外，所诵经书，一月废置，便至荒芜矣"。如果少而不教，只是一味溺爱，任意放纵，"逮于长成，终为败德"，想挽救也来不及了。

《颜氏家训》里也强调教育方法，认为教子应坚持严与慈、爱与教相统一的方法，采取刚柔相济的手段。"父母威严而有慈，则子女畏慎而生孝矣。"子女在年幼时期有较强的模仿能力，因此，周围环境对他们的影响就显得尤为重要。可见，潜移默化地熏陶同时又慎重地选择师友，使子女处在一种良好的教育氛围中，也是教子必不可少的一个重要内容。

在人的自身修养方面，颜之推注重慕贤修身。重才重贤是儒家的一贯主张，颜之推继承了儒家重视人才的思想，钦慕人才，"千载一圣，犹旦暮也；五百年一贤，犹比髆心"。圣贤如此难得，因而对圣贤"未尝不心醉魂迷向慕之也"。他认为人才问题事关国家的兴衰存亡，文宣帝高洋时，靠尚书令杨遵彦维持政局，使得朝廷内外清静安宁，"各得其所，物无异议"。杨遵彦被高演杀害后，其结果则是"刑政于是衰矣"。颜之推对此感慨道："国之存亡，系其生死。"这一认识是深刻的。

颜之推注重自身修养，主张人们应在自身完善上下工夫，《颜氏家训》中提出了"德艺周厚"的主张，这自然包含着对个人道德修养的要求。颜之推认为："不修身而求令名于世者，犹貌甚恶而责妍影于镜也。"

学有专长，这是一个人在社会上自立谋生的必要前提。颜之推认为人有"上智"、"中庸"、"下愚"之分，士大夫子弟多为中庸之人，必须接受教育，这就如同当农民的就要懂得播种和收获，当商贾的要商谈货物买卖，当工匠的要精通器用制造，当艺人的要研习各种技艺，当武士的要熟悉骑马射箭一样，当文人的就应通达儒家经典。不论以什么为业，都必须勤学、好学，做一个实际有用的人。

《颜氏家训·勉学》篇提出，人的一生都应坚持学习；只要不放弃学习，就会收到效果。同时，颜之推还总结出了一系列学习方法，如"好问则裕"，切不可"闭门读书，师心自是"；学习要共同切磋，互相启发，否则就会孤陋寡闻；学习是为了"求益"，因而绝不能稍有一点知识就妄自尊大、盛气凌人等。颜之推主张学习要博，从而批评世间俗儒"不涉群书"。另一方面，他强调学习既要博更要精，因为一个人的时间、精力毕竟有限，不能什么都学，却什么也不精通。

而人们读书求学的目的应该是为了修身利世，“夫所以读书学问，本欲开心明目，利于行耳。”为学是为了使自己的知识丰富，以达仁义之道。颜之推指出：“古之学者为己，以补不足也；今之学者为人，但能说之也。古之学者为人，行道以利世也；今之学者为己，修身以求进也。”古人为学是为了提高自己的修养，完善自己的德行。今之人求学只是为了猎取功名，不符合求学的本质要求，是没有意义的。

（陈东霞）

DASHI CHUANQI 大师传奇

南北朝时期的著名学者颜之推，字介，原籍琅琊临沂（今山东临沂北），先祖在东晋时渡江，定居在建康，世善《周官》、《左传》之学。颜之推早传家学，自幼苦读，博览群书，又善属文，词情典丽，为时人所称道。12 岁时，湘东王萧绎召置学生，讲授《老子》、《庄子》，颜之推便参与其间认真聆听。

在颜之推 20 岁之前，他还是个落拓不羁的少年，他曾说自己这段时期：“虽读《礼》、《传》，微爱属文，颇为凡人之所陶染，肆欲轻言，不修边幅。”梁武帝太清三年（549），颜之推担任湘东王萧绎国右常侍加镇西墨曹参军，由于受当时清谈之风的影响，他好饮酒，多任纵，不修边幅。

梁文帝大宝二年（550 年）时他被派驻郢州（今湖北省境内），掌书记一职。在后来侯景之乱时，梁元帝萧绎在江陵自立后，以颜之推为散骑侍郎。公元 544 年，西魏攻江陵，城破，颜之推全家被掳。西魏大将军李穆十分器重颜之推的才干，推荐他做镇守弘农的平阳公李远书翰。颜之推身在弘农，心向梁国，当得知北齐的梁国人可以回国之后，他带领全家，乘船犯黄河洪峰之险，计划经北齐归梁，时人称其勇决。到北齐后，颜之推听说梁国大将陈霸先废帝自立，遂绝南归之志，不得已出仕北齐，始任奉朝请，侍从左右。

河清元年颜之推被任为赵州功曹参军，主持文林并主编《乡览》。他聪颖机悟，博识有才辩，善于属文，升为通直散骑常侍，不久领中书舍人，又改任黄门侍郎，人称颜黄门。公元 557 年，周兵攻陷晋阳时，齐帝任命颜之推为平原太守，防守河津。北齐灭亡后，颜之推入北周，遂任官于北周。公元 581 年，北周灭亡，隋朝建立，颜之推受命重编《魏书》，应隋太子杨勇之召，为学士。公元 591 年，颜之推病逝，享年 60 岁。

颜之推出身士族，受儒家礼法影响较大，也信仰佛教。他博学多才，处事机敏，因而在多个政权中任职，地位都很高。他的阅历异常丰富，这是他著作中思想形成的社会基础。颜之推平生著述很多，史载有文 30 卷，《颜氏家训》20 篇，《集灵记》20 卷，《证俗音字》5 卷，《训俗文字略》1 卷，以及《还魂志》、《观我生赋》等。现存《颜氏家训》、《观我生赋》等，书中虽然有些观点陈旧，但也有很多涉及南北朝社会、政治、文化的内容和议论，史料价值很高。

作为南北朝时期的著名学者，颜之推的主导思想是儒学，提倡仁义礼智信，遵从孔子的上智下愚不移的学说，认为“上智不教而成，下愚虽教无益”，“中庸之人，不教不如”，主张对中等之人施行教育。他提倡对子女进行早期教育，甚至实行“胎教”；对子女不能一味放纵，要严格教育，勤于督训；反对父母溺爱子女。他认为青少年思想未定，容易接受熏染，因而要求他慎于交游。他特别重视学习问题，提出“多智明达”、“开心明目”，以利于行的学习目的；强调要有勤勉的学习态度，反对“优闲”，反对“高谈虚论”；主张“涉务”，注重学习经世致用的知识，增广生活经验，反对“闭门读书”，道听途说，反对学习“无益之事”。颜之推的教育思想不仅在当时富有意义，就是对后世也产生了重大的影响，直至今天仍有许多可借鉴之处，因而在我国教育史上占有一席之地。他的《颜氏家训》一书问世以来，受到历代文人学士的重视。宋本“序”说：“北齐黄门侍郎颜之推，学优才赡，山高海深，常雌黄朝廷，品藻人物。”明嘉靖甲申博太平刻本序称其书“质而明，详而要，平而不诡”，如果加以传播，“以提身，以范俗，为今代文人风化之助，则不独颜氏一家之训乎尔。”现代历史学家范文澜认为颜之推是南北朝“最通博、最有思想的学者”。

YANSHEN YUEDU Y 延伸阅读

王符是东汉时期著名的哲学家，他博闻多识、品行高洁，为世人所敬重。由于他不同于俗，因此终身不仕，于是隐居著书，讥评时政的得失。他不愿显扬名声，故把所著之书名为**《潜夫论》**。该书共 36 篇，其中有一部针对不同身份、地位的人，针对他们的职务、执掌的权力提出了不同的处世原则和方法，这些见解对我们来说仍有可借鉴之处。

* * * *

清代乾隆年间曾任内阁大学士的桐城人张英，晚年写了一本名为**《聪训斋语》**的家训留给后代。这部书叙述了他一生为人处世、修身养性的体会和经验，很为人称道，流行一时。张英的几个儿子都曾在朝廷做官，其中张廷玉在乾隆年间任内阁大学士，执掌朝政近 30 年。张廷玉在晚年写的《澄怀园语》中，称其父亲关于“养心”的经验，使他受益一生。这部书不仅给了张英的后代以教育，直到清朝末年，曾国藩还给他的儿子一人买了一本《聪训斋语》，让他们每天阅读。

人 生 论

弗兰西斯·培根 Francis Bacon(英国 1561年—1626年)

有很多有教养的人,对人们所关注的种种对象,如国事、人情、心灵、处世、外界自然等,曾根据他们自己的经验和阅历发表过言论,进行过思考。培根就是这样一个有教养的阅世甚深的人。他曾经影响过很多人,他的著作《人生论》中充满着最美妙、最聪明的言论。

——著名哲学家 黑格尔

历史上的所谓伟大人物,其实就是开创了一种新传统的人物。伟大的政治家革新了人类的社会制度,而伟大的思想家革新了人类的价值体系和思维模式,培根正是这样一位人物。

培根被尊称为哲学史和科学史上划时代的人物,是近代哲学史上首先提出经验论原则的哲学家。他重视感觉经验和归纳逻辑在认识过程中的作用,开创了以经验为手段,研究感性自然的经验哲学的新时代,对近代科学的建立起了积极的推动作用,对人类哲学史、科学史都作出了重大的历史贡献。为此,罗素尊称培根为"给科学研究程序进行逻辑组织化的先驱"。

培根天姿英纵,抱负宏大,他的著作包括哲学、历史、法律、文学各方面,其中《人生论》历经几个世纪的沧桑仍然光芒闪烁,被评论家称做欧洲近代哲理散文的三大代表作之一。

如果说历史上确有垂之不朽之书,培根的这部杰作必在其列。《人生论》拥有一种成熟的经验式的智慧,对人生、对社会的认识中肯而不偏激。对读者而言,它具有启迪人生、把握人生的现实作用。从个人到国家,从表现到本性,走进培根的世界,每个人都会发现自己的不足。他在书中将自己对社会的认识和思考,以及对人生的理解,浓缩成许多富有哲理的名言警句,受到广大读者的欢迎。该书虽然篇幅不长,但却是世界散文和思想史的一块绝世瑰宝。这是作者人生经验的结晶,凝聚了文艺复兴以后欧洲古典人文主义者的价值观念和政治理想,涉及了哲学、宗教、政治制度以及修身、处世等各个方面。自问世以来该书畅销不衰,被译成多种文字,一直是世界上所公认的最受公众欢迎的不朽名著之一。

KUANGSHI JIEZUO 旷世杰作

培根的著作是多方面的，但在他的所有著作中，最为广大读者所欢迎的就是这部《人生论》。这部随笔的英文名称是“Essays”，兼有散文、论文和随笔的意义。诗人雪莱曾这样赞扬培根的这部散文集：“他的文字有一种优美而庄严的韵律，给感情以动人的美感；他的论述中有超人的智慧和哲学，给理智以深刻的启迪。”

《人生论》的英文版书名为《随笔》，拉丁文版书名为《道德与政治论文集》。中译本书名是根据本书内容，以及作者在本书献辞中所说的：“此书乃鄙人一生著作之中，最为大众所欢迎者，其主题均系关于人性及人生问题之研讨。”培根作为英国文艺复兴时期最重要的散文家，他的这部随笔集中论说的问题精密全面，表现出其对世事的远见卓识和缜密的推理功底。

该书1597年初版时只收有10篇文章，1612年版增至38篇，1625年版(即末版)增至58篇。这就是此书的通行本。内容包括政治、经济、宗教、爱情、婚姻、艺术、友谊、教育和伦理等，几乎触及了人类生活的方方面面，其语言简洁，文笔优美，说理透彻，警句迭出。作为一名学识渊博且通晓人情世故的哲学家和思想家，培根对他谈及的问题均有发人深省的独到之见。

培根“所关心的是人类生活中的各种问题”，对此，他“愿意借助于正确和健全的理智思考来加以改进”。他的论题广泛，几乎涉及社会生活中的方方面面。这些少则数百字、多则两三千字的随笔，着实让人爱不释手。你随意翻到一页往下读，皆能被它深刻的哲理和精美的语言吸引住。许多重要的人生命题，举凡真理、善、美、求知、革新、健康、习惯、幸运、厄运、时机、勇气、赞扬、爱情、家庭、友谊、青年与老年、自私、猜疑、嫉妒等，培根皆有精辟的论述。它让你思考自己所走过的路，提醒你要善于甄别真善美与假恶丑，开创丰富的人生。

培根的这部随笔集，写作时间跨度为28年。由于《人生论》写作时间较长，作者在不同时期思想变化也比较大，因此《人生论》没有特别统一的主旨。可以说，他凝聚了培根全部的人生经验和感悟。在这本带有浓厚的入世色彩的社会教科书中，培根热心于将他的生活经验传给读者，因此他谈论问题往往单刀直入。培根拥有一种直指人心、透彻灵魂的智慧，加上他一生遭遇多舛，因此许多篇章都充满了成熟的感情，论人评事一语中的。如《论善》一文开篇就是：“我认为善的定义就是有利于人类。”在该文章第二段紧接着说：“……在性格中具有这种天然倾向的人，就是‘仁者’。这是人类的一切精神和道德品格中最伟大的一种，因为它是属于神的品格。”在《论财富》中，他主张“不要相信那些表面上蔑视财富的人，他们蔑视财富的缘故是因为他们对财富绝望”。在《论游历》中，他称“游历在年轻人是教育的一部分，在老年人是经验的一部分”。凡此种种，读来有如与智者攀谈，往往能令人在不知不觉间获得新知，并不断为作者敏悟式的点化所折服。

培根这部《人生论》中的相当一部分篇章，不仅体现了文艺复兴时代古典人文主义者的价值理想，而且许多教诲和论述就是在今天看来也毫无过时之感。这不仅是指那些久已脍炙人口的篇章如《论读书》、《论美》、《论爱情》、《论狡猾》、《论逆境》、《论死亡》等，而且也包括其中一些论述宗教和政治问题的篇章，而他的《论改革》那篇短论，看起来仿佛是为所有时代的改革家而写的。

读培根的文章，我们总是很习惯于顺着作者的思路走，它让你处处感到严密的思维、严谨的结构、精彩的议论、不容置辩的逻辑力量。在培根的论文中，语言充满哲理，说理层层深入，精辟警策，句式整齐，音韵和谐，朗朗上口，易诵易记，有诗一般的艺术效果。

JINGDIAN DAODU
J 经典导读

一本划时代的名著

不久前，经朋友推荐拜读了著名学者何新先生翻译的《人生论》，读完之后顿觉受益匪浅。《人生论》兼有散文、论文和随笔的意义，不仅文笔优美而且论述精辟。作者用其敏锐的洞察力把复杂的人生问题用散文的体裁写出来，一下让原本枯燥无味的人生理论变得栩栩如生起来，而且写得是如此生动有趣，这确实让我的精神为之一振。

在《人生论》优美且充满睿智的文字的感召下，我一口气通读了两遍，仍觉意犹未尽，便十分想将其推荐给更多的朋友，正可谓“奇文共欣赏，疑义相与析”。《人生论》以一种优美与庄严的韵律，以超人智慧的论述，给人以深刻的启迪而广为读者所喜爱。因而，我认为培根的《人生论》的确是值得一读的好书。

在《人生论》之中有许多脍炙人口的篇章，如《论读书》、《论美》等，但我印象最深的却是《论时机》。他在篇中说到，“当危险逼近时，善于抓住时机迎头邀击它要比犹豫躲闪更有利。因为犹豫的结果恰恰是错过了克服它的机会”。

人的一生中很多事情是不可能用确定论来准确描述的，但机遇确是成功的首要因素。就人生而言，一生中大的机遇可能十几年、几十年一遇。大的机遇是历史和社会造成的，因此要想有所作为，一定要善于审时度势，看清发展的大趋势，有良好的洞察力去感知哪里有“金矿”。还有一种机遇是社会造成的，我国生活在20世纪六七十年代的人就没有很好的机遇可以利用。机遇往往是突然地或不知不觉地出现的，有时甚至永远不为人所知，或只是在回首往事时才认识到过去的那件事是个机遇，庆幸抓住了它或者后悔失去了它。

善于抓住机遇的人应该具有以下基本素质：第一，要随时作好准备，不要机遇来的时候临时抱佛脚。不仅要尽可能地获取各种各样的广博的知识，还要尽可能锻炼出很强的创新能力。我们要取得成功，关键是要有创新能力，而不是光有读书能力。“如果时间已使事物腐败，而人却无智慧使之革新，那么其结局将只有毁灭。”（《论革新》）。有些人非常刻苦，很爱学习，但是遇到新问题总是一筹莫展，这就是创新能力不足。第二，要从小事做起，认真地做好每一件事。道理很简单，机遇总是突然地、不知不觉地出现，有时你甚至一辈子也不知道哪个是机遇。第三，一旦出现机遇的时候，全力以赴，兢兢业业地抓住它。我国第一个乒乓球世界冠军容国团所说的“人生能有几回搏”就是很好的诠释。第四，要锻炼出敏锐的洞察力，善于在复杂的情况下发现机遇。许多学生念书时成绩很好，但后来，有的人成就很多，有的人却一事无成。关键在于面对新出现的复杂局面时，能否发现机遇。

机遇难得，然而可不可以创造机遇呢？答案是肯定的。首先，抓住机遇不是被动的，真正聪明的人会创造机遇。其次，创造机遇要找那种适合自己的，要到机遇多的岗位和地方去。据介绍，美国人很喜欢换工作岗位，一生中大概要换四次。中国人恰好相反，惯性大，干一件事就想一辈子待在这儿。换工作岗位有什么好处呢？你不是一锤定终身，你可以多次换，找准最适合自己的、机会最大的地方和位置。再次，要得到原本不属于自己的机遇，或者让那些属于自己的机遇不要失去，很重要的一点，这就是做人要诚实守信。有好多年轻人，为了短期利益和行为作假，考试作弊、说假话，这就是不诚信，这样做的最终结果是害了自己。中国某个地方曾经一度是商业非常发达的地区，而现在却不然。原因很简单，也是缺乏诚信。第四，要善于与人相处和交流。交流对一个人的成功很重要。英国作家萧伯纳说过，“两个人交流思想和两个人交换苹果完全不一样，交换苹果，每个人手上只有一个苹果，而交流思想，每个人同时有两个思想。”如果大家都懂得这个道理，学会与人相处和交流，博采众家之长，那么你就具备了得到机遇的一个非常好的素质。

最后，要有良好的心理素质，这对创造机遇非常重要。一旦工作出现问题，要很快调整自己，去做那些容易取得成功的事情。以上是我对《人生论》部分章节的一点肤浅认识，希望大家都能从这本书中有所收获。（林泽从）

心灵的篝火

在我有限的阅读范围内，那些曾给予我精神滋养，给予我心灵启悟和安详的书，我总是把它看做可以围炉把盏、促膝长谈的朋友；而那些曾使我思想豁然而宁静、生命充实而丰盈的书，我常常把它看成可亲可敬的师长，譬如这本《人生论》便是！

十年前，一个深冬的午后，灰蒙蒙的天，冷飕飕的风，一如我当时的心绪。大学毕业走出校门已一年多了，眼见一个个同窗学友，大都分进理想单位，走上了工作岗位。唉！再看看自己，却仍在山村小镇的一家粮站实习。工作分配也没个着落，一想起这事心里就烦乱不堪。坐在桌前，我木木地盯着窗外，又想起了自己苦读求学的岁月，想起了我的农民父母……外面朔风凛冽，丝丝寒气侵入我没有炉火的房间，我瑟瑟的身体缩成一团，一种无聊的空虚，雾团般弥漫心间，索性裹上大衣，走出小屋……就这样，在小街上我漫无目的地走着，走着……

我停留在一个书摊前，准确地说那是一个小小的地摊儿，地上摆着屈指可数的几本书，没有我感兴趣的，其他大都是破烂不堪脏兮兮的杂志。我的目光又在地摊上扫了一遍，突然，我发现在地摊一角，一抹淡淡的绿色仿佛穿透了我。这好像是某种暗示，在这个萧索的季节里我拥有了它。我把目光固定在白色封面上，——那黑黑的树干冒出的点点新绿，黑绿相间中三个字的书名——《人生论》，深深吸引着我！书名右侧一行小字：[英]弗兰西斯·培根，何新译。呀！培根！就是说“知识就是力量”那句话的培根么？蹲下身来，我把书拿在手里，再次读着封皮上那点点新绿，那抹绿意犹如寒冬旷野里的一团篝火，跃动着希望的暖意，在我体内流淌着，涌动着……

付钱，把书揣进怀里。回到宿舍，我偎在被窝里，用冻僵的手一页页翻看着——

一个人如果能在心中充满对人类的博爱，行为遵循崇高的道德，永远围绕着真理的枢轴旋转，那可谓他已到了地上的天堂了。

——《论真理》

一切幸福都并非没有烦恼，而一切逆境也绝非没有希望。顺境的美德是节制，逆境的美德是坚忍。这后一种是较为伟大的一种德性。

——《论逆境》

……

读着一个个闪光的句子，我犹如一个雾中迷途的孩子突然看见了归家的路，犹如一个黑夜中跋涉的旅人突然看见了前方的篝火！我的生命里脉动着青春的旋律，灵魂深处飘荡着阳光的温暖……读培根的文字，让我深深感受到一种顿悟的愉悦！这是一部带有深厚的人世色彩的药石之作。

而今，作为一名普通新闻工作者的我，每每想起当初那个读培根的寒夜，心里总有良多感慨。当然，谁都不会死读一本书，好书永远是我们所渴求的，我们通过读书，或完善自我塑造人生，或把握现实启迪未来！好书的流传并不借助于炒作，也不热衷于炒作，因为它自身原本就有一种冲击力，以唤醒其他生命，以一个传递另一个，使这本书孕育着永不熄灭的思想火光，蔓延成寒冬旷野里的篝火，温暖着每位跋涉的旅人……（佚　名）

DASHI CHUANQI D大师传奇

弗兰西斯·培根是莎士比亚的同

时代人，他是一位政治家，但他的政治事业并不成功。培根之所以名垂青史，主要因为他是一位伟大的哲学家、科学家、思想家。他是近代英国思想史上最重要的代表人物之一，也是近代人类思想史上具有里程碑意义的杰出人物之一。

1561年1月22日，培根出生于伦敦一个高级官员的家庭。少年培根智力超人，12岁时便进入剑桥大学"三一学院"攻读神学、形而上学，同时学习逻辑、数学、天文学、希腊和拉丁文。但大学中教授的大部分学问却使他在精神上感到窒闷，他开始寻求一条革新之路。当时，英国思想界正受到文艺复兴以后在欧洲兴起的新文化新思潮的强烈冲击。培根极其敏锐地感受到了时代的这一脉搏。正是在这个时候，他已经产生了改造当代学术的抱负。以后他为这一目标进行了毕生的奋斗。

1576年，培根大学毕业后开始修习法学，希望将来成为一名律师或法官。由于父亲友人的推荐，培根被派赴巴黎担任一名外交事务秘书，供职于英国驻法使馆。但在这里，他只待了三年。1579年2月，培根因父病辞职回英国，不久其父病故。

父亲的去世给培根的生活造成了巨大的转变。因为根据长子继承法的规定，父亲几乎没有给这个最小的儿子留下任何财产。培根从此由一个贵公子突然沦为一个穷人。在此后的十几年中，他不得不借债谋生。由于负债累累，培根此后一生都难以从中摆脱出来。这一点对他的生活产生了极大的影响，造成了他以后生活中的许多不幸。但在父亲去世后的十几年中，培根坚持自修完成了他的法学教育，终于获得了律师的资格，并且成为一名国会议员。只是他的收入很少，甚至不足补偿所欠债务的利息。

为了得到一个收入较高的职位，培根曾写信给一个显赫的亲属，请求帮助。培根在这封求职信中叙述他当时的处境说："我现在31岁。这已是一个不小的年龄，但是我仍然一无所成……我有幸生逢在当今这样一个可以大有作为的时代，我希望效忠女王和国家……然而我处境贫困（这并非由于我懒惰或挥霍所致），我的健康也受到了影响。"在这封信中，培根表述了他的求职方向和抱负，他表示："我无意于功名利禄，升官发财。我只希望能得到一个职位可以谋生，并有足够的业余闲暇使我能从事我所热爱的科学研究。我的荣誉感正激使我走向一个新事业。我已经作出了一些重要的发现。我想清扫那些无意义的哲学争论，而探索一种可以通过观察、思考和发现去达到真理的新途径，使人类知识获得进步。"培根早年的这一理想，后来通过写作的两部不朽名著《学术的进步》和《新工具》而得到了实现。然而，在求职问题上，这位亲属并没有帮他的忙。但是青年培根作为一名议员和律师，在当时的一系列法律和政治事件中，已经具有优异的表现，因而名望愈来愈高。大约在1590年左右，他结识了英国女王伊丽莎白年轻的宠臣和情人艾塞克斯伯爵。艾塞克斯机敏多才，他十分欣赏培根的才华。他支持培根的理想并同情培根的处境。为了帮助培根还债，他提供了一笔赠款。这笔钱虽然不够弥补培根的巨大债务，但还是给了他很大的帮助。艾塞克斯还曾努力向女王推荐培根，但是由于培根在议会中曾激烈批评女王的政策，因此他在伊丽莎白时代始终受到冷遇和埋没。直到1607年，培根46岁时，他才被新国王詹姆斯一世任命为司法部次长。在此以后，他一度官运亨通。

1613年培根担任了法务部长。1617年，他出任掌玺大臣。1618年，他就任英国大法官，并被国王授予维鲁拉姆男爵的称号，1621年又晋爵为圣奥尔本子爵。但也正是在这一年，培根被卷入一件巨大的经济案件。这个案子的背景直接牵连到国王詹姆斯一世，而培根作为法官，则被议会控告犯有受贿和包庇罪。议会任命了一个专门委员会调查培根的案件，培根被确认有罪，但国王赦免了培根。出狱后国王本来还想授予他新职，已看破红尘的培根辞而不就，从此闭门著书。培根晚年颇为凄凉，在学术上却卓有成就。1626年初，他想发明一种冷冻防腐的方法，在风雪中做实验受寒染病，一病不起，于同年4月9日去世。培根是以伟大的思想家流芳千古的。如果说达·芬奇的名字是文艺复兴时代的象征，那么培根的名字就是近代新兴科学与技术的象征。所以马克思把他称做“近代实验科学的真正始祖”。

我们常提到所谓“第三次浪潮”，就是说，农业的发明带来了人类社会的第一次技术和文化革命，而科学、技术与工业的结合，带来了人类历史的第二次革命；最近十几年来，由于信息技术与现代工业的结合，正在把人类推向社会与文化的第三次伟大革命。但是，恐怕很少有人知道，早在300多年前，正是培根最早对人类发展作出了与此相仿的一种极其具有远见的历史的概括。当时欧洲的资本主义产业还只是在萌芽的初期，中世纪宗教的枷锁还在严重地禁锢着包括英国在内的欧洲社会。而培根在《新工具》这部著作中却指出：“农业的发明是人类的第一次革命，而依靠把科学应用于工业，正在导致人类文明的第二次革命。”

在评论培根时，黑格尔曾讲过这样一句话，他说：“培根所真正关心的是现实而不是理论。在这一点上，培根可以说是他的民族的典型。”这一评价是很深刻的。因为培根在学术上最关注的，是如何让知识在实践中产生效果，把科学的理论与工业相结合，转化为改进人类物质生活的实用技术。这种想法，实际上标志着近代学术方向的一个根本转变，也是中世纪脱离实际的抽象理论向注重应用技术的近代科学转变的枢纽点。所以在哲学上，培根可以算作英国实验主义和后来英国实用主义的始祖。也正因为培根哲学的这一特点，他才能在一个工业革命的前夜时代成为领导思想潮流的先驱。

关于培根的评价，几百年来几乎没有什么异议，所有的近代思想史和科学史著作都一致公认他是人类历史上最值得纪念的伟大学者和科学家之一。他留下的主要著作有:《大著作》、《小著作》、《文集第一编》、《文集第二编》、《文集第三编》、《哲学论文集》、《形而上学》、《关于亚里士多德的批判研究》等。英国人民对培根非常崇敬,把他与莎士比亚一起看做16至17世纪英国民族的骄傲。1662年英国建立了著名的皇家学会,这正是由培根的遗愿设立起来的科学组织机构。

在培根居住过的牛津大学的圣芳济院里有一块碑石,碑石上的部分铭文是:“罗吉尔·培根,伟大的哲学家……通过实验方法,他扩大了……科学王国的领域……在漫长的一生的孜孜不倦活动后,他安息了。”

YANSHEN YUEDU 延伸阅读

1620年,培根总结了他的哲学思想,出版了**《新工具》**一书。在书中他响亮地提出了“知识就是力量”的观点。他指出,要想控制自然,利用自然,就必须掌握科学知识。他认为真正的哲学必须研究自然,研究科学。为此,他十分重视科学实验,认为只有经过实验才能获得真正的知识。《新工具》一书的出版,得到了全欧洲学者的极大赞赏,因为这种思想既是对反动的经院哲学的有力批判,也是对人们探索自然的鼓励。

* * * *

爱默生被认为是美国19世纪最伟大的人物之一,他十分注重人的修养和生活的准则。他的**《论文集》**一书注重思想内容而没有过分注重辞藻的华丽,行文犹如格言,哲理深入浅出,说服力强。《论文集》为爱默生赢得了巨大的声誉,他被称为“美国的文艺复兴领袖”。读《论文集》是一种智慧的享受和心灵的陶冶,你会觉得自己一下子心胸开朗,神清气爽,向往变得更加聪明正直。

家　　范

司马光　（中国·北宋　1019年—1086年）

司马光的《家范》是宋代以后很有影响的一部家训著作，南宋赵鼎的《家训笔录》在第一条指出，子孙要将前人遗训及“司马温公家范各录一本，时时一览，足以为法”。

——《中国家训大观》

司马光是我国北宋时期的大史学家、大政治家。他一生有三件事几乎是家喻户晓的：少年时期击瓮救友，中年以后主编了我国古代最负盛名的编年体史学巨著《资治通鉴》，晚年以残病之身上朝执政，颇具威望。司马光一生不仅忠孝节义、恭俭正直、安居有法、行事有礼，而且清廉简朴，不喜华靡，治家有方。就连他的政敌王安石也很钦佩他的品德，愿意与他为邻。

古往今来，凡成就了大事业的人，往往都对自身品德的修养特别重视。司马光就是这样一个典型，他为人温良谦恭，刚正不阿，其人格堪称儒学教化下的典范，历来受人景仰。当时的百姓全都信服他，据史载，洛阳一带的百姓被他的德行所感化，一做错事，就说：“司马君实会不知道吗？”司马光的人格魅力由此可见，中国古代历史上获得他这样知名度的人物并不多。

在封建时代，司马光是孔门的第三个圣人，位列孔子、孟子之下，同样在孔庙享祭。时至今日，人们仍记得历史上有一个“涑水先生”，他给后人留下了一笔巨大的精神财富。司马光一生的著述极为丰富，内容涉及我国史学、经学、哲学乃至医学诗词等各方面。他的《资治通鉴》为历代政治家、军事家所必读，而司马光自己认为《家范》比《资治通鉴》更重要。《家范》又名《温公家范》，是一部比较完整地反映我国家庭道德关系的伦理学著作，书中宣扬了儒家的修身、齐家、处世、治国的思想。就研究立身处世和处理复杂的矛盾而言，《家范》确实比《资治通鉴》更重要、更实用。现代人可以从中汲取智慧，做一个世事练达之人。

司马光所撰的《家范》共十卷，全书的内容皆为杂采中国史传中可作为处世之道的可贵事迹，其中也间有司马光所作的论说，简洁精要，多为点睛之笔。这部著作是继《颜氏家训》一书之后一部影响较大的家庭教育专著，从内容到写作手法上都很有特色。

全书首先引证《易经》、《诗经》、《大学》中有关家范的论述，得出家正而天下定、礼为治家之本的中心思想。在此思想指导下，司马光在《家范》一书中不仅从“治家”和“治国”的关系上论述了家庭教育的重要社会意义，也具体地论述了家庭教育的原则和方法，并且针对不同家庭成员在家庭中的不同地位和与子孙的关系，提出了不同的要求。

司马光认为在家庭里，每个家庭成员都遵守自己的道德规范，家道就正了。而家道正，国也就安定了。之所以“治国必先齐其家”，是由于“齐家”的中心问题或基本措施是教育好全家成员，能教育好家人，便可以推而广之，影响和教育全国的人。事实上，连家里人都教育不好的人，是不会教育好其他的人的。司马光对于家庭教育的重大社会意义的认识，继承了我国古代从“治国”、“平天下”的高度来认识家庭教育重大意义的根本观点。司马光把“齐家”和家庭教育当做一个关系到国家和社会的政治问题对待，而不是视为一家一户的私事，这一点是很可贵的。在这一点上，他比颜之推对家庭教育意义的认识又前进了一步。

作为一个政治家、思想家，司马光提出立政以“礼”的主张。而家庭是整个社会的“细胞”，他又主张“治国必先齐家”，认为只有“家齐”而后才能“国治”。因此，在齐家的问题上，司马光明确提出“治家莫如礼”的思想，主张“以礼法齐其家”。在司马光看来，家庭或治或乱，皆系于“礼”，因此他主张用“礼”作为规范来治理整个家庭和教育全家人。

在《家范》一书中，司马光具体地阐述了他对每个家庭成员的具体要求：“为父母者，慈严、养教并重；为子女者，孝而不失规劝；为兄者，富弟并友好待之；为弟者，恭敬而顺从；为夫者，相敬不悖礼；为妻者，谦顺且守节；为姑者（即公婆），慈爱无别；为妇者（即儿媳），屈从不苟言。”

司马光强调家庭成员要和睦相处，他指出，自古以来的圣贤之人，没有不知先亲其九族，而后才能亲及他人的道理的。只有和睦相处团结一心才会有力量。假如有什么愚蠢之人，“弃其九族，远其兄弟，欲以专利其身”，只知考虑个人利益，把自己孤立起来，就会受到外界的侵害，对自己能有什么好处呢？因此，司马光主张家庭成员一定要和睦相处。

司马光在《家范》一书中对于家庭教育问题做了详细而深刻的论述。他的写作形式很有特点，和颜之推的《颜氏家训》不同，是采用对家庭中主要教育者分别论述的方法，即做祖父母的教育子孙容易发生什么偏向，如何纠正，应当怎样教育；做父母的教育子女又容易发生什么偏向，如何纠正，应当怎样教育，等等。司马光举出许多有远见卓识、爱而知教、教之以义方的父母的例子，在今天仍有借鉴意义。

家庭里的祖辈人给子孙后代遗留什么样的"遗产"，是物质的？还是精神的？这是两种不同的家庭教育思想，其教育后果也决然不同。司马光在《家范》卷二中专门论述了这个问题。

他认为有一些祖辈给子孙积攒大量的土地、房产、粮食、金银财宝，总嫌不多，企图使子孙后代总也吃不完、花不尽。然而，这些做祖父母的人却不知道"以义方训其子，以礼法齐其家"，不去兢兢业业地治家教子，结果会怎么样呢？往往是几十年辛辛苦苦、省吃俭用，好不容易积攒的财产，时间不长就被子孙挥霍殆尽。子孙不但不念其祖父母之好，反而讥笑祖父母太傻，不知道自己享受。司马光觉得只知为子孙积攒财产而不知教育子孙的祖父母，积攒的财产越多，就越助长子孙变坏，而且把自己也害了。

司马光不仅从道理上论述遗子孙以德、以义的重要意义，还身先士卒，以俭朴的美德教导自己的子孙。他专门为其子司马康撰写了《训俭示康》这一有名的家训。在家训中，他用司马家族世代以清白相承的家风，他自己俭朴的生活态度和古代圣人以俭为美德的道德观念教育儿子，希望他继承发扬，牢记"以俭立名，以侈自败"的道理，并且要求司马康把俭朴家风世代传下去。

JINGDIAN DAODU
J 经典导读

家教的范本

《资治通鉴》"鉴前世之兴衰，考当今之得失"，给统治者提供治国经验，为历代帝王所看重，以致后世的君臣将相没有不读《资治通鉴》的。该书在史学上也占有十分重要的地位。司马光和司马迁并称两司马，史籍当中，只有《资治通鉴》能与《史记》相提并论。

然而，一般人只知道司马光有一部治国的书叫《资治通鉴》，却很少有人知道司马光还有一部齐家的书叫《家范》。《家范》并不是仅仅讲如何治家的问题，司马光在《家范》卷首引用《大学》里的一段话，来阐明他写《家范》的目的："欲治其国者，先齐其家；欲齐其家者，先修其身。心正而后身修，身修而后家齐，家齐而后国治，国治而后天下平。"司马光自己也说："所谓治国必先齐其家者，其家不可教而能教人者，无之。"古人把齐家和治国看得同等重要，甚至认为齐家是本，治国是末，"本乱而末治"是不可能的。家都管不好，子弟都教育不好，怎么能出来教育别人呢？所以，司马光是把齐家提到治国的高度来写《家范》的。所谓"圣人正家以正天下者也"。

《四库全书》说：自颜之推作家训以教子弟，其议论甚正，而词旨泛滥，不能尽本诸经训。至狄仁杰著有《家范》一卷，史志虽载其目，而书已不传。司马光就用狄仁杰的旧名，另外著述，以为后世提供治家的准绳。

《家范》被历代推崇为家教的范本，系统地阐述了封建家庭的伦理关系、治家原则，以及修身养性和为人处世之道。书中引用了许多儒家经典中的治家、修身格言，对我们颇有启发。书中还收集了大量历代治家有方的实例和典范，以为后人树立楷模。

司马光本人为人正直，为官清廉，居处得法，举止有礼，忠信仁孝，治家有方，以身作则，为后人树立了做人和治家的榜样，所以，他的《家范》更有实际意义。

《家范》确实是一部中国古人修身齐家的典范作品，我们今天学习它，应该从中吸取有益的精华。（佚　名）

司马光教子俭朴

北宋杰出史学家司马光的一生中，流传着许多动人的故事。司马光对家教颇为重视，告诫后代在“齐家”、“治国”中要特别注意“正心、修身”，自天子以至庶人，“皆以修身为本”。他的《家范》一书突出了修身养性的重要性，在今天看来仍有教育的作用。

史料记载，司马光在工作和生活中都十分注意教育孩子力戒奢侈，谨身节用。为了完成《资治通鉴》这部历史巨著，他不但找来范祖禹、刘恕、刘攽当助手，还要自己的儿子司马康参加这项工作。当他看到儿子读书用指甲抓书页时，非常生气，认真地传授了他爱护书籍的经验与方法：读书前，先要把书桌擦干净，垫上桌布；读书时，要坐得端端正正；翻书页时，要先用右手拇指的侧面把书页的边缘托起，再用食指轻轻盖住以揭开一页。他教诫儿子说：“做生意的人要多积蓄一些本钱，读书人就应该好好爱护书籍。”为了实现著书立说治国鉴戒的理想，司马光15年始终不懈，经常抱病工作。他的亲朋好友劝他“宜少节烦劳”，他回答说：“先王曰，死生命也。”这种置生死于不顾的工作、生活作风，使他的儿子深受启迪。

从《家范》中，我们可以看出在生活方面，司马光崇尚节俭纯朴，他“平生衣取蔽寒，食取充腹”，但却“不敢服垢弊以矫俗于名”。他常常教育儿子说，食丰而生奢，阔盛而生侈。为了使儿子认识崇尚俭朴的重要，司马光以家书的体裁写了一篇论俭约的文章。在文章中他强烈反对生活奢靡，极力提倡节俭朴实。

在文中他明确指出：

其一，不满于奢靡陋习。他说，古人以俭约为美德，今人以俭约而遭讥笑，实在是要不得的。他又说，近几年来，风俗颓敝，讲排场，摆阔气，当差的走卒穿的衣服和士人差不多，下地的农夫也脚上穿着丝鞋。为了酬宾会友“常数月营聚”，大操大办。他非常痛恶这种糜烂陋习，为此，他慨叹道：“居位者虽不能禁，忍助之乎！”

其二，提倡节俭美德。司马光赞扬了宋真宗、仁宗时李亢、鲁宗道和张文节等官员的俭约作风，并为儿子援引张文节的话说：“由俭入奢易，由奢入俭难”，告诫儿子这句至理名言是“大贤之深谋远虑，岂庸人所及哉”。接着，他又援引春秋时鲁国大夫御孙说的话:“俭,德之共也;侈,恶之大也。”接着,他对道德和俭约的关系作了辩证而详尽的解释。他说:“言有德者皆由俭来也。夫俭则寡欲。君子寡欲则不役于物,可以直道而行;小人寡欲则能谨身节用,远罪丰家。”反之,“侈则多欲。君子多欲则贪慕富贵,枉道速祸;小人多欲则多求妄用,败家丧身。”

其三,教子力戒奢侈以齐家。司马光为了教育儿子警惕奢侈的祸害,常常详细列举史事以为鉴戒。他曾对儿子说过:西晋时何曾“日食万钱,至孙以骄逸倾家”。石崇“以奢靡夸人,卒以此死东市”。近世寇准生活豪侈冠于一时,“子孙习其家风,今多穷困”。司马光一度在朝廷做谏官(职责是对皇帝谏诤),在无数的谏奏中,关于劝俭戒奢方面的占了一大部分。

司马光还不断告诫孩子说:读书要认真,工作要踏实,生活要俭朴,表面上看来皆不是经国大事,然而,实质上是兴家繁国之基业。正是这些道德品质,才能修身、齐家,乃至治国、平天下。司马光关于“由俭入奢易,由奢入俭难”的警句,已成为世人传诵的名言。在他的教育下,儿子司马康从小就懂得俭朴的重要性,并以俭朴自律。他历任校书郎、著作郎兼任侍讲,也以博古通今、为人廉洁和生活俭朴而称誉于后世。(佚 名)

司马光的处世之道

在900多年前,河南光山县发生了这样一件远近闻名的事:几个六七岁的孩子在场院里玩耍。场院里放着一口存满水的大缸。有一个孩子攀上缸沿,一不小心掉进了水缸里,大家一看不好,都吓跑了。只有一个小男孩没有跑,而是当机立断搬起一块石头往水缸砸去,缸破了,水流出来,掉进缸里的孩子得救了。这件事传播开来,有人把它画成《小儿击瓮图》,一直流传至今。那位机智的小朋友就是宋朝伟大的史学家、《温公家范》的作者司马光。

司马光的《温公家范》对于家庭中各种成员,包括有各种亲属关系的人,甚至连乳母、保姆也包括其中,对他们的待人接物、立身行事都作了简要明确的规定,指出其各自依照所处的地位和具有的身份,应该怎样做和不应该怎样做。虽多属治家之事,但仍有一定的社会意义。

司马光对于处世之道,有总的原则,也有具体的要求。

其总的原则是一个“忍”字。司马光摘引史传说,郓州寿张有个张公艺,九世同居。唐高宗封泰山时幸其宅,问所以能睦族之道。张公艺请纸笔以对,写下了100多个“忍”字,用来表明自己的意思。他认为家族所以不协,由于尊长衣食或有不均,卑幼礼节或有背,彼此责备埋怨,于是发生争执,产生隔阂,“苟能相与忍之,则常睦雍矣”。老一辈须忍,晚辈也须忍,相互能忍,则会减少许多摩擦,人际关系则会和谐起来。

“忍”的目的在于求得家族的和睦团结,兴旺发达,代代相继,永嗣不绝。

吐谷浑河豺令子折一箭与折十九箭相比，说明“单者易折，众人者难摧，戮力同心，然后社稷可固”的道理。司马光引用这个故事，告诉世人戎狄犹知宗族相保以为强，华夏则更应如此。家庭是社会的细胞，是人类构成的最基本的组织，要处理好社会关系，首先要处理好家庭关系，进而处理好宗族关系。司马光认为一个人与家庭、宗族如同枝叶附于根干，手足系于身首。首先，要使人们如父子兄弟之亲，人们知道爱其父，就知道爱其兄弟；知道爱其祖，就知道爱其宗族。扩而大之，由爱亲爱家扩展为爱他人、爱宗族、爱百姓、爱民族、爱国家。反过来说，“爱亲者，所以爱其身也；爱民者，所以爱其亲也。”因而自古以来，圣贤没有不先亲其九族，然后能施及他人者也。

对于每一个家庭成员，司马光提出的处世要求是相当具体的，内容也相当细致，如要求人为祖者，要努力教育后代，不要只考虑给后人留下丰厚的财产，使其思累世用之，莫能尽也。司马光认为有能力的后代，不需凭借祖产，就会自己创下一份产业；而不肖的子孙，即使祖业再富有，也会被毁坏于一旦，祖业往往成为其变坏的一个因素。因此他主张留给子孙的是德是礼是廉是俭。

司马光在《家范》中对子孙辈的首要要求是孝。他指出子孙不孝有五种表现：“惰其四肢，不顾父母之养”；“博弈好饮酒，不顾父母之养”；“好货财私妻子，不顾父母之养”；“从耳目之欲，以为父母戳”；“好勇斗狠，危父母”。这“五不孝”虽是针对子孙对待父母而言，但若是放在社会上，这些懒惰、酗酒、赌博、贪财、自私、放纵耳目之欲、好勇斗狠等行为，也实属干扰社会、败坏道德之劣行。如果能摒弃这些劣行，那他不但是家庭中的孝子，也是社会上的良民。

司马光还认为，子孙孝父母，首先要做到敬。他引用孔子的话说：“今之孝者，是谓能养。至于犬马，皆能有养，不敬何以别乎？”仅仅赡养父母，这是连动物都做得到的，重要的在于敬重，“冬温夏凊，晨昏定省”，照顾周全，听从父母的教诲，注意自己的名声，在精神上给父母以安慰。

司马光还提倡“孝而不失规劝”。他认为子女规劝父母，是为了补救父母的过失，父母的话是对的，子女不听从是不孝；父母的话不对，子女却听命顺从，这是把父母推到罪恶中去。这种子女不过是不相干的路人罢了。这种对待孝的态度，是对“天下无不是的父母”的陈腐观念的大胆突破，比起“子孙受长上诃责，但当俯首默受，毋得分理”的愚忠愚孝来，不知开明了多少。（佚　名）

DASHI CHUANQI 大师传奇

司马光，字君实，号迂叟，是北宋陕州夏县涑水乡（今山西夏县）人，世称涑水先生。

司马光出生于宋真宗天禧三年（1019 年）十一月，当时，他的父亲司马池正担任光州光山县令，于是便给他取名“光”。司马光家世代官宦，其父司马池后来官至兵部郎中、天章阁待制，一直以清廉仁厚享有盛誉。

司马光的先辈和堂兄六七人都是进士出身，他们多是好学之士，爱好诗文，其家族世代书香，“笃学力行”，是一个具有文化传统和学问素养的文明家族。他自小就受到了很好的熏陶。司马光就是生长在这样一个贵胄之家和书香门第，又是在品行端方、为官清廉、很有素养的父亲严格培育下成长起来的。

司马光6岁的时候，父亲就教他读书，还常常讲些少年有为、勤奋好学的人的事迹来鼓励他努力上进，使他逐渐养成了勤奋学习的习惯。开始读书时，他不懂书中的意思，记得不快，往往同伴都背熟了，他还不会，于是他便加倍努力，不参加游戏活动，独自苦读，直到烂熟为止。他懂得时间的宝贵，不贪睡眠，用一截圆木做枕，称为“警枕”。每天晚上，“警枕”一滚动，他便立刻起来，开始读书。他7岁时开始学习《左氏春秋》，由于他勤于思考，很早就表现出自己的聪明和才华。

宋仁宗宝元初年，年仅20岁的司马光考中进士甲科，可谓功成名就。然而，他却不以此自满自傲，而是不图虚名，立志以仁德建功立业。

庆历五年(1045年)，27岁的司马光被调到京城做官，改授为大理寺评事，补国子监直讲，不久又迁任大理寺丞，宋仁宗皇祐三年(1051年)由他父亲生前好友、当时任宰相的庞籍推荐担任了馆阁校勘并同知太常寺礼院。馆阁校勘是负责编校图书典籍工作的职务，这对爱好经史的司马光来说，是一个很好的职务，为他借阅朝廷秘阁藏书提供了方便，对于他研究经史十分有利。在这期间，他写了《古文孝经指解》，并约同馆阁僚友集体上疏请求把荀子和扬子的书加以考订印行，不致使先贤之经典湮没不传。在同知太常寺礼院的职事中，他对于维护封建礼法制度也很认真负责。

皇祐五年(1053年)，司马光又在庞籍的推荐下迁任殿中丞、除史馆检讨，他从此担任了史官的职务。在此期间，他更专心致志地研究史学，探求先贤治国之道，联系当时政治实际取得了很大成果。宋仁宗至和元年(1054年)以后，他与当时很有名的官僚学者欧阳修、王安石等人有了很好的友谊，他们之间志趣相投，使司马光在学术和政治生活中得到很多教益。这时由于多次举荐他的庞籍失去相位，出任郓州(今山东东平县)知州，司马光也被调离朝廷，做了庞籍的助手，出任郓州学典，再升任该州通判。第二年冬，他又随庞籍去并州(今太原市)任通判。

当时北宋建国近百年，已出现种种危机，具有浓厚儒家思想的司马光，以积极入世的态度，参与政事，力图拯救国家。他秉性刚直，在从政活动中亦能坚持原则，积极贯彻执行有利于国家的决策方略。而在举荐贤人、斥责奸人的斗争中，他也敢触犯龙颜、宁死直谏，当庭与皇上争执，置个人安危于不顾。

仁宗得病之初，皇位继承人还没确定下来。因为怕提起继位的事会触犯正在病中的皇上的忌讳，群臣都缄口不言。司马光此前在并州任通判时就三次上奏提及此事，后又当面跟仁宗说起。仁宗没有责罚他，但还是迟迟不下诏书。司马光则又一次上书说：“我从前上呈给您的建议，马上应实行，现在寂无声息，不见动静，这一定是有小人说陛下正当壮年，何必马上做这种不吉利的事。那些小人们都没远见，只想在匆忙的时候，拥立一个和他们关系好的王子当继承人，像‘定策国老’、‘门生天子’这样大权旁落的灾祸，真是说都说不完。”仁宗看完之后大为感动，不久就立赵曙为皇子。

英宗赵曙是宋太宗的曾孙濮王赵允让之子，并非仁宗的亲生儿子。司马光料到他继位后，一定会追封他的亲生父母。后来英宗果然下令让大臣们讨论应该给他的生父什么样的礼遇，但谁也不敢发言。司马光一人奋笔上书说：“为人后嗣的就是儿子，不应当顾忌私亲。濮王应按照成例，称为皇伯。”这一意见与当权大臣的意见不同。御史台的六个人据理力争，都被罢官。司马光为他们求情，没有得到恩准，于是请求和他们一起被贬官。司马光在他的从政生涯中，一直坚持这种原则，被称为“社稷之臣”。后来继位的宋神宗因此感慨地说：“像司马光这样的人，如果常在我的左右，我就可以不犯错误了。”

司马光的治国主张是以人才、礼治、仁政、信义作为安邦治国的根本措施。他曾说修心有三条要旨：仁义、明智、武略；治国也有三要旨：善于用人，有功必赏，有罪必罚。司马光的这一主张很完备，在当时有一定积极意义。

司马光历来朴素节俭，不喜欢奢侈浮华的东西。考中进士后，皇上赏赐喜宴，在宴席上只有他一人不戴红花，同伴们对他说：“这是圣上赏赐的，不能违背君命。”这时他才插上一枝花。据说，司马光的妻子死后，家里没有钱办丧事，儿子司马康和亲戚主张借些钱，把丧事办得排场一点，司马光不同意，并且教训儿子处世立身应以节俭为可贵，不能动不动就借贷。最后，他还是把自己的一块地典当出去，才草草办了丧事。这就是民间流传的所谓司马光“典地葬妻”的故事。此外，司马光对双亲特别孝顺。他被任命为奉礼郎时，他的父亲在杭州做官，他便请命要求改任苏州判官，以便离父亲近些，可以奉养双亲。

著史也是司马光从政治国的一种方式。1071年，王安石为相，在政见不同、难于合作的情况下，司马光请求担任西京留守御史台这个闲差，退居洛阳，专门研究历史，希望通过编写史著，从历史的兴衰成败中提取治国的经验。他主编的《资治通鉴》同西汉司马迁的《史记》是史学史上的两颗明珠，至今仍为世人所推崇。《资治通鉴》著述的意义已远远超过了司马光著史治国的本意，它不仅为统治者提供借鉴，也为全社会提供了一笔知识财富。清代学者王鸣成评论说：“此天地间必不可无之书，亦学者必不可不读之书。”

司马光一生著述很多，除《资治通鉴》外，还有《通鉴举要历》80卷、《稽古录》20卷、《本朝百官公卿表》6卷。此外，他在文学、经学、哲学乃至医学方面都进行过钻研和著述，主要代表作有《翰林诗草》、《注古文学经》、《易说》、《注太玄经》、《注扬子》、《书仪》、《游山行记》、《续诗治》、《医问》、《凉水纪闻》、《类篇》、《司马文正公集》等。

司马光对于朝廷可谓“鞠躬尽瘁，死而后已”。等到哲宗即位、太皇太后临政时，司马光已是经历了仁宗、英宗、神宗的四朝元老，颇具威望。两宫太后听任司马光行事。当时司马光功高盖主，权重无边，连辽国、西夏派来的使者也必定要询问司马光的身体起居，他们的国君对戍守边境的将官说：“大宋用司马光做宰相，你们轻易不要惹出事非，使边境出问题。”

他带病处理各种事务，不分昼夜地工作。元祐元年(1086 年)，司马光逝世，终年 68 岁。太皇太后听到消息后，和哲宗亲自去吊唁，追赠司马光为太师、温国公，谥号“文正”，赐碑“忠清粹德”。当时，“京师人为之罢市往吊，鬻衣以致奠，巷哭以过车者，盖以千万数”，在灵柩送往夏县时，送葬之“民哭公甚哀，如哭其私亲。四方来会葬者盖数万人”。至于画像祭奠的，则更是“天下皆是，家家挂像，饭食必祝”。一个宰相，能得到民众这样广泛真诚的悼念，在中国的历史上实属罕见。

YANSHEN YUEDU 延伸阅读

司马光的**《资治通鉴》**是我国历史上第一本编年体通史，记述了从周烈王二十三年(公元前 403 年)到五代后周显德六年(959 年)期间的历史。全书选材广泛，除了有依据的正史外，还采用了野史杂书 320 多种，而且对史料的取舍非常严格，内容比较翔实可信，历来为历史学家所推崇。《资治通鉴》的著述意义已远远超过了司马光著史治国的本意，它不仅为统治者提供借鉴，也为全社会提供了一笔知识财富，被人们称为史学瑰宝，广为流传，教益大众。而研究者也代代相沿，使其成为一门专门的学问，即“通鉴学”。

* * * *

陆游是南宋时期杰出的爱国诗人，以爱国思想和卓越的诗篇闻于古今，他的**《放翁家训》**是其于乾道四年(1168 年)写成，用来告诫子孙后代的。陆游在书中所提倡的处世之道，虽多为日常生活，且多为琐事，但都是人们应戒之、慎思之的，其中的许多内容至今仍可视为金玉良言。

* * * *

南宋初期的吕本中的**《官箴》**是千百年官场文化思考者思想的薪传、经验的积淀。该书仅一卷，词简义精，每一则都堪称空前绝后，是真正的传世绝学。书中总括了当官之法的三字诀：“清、慎、勤”，被后世学人士大夫誉为“千古不可易”，影响深远，并广为后学官箴援引。《官箴》虽是为规诫官员们而写的，讲的却是关于为官处世的要求，但其中的许多处世之道对一般人也有借鉴意义。

智慧书

巴尔塔沙·葛拉西安　Baltasar Gracian(西班牙　1601年—1658年)

葛拉西安的人生经验显示出今日无人能比的智慧与颖悟，整个欧洲没有一本书比《智慧书》更精微、更曲折多姿。

——著名哲学家　尼　采

为人处世是每个人一生的功课，这门功课是博大精深的，而大凡能成就伟业者，无不是深谙处世之术的人。他们能够洞悉别人的意图，审视自己的处境，从而进退自如。早在17世纪的西班牙，有一位伟大的哲学家，他教人以入世的智慧，他告诉人们，只要学会了某些必要的生活技巧，就有可能为自己找到战胜困难与邪恶，从而获得幸福的道路。如果人人都能像他一样去除欺妄之心、抛弃天真的幻想，不少人都会拥有像他那样深邃的思想。这位伟大的哲学大师就是巴尔塔沙·葛拉西安。

葛拉西安的人生经验显示出无人能比的智慧，他的《智慧书》是与《君主论》、《孙子兵法》齐名的人类三大智慧奇书之一，其中的300则箴言，全是有益的忠告。这位哲学大师以一种令人感到惊异的冷峻客观态度，极深刻地描述了人生处世经验，为读者提供了战胜生活的尴尬、困顿与邪恶的种种神机妙策。通过这些多姿多彩的人生格言，人们不仅能获得克服生活中可能出现的逆境的良方，更重要的是可以增强对生活的理解和洞察力。

《智慧书》是一本充满了人生智慧的小册子，它通过简短凝练的箴言，告诉你葛拉西安——这个人世的圣者所发现的生存处世的妙方。书中的体悟，你若想在生活中自行积累，恐怕要耗费几十年的光阴。然而，待你耗费几十年，终于明白了处世的真相，却可能为时已晚。

叔本华是德国一位眼光极高的大哲学家，他认为《智慧书》是“绝对的独一无二”的，因而将此书译成德文。从处世智慧方面来评价，《智慧书》的确是一本微妙、实用、耐人寻味的书，其对人生俗世的洞察极为深刻，一般的书籍难与之匹敌。

《智慧书》这本书谈的是知人观事、判断、行动的策略——使人在这个世界上功成名就且臻于完美的策略。全书由300则箴言警句构成，这些箴言警句意义深远而不可不与朋友同事分享共赏，又鞭辟入里而不能不蒙敌人对手于鼓里。本书的理想读者，是因日常事业而需与他人周旋应付者——他必须发现他人用心，赢得其好感与友谊，或反制其机谋及使他人一筹莫展。

本书是为每一个人而写的，巴尔塔沙·葛拉西安对人性真实而冷静的言说，给每个拥有它的人以最微妙、最实用的反省价值，一方面使你叹服其中机智与完美的审慎态度，另一方面又使你产生高尚的向善心理，增强了对生活的理解和洞察力，并最终呈现出一种身体力行的生活艺术。

巴尔塔沙·葛拉西安——这位17世纪满怀入世热忱的耶稣会教士，对人类的愚行深恶痛绝，但《智慧书》全书极言人有臻于完美的可能，如再辅以变通的技巧，则善必胜恶，而这一切取决于人的自身资源与后天勤奋，警觉、自制、有自知之明及修身养性之道。观《智慧书——永恒的处世经典》全书，葛拉西安几乎将“神”之道置之度外，而将罗耀拉之教常存于心，并牢记那句西班牙俗谚：“要向上帝祈祷，但也要埋头苦干。”葛拉西安指的实即天助自助者，只是未加明言而已。

此书立意遣词机趣多端，历来备受悦服称美。全书旨趣以二元性为枢轴，将人生视为一场实然与似然、表相与真实彼此交锋的战争，不但为现代的“形象塑造家”与“造势专家”建言，也为一意坦诚、坚认“实质”为要、“形象”其次的人献议。“要实干，但也要懂得表现”是葛拉西安入木三分的忠告。此语要义是，从来好人最易受愚，有如羊处狼群，我们应以蛇的智慧调剂鸽子的纯真，视他人目前之言行而定自处之道，不宜寄望其可能或未来的表现。

在《智慧书》中，作者嘱咐我们要说真话，但务必说之有术，得其巧妙，“最实用的知识存在于掩饰之中”。我们必须“与学者相交，谈吐之间应显示出自己的学识；与圣人相交，行为举止应显得品德高尚。”明智之人善变如普洛特斯，然而也不可执善变与巧饰为指南针。

对他人精神上与物质上的幸福，葛拉西安亦非无动于衷。他一再告诉我们，勿与蠢人往来。

葛拉西安认为人与他人共处于世，就是一种对抗恶意的战争，唯有修养和智计，能使我们拥有敏锐的智慧，获得道德上的清明。唯有深谙处世之道，才能使明慎的人在人生无时无刻不在的挑战中无往不利：交友时，得诤友；择业时，选对方向；与人交往时，懂得处世之道，表达己见，而不伤人。

在葛拉西安的世界中，没有任何规则、教导、习惯可以直接导致成功。他认为，规则没有弹性，永远没有一本教材比得上人类活动的随机无序；但凡习惯或行为模式，都因其可预测性而使得他人有隙可乘;“射直飞之鸟容易”,打牌手法一成不变的人,也会被人所暗算。葛拉西安认为,这个世界有时是个欺妄而且危险的地方。身处其中,应谨慎行事,随境制宜,不将任何事物视为理所当然。

人世之间愚蠢的人随处可见,他们之所以愚昧无知,大多数都是因为没有能力由表象进入内在。葛拉西安认为表象很重要,我们了解事物是从表面开始的,而且,不管我们是否喜欢,对人对事之知只能“由外而内”。所以,欲求成功,应重外饰,再求研思美德与恶德。智者知道如何重视外表,但他们也晓得怎样对待不完美之人的嫉妒。葛拉西安认为,天赋异禀的人应该故意表示些许白玉微瑕,故意犯些不伤大雅的错误,这样才能免除那些嫉妒的人对自己的怨恨。

此外,《智慧书》还告诉我们,真正富有智慧的人在交往处世中应该谨慎而理性,我们只做到明智、优雅、有才、非凡还是不够的,还必须学习运用智慧与才能来适应你所生存的时代。葛拉西安指出,卓越并非时时皆宜,有时候表现优秀不如隐其锋芒,平庸反而更安全;有些场合,装愚扮痴,随波同流,与众同尘,才是上策。

《智慧书》收录的是一位17世纪满怀入世热忱的耶稣会教士告诉我们的生存智慧,书中为道德与精神的完美境界提供了一幅鲜明生动的景象。作者在书中运用了多种的文学体裁,除了警句以外,还有对话、散文、书信、寓言等,从他睿智而又生动的格言中,可以感觉到葛拉西安正在祝福我们“以愉悦面对多变不专的运势,以健康对抗强硬不移的定律,以修养克服所有有欠完美的自然,以通达的理解因应一切。”字里行间都可以证明这本书是“无时不宜,无处不宜”的良伴。对于凡是想要充满挑战的人生,但也乐于迎接这些挑战的人,本书确实是最佳选择。

JINGDIAN DAODU 经典导读

剖析人性底蕴的大智慧

《道德经》、《庄子》、《易经》所显示出来的深沉智慧与超然的人生态度令我们心荡神迷,但是,在鞭辟入里地剖析人性底蕴并提出温和的处世对策方面,我敢说整个世界只有《智慧书》可以与之比肩。

如果我们从处世智慧方面来评价,《智慧书》是三大智慧奇书中最微妙、最具实用价值者。《君王论》主要是针对那些处心积虑希望取得或保有王权的帝王而写;《孙子兵法》则主要针对那些运筹帷幄的将帅而写;而《智慧书》却是为每一个人写的书。

《智慧书》在一定程度上兼有《君王论》的坦率和《孙子兵法》的高品位,它一方面使我们叹服其机智与完美的审慎态度,另一方面又使我们产生向善的心理。葛拉西安的一些说法,一旦映入我们的眼帘,就会使我们终生不忘。仅举第一则格言为例:“世间万象都已尽善尽美,而成为一个真正的道德上的完人,则是宇宙万物完美的顶峰。”这一句话,可以说集中概括了儒家内圣外王学说的精髓,我们可以由此窥视东西思想会通的火花。

“当今世界要造就一个圣贤比古希腊时期造就希腊七贤还要费劲。当今世界对付某一个人所花的精力、物力要比过去对付整整一个民族所花的精力物力还要大。”要彻底阐述清楚葛拉西安的这两句话,需要整整一本书!文明给人类带来了物质上的进步,人类的智力也随之发展到了更高的阶段,但是,不幸的是,恶也会水涨船高地发展成为一种更狡诈的力量。这无疑极大地增加了善战胜恶的困难。然而,人类就没有得救的希望了么?不!葛拉西安正是试图以揭破恶的这种种巧妙伪装并施以适当打击的办法来保障普通人的生活。透过他那些层见叠出的妙语箴言,我们感到,生活并不像某些悲观主义者所断言的那样没有任何希望,实际上,葛拉西安暗示,只要人们学会了某些必要的生活技巧,就有可能为自己找到战胜困难与邪恶,从而获得幸福的道路。

但是,《智慧书》给我们印象最深的,是它在鞭辟入里地剖析人性底蕴方面显示出的登峰造极的智慧。当然,同类的著作我们还可以举出《增广贤文》、《菜根谭》、《厚黑学》或卡耐基的若干处世书,但是,这些书在剖析人性方面虽各逞其强,毕竟难以和《智慧书》媲美。就是莎士比亚的悲剧、培根的《论人生》尽管在剖析人性方面的深刻性是举世皆知的,但在系统、全面地描述人性方面,也未免略逊一筹。

葛拉西安行文的简洁和叙述的精警,实在使我们佩服不已。只有思索得最清晰、对所论问题了如指掌的智者才可以写出这样明白、睿智而又生动的格言。如果人们能学会用最少的语言给予别人最多的思想,那么,人生会变得多么美好。(辜正坤)

焕发美玉的光泽

巴尔塔沙·葛拉西安是一个满怀入世热忱的耶稣会教士,一生以助人成功为己任,其代表作《智慧书》被认为是一部经典的人生处世宝鉴,被列为人类历史上三大智慧典籍之一。从时光轨道穿梭到充满挑战的21世纪,当我们重读先贤大作,不禁要问:我们有智慧吗?我们开启了我们的智慧吗?成功在脚下!但没有智慧的指引,迈向成功的步伐将会是多么的盲从。如果想要有所作为,我们应该认真地读一读葛拉西安的这本《智慧书》。

在这本处世经典中,作者认为,凡是其天赋得到自然发挥者,都必使其才华依托于他的性格与聪明;若只依靠其中一个,则只能获得一半的成功。光靠聪明成不了大事,你还得有一个适合于自己的聪明性格才成。愚人之所以失败,在于其行事不顾及自身的具体条件、地位、出身及朋友关系。做人要明察自己的性格、智慧、判断和情感,如果你不了解你自己,你就不能控制自己。镜子可以用来照脸,而唯一可以用来观察自己内心的是明智的自我反思。当你不再担心自己的外部形象时，试着去修正和改善内在形象。

为了明智地处理事情，要精确地估计你的审慎和才智，判断一下你会怎样迎接挑战，测量一下你的深度和才智。不断自省，然后下一步就是学会控制自己，善于控制冲动情绪是人的最高精神素质。没有一种胜利比战胜自己及自己的冲动情绪更伟大，因为这是一种意志的胜利。即使当激情影响你的时候，也不要让它影响你的地位，特别是当你的地位对你很重要时。这是避免麻烦的明智之途，也是获得他人尊重的捷径。

有时候我们会本能地憎恶某些人，这种憎恶心理甚至在我们尚未意识到这些人的优点之时便已开始。有时候，这种卑劣的、情不自禁的反感是针对某些杰出人物的。对于这种情绪可要小心加以控制：对优秀人物抱有厌恶情绪是最损自己人格的。能与英雄人物和睦相处是最值得赞扬的事，恰如以反感情绪对待他们是非常可耻的一样。

葛拉西安认为人们应坚定不移地与理智为伍，绝不要因为意气用事或慑于淫威而误入歧途。可我们到哪儿去找这样刚直不阿的人物呢？毫不苟且的正直之士寥寥无几。虽然大家都很赞扬正直这种品德，但却很少有人躬行此道；即使有人付诸实践，也一遇危难便知难而退。在危难中，虚伪者抛弃它，政客们却狡猾地将之改头换面。正直这种品德不怕丢掉友谊、权力甚至它自己的利益，所以很多人宁愿不要这种品德。所谓的聪明人振振有词、巧言惑众，大谈什么“要为大局着想”、“要为安全着想”等；而真正的诚实者总是把欺骗看成是一种背信弃义，情愿做光明磊落的刚直不阿者而不愿做所谓的聪明人，所以他们总是和真理站在一起。如果他和别人有意见分歧，这不是因为他变化无常，而是因为别人抛弃了真理。（佚　名）

DASHI CHUANQI 大师传奇

1601年，西班牙著名哲学家葛拉西安出生于阿拉贡的贝尔蒙特村。青少年时期，他在托雷多与萨拉戈萨修习哲学与文学。1619年，18岁的葛拉西安进入耶稣会见习修行，此后50年历任军中神父、告解神父、宣教师、教授及行政人员（当过几所耶稣会学院的院长或副院长）。他不曾出任重要公职，但与公职人员有过紧密的接触。在和平与战争期间，他曾长期细心观察人类行为，因此获得其格言警句之灵感。

葛拉西安为人风趣，心思细腻，忠于朋友，鄙屑一切庸俗，爱好自然美。他尽力适应当时充满梦幻色彩的时代生活。虽然17世纪的西班牙为战争、内战及经济问题所累，但当时的西班牙还称得上是一个文化昌盛的国度。葛拉西安身为教士，虽多受限制，但他仍有机会汲取许多当世的艺术精华。他的运气非常好，很早就被派到惠斯卡任职，在此结交了贵族好友拉斯塔诺沙。后来也许由于拉斯塔诺沙的帮助，耶稣会准许葛拉西安成为亚拉冈的总督、拿城里人法兰西斯·玛利亚·卡拉法的个人告解神父，并且随他进宫面圣。虽然葛拉西安有接触上层社会的经历，但身上却并未沾染一丝一毫巴结逢迎的习气。

拉斯塔诺沙比葛拉西安年轻 6 岁，是一位巨富，也是 17 世纪西班牙人文主义者中极有学问的一位。他斥资建立了一个重要的文学与文化宝库，用于收藏人类知识的结晶，这些典藏对葛拉西安至为重要。葛拉西安立誓修行后，首次放差，被派往萨拉戈萨东北古城韦斯卡的耶稣会学院。学院离拉斯塔诺沙的家不过数步之遥。拉斯塔诺沙的宅地实为一个收藏惊人的“博物馆”。葛拉西安获许利用拉斯塔诺沙的文物与文化宝藏，对一个渴求完美审美素养与精确品位、力求“一切勿落粗俗”的人，这实是莫大助益。

葛拉西安的第一本书《英雄》在 1637 年由拉斯塔诺沙出资发行，他也因此而名声初扬。到 1646 年，此书的西班牙文版已经发行了 4 版，同时还有法文和葡萄牙文的版本。《英雄》是葛拉西安回应马基雅维利的《君主论》的一部著作，他曾谑称《君主论》与其说是治国的指南针，不如说是养马手册。《英雄》全书言简意赅，探讨了在任何行业中臻至“英雄境界”所需的品质。《君主论》主要是论述政治与军事权力的政治学，而《英雄》借葛拉西安自己的话说，是“治理自己的政治学”。他的《明慎之道》延续了《英雄》的思路，同时又加入许多新的见解。此时的葛拉西安已经阅历丰富，写法多变，笔下也不再一意力求简净。《明慎之道》与《智慧书》同样具有讽喻、嬉笑怒骂的风格，运用了对话等多种形式。

由耶稣会的文献记载，我们得以略窥葛拉西安担任教士与行政官员时的情况。担任这些职务的葛拉西安似乎不如其著作的字里行间流露的那般严厉和不假辞色。例如他曾于 1637 年受到教会的谴责，理由是处理一名偏爱异性的耶稣会教士过于宽大。次年，耶稣会会长从罗马下令葛拉西安神父应该调职，理由是他“行事太欠明慎，照顾已脱离本会者之子女，并为此子女请拨抚养经费。此外，假其本人兄弟之名出版书籍”。调职令中所指书籍，是指葛拉西安的第一本书——《英雄》。葛拉西安的作品大多以假名罗伦佐·葛拉西安出版，而且未得耶稣会的准许。耶稣会之所以禁止葛拉西安发表作品，并不是因为他的著述被视为异端，而是作为耶稣会教士，他的处世智慧与政治行为过于精彩，未免有失体统。

接下的几年葛拉西安再三受到警告，耶稣会责令其未获允许不得出版作品。他违令如故。耶稣会不堪其扰，等他讽刺人生的巨卷杰作《批评大师》第三卷（末卷）问世后，就解除了他在萨拉戈萨的圣经教席，把他“放逐”至一个乡下小镇，在此终老。耶稣会还下令密切监视此人，他笔下一旦有只字片语不利于耶稣会，即予以禁闭，纸张笔墨一概禁用。

葛拉西安出版的所有著作虽然在当时都未获得教会权威的允准，但时间还了他的公道。他的著作至今无恙，今天的读者仍在读着葛拉西安的《智慧书》，揣摩着书中修身处世的奥妙之处，每次但取一两句格言警语流连玩味，作为人生一大快事，而葛拉西安本人也因此而赢得不朽。

YANSHEN YUEDU 延伸阅读

欧洲的若干学者都相信，千百年来，马基雅维利的**《君主论》**是人类写过的三部具有永恒价值的处世智慧奇书之一。自问世以来，400 多年间《君主论》在西方成为历代君主和统治者的案头书，也成了后世一切统治阶级巩固其统治的治国原则。在人类思想史上，还从来没有哪部书像《君主论》那样，一面受着无情的诋毁和禁忌，另一方面却获得了空前的声誉。它作为第一部政治禁书而被世人瞩目，是有史以来对政治斗争技巧和为君之道的最独到、最精辟的“验尸”报告，许多君主也都将它视为宝典，成为历代君主和统治者的案头书。直至 20 世纪 80 年代，西方舆论仍把《君主论》列为影响人类历史的十部著作之一，把它和《圣经》、《资本论》摆在一起。

* * * *

《孙子兵法》全书 13 篇，约6 000字，为我国春秋时代孙武所著，距今已2 500多年。这是我国同时也是世界现存最古老的一部兵书，一直为历代政治家、军事家、商人、学者奉为至宝。该书自问世以来，对中国古代军事学术的发展产生了巨大而深远的影响，被人们尊奉为“兵经”、“百世谈兵之祖”。历代兵学家、军事家无不从中汲取养料，用于指导战争实践和发展军事理论。凡读过这部兵法的人，无不倾心于它所蕴涵的深邃而奥妙的思辨内容、博大而精深的军事学说内涵、清新而鲜明的实践风格，以及辞如珠玉的文学性语言。其问世虽久，但书中所包容的智慧，以及在这些哲学文化意识指导下所阐述的战争规律和原则，至今仍然闪烁着熠熠光辉，被称为令人叹为观止的罕世之作，与《智慧书》、《君主论》并称为人类三大智慧奇书。

富兰克林自传

本杰明·富兰克林　Benjamin Franklin(美国　1706年—1790年)

我研究了富兰克林的传记，能愈益清楚地认识到，为什么这位美国人民献给全人类的伟大人物能受到普遍的尊敬和钦佩。

——前苏联著名科学家　卡皮察

世界上恐怕没有人会在富兰克林的名字前无动于衷，因为，即使你不是美国人，没有享受到富兰克林对美国民主所作的贡献，你总会享受到避雷针的恩惠，你至今仍然受到它的恩惠，它的发明人就是富兰克林。

富兰克林在科学上的成就与在政治上的作为都赢得了世人的敬意。美国第一任总统华盛顿曾在公开场合说过："在我一生中，能让我佩服的人只有三位：第一位是本杰明·富兰克林；第二位也是本杰明·富兰克林；第三位还是本杰明·富兰克林。"可见，富兰克林的人格魅力有多么伟大。后来成为美国第六任总统的小亚当斯也指出："我之所以选择从政，并不是因为父亲(美国第三任总统)的缘故，而是因为富兰克林对我幼年的指导，他是影响我一生的人。"时至今日，据美国《新闻周刊》的调查表明，有76.8%的美国人认为富兰克林是他们最为崇拜的偶像。作为一名科学家、出版家、外交家、政治家、哲学家和实业家、美国独立运动的领导人，富兰克林当之无愧地跻身于世界顶级的偶像之列。

无论在美国还是在其他国家，富兰克林的影响力都是十分强大的，他的名字始终闪烁着耀眼光芒，而他的《富兰克林自传》被誉为"震撼心灵的美国精神读本"，是一座富含人生哲理与幽默感的思想宝库。如果你想知道一些有关做人处世、控制自己、增进品格的理想建议，不妨看看富兰克林的自传。本书自出版以来，相继被译成多种文字，成为世界各国家喻户晓的文学经典，被迄今为止的几代人当做人生修养的范本。作品中体现的"民众的公德心"以及处世、持家、待人接物等方面的种种美德一直激励、教育、影响着世人。从某种意义上说，富兰克林的成长史，也正是一部美德史。

读一本好书就是与一个伟大的心

灵对话。《富兰克林自传》是世界享有盛名的伟人传记，书中所倡导的通过不懈努力，取得非凡成就的奋斗精神，也因本书的广为流传，改变了无数年轻人的命运，在世界上影响广泛而深远。

KUANGSHI JIEZUO 旷世杰作

富兰克林一生著述颇丰，《富兰克林全集》有40卷，但最负盛名的是他的自传，这本书在世界上产生了广泛深远的影响。富兰克林一生在做人、治学、处世、理事上都有独到之处，在很多方面值得人们借鉴。

富兰克林是一个有多种才华的人，作家、政治家、科学家、哲学家、媒体人，都不足以涵盖他的全貌。他没有受过太多正式教育，却能成为许多人学习的老师。他一生中说过许多充满睿智与机锋的话语，而他的自传则可以说是智慧的结晶。该书以幽默风趣的笔致叙述了富兰克林具有传奇色彩的一生，详尽地介绍了他创业、奋斗、成功的历程和为人处世的原则。他的律己的道德风范、刻苦的自学精神、谦和的为人之道、扶困济危的高尚情怀，这些给不同时代不同国家的人提供了很好的学习榜样。

富兰克林突出的品格在于他非常重视道德修养，严于律己。可以说，富兰克林是道德的典范，他常教导青年人要注重道德水平的提高，认为“道德是发家致富的最好方法”。

在富兰克林年轻时，他为自己制定了13项做人原则，为了获得这13种美德，并养成习惯，他专门设计了一个记录表，每一个美德占去一页，画好格子，在反省时若发现当天未达到的地方，就用笔做个记号。当富兰克林79岁时，在《富兰克林自传》这本不朽的自传中，花了整整15页纸，特别记叙了他的这一伟大发明，因为他认为他的一切成功与幸福受益于此。富兰克林在自传中写道：“我希望我的子孙后代效仿这种方式，有所收益。”

自制是富兰克林做人的第一项原则。富兰克林认为，自我克制体现了人类的勇气，是人类所有高尚人格的精髓，一切美德的根本体现就是自我克制。他说：“不能进行自我克制，就不会有真正的人。”“极其严格的自我控制乃是富于理想的人类所孜孜以求的伟大目标之一。不是单纯冲动，也不是单凭一个接一个的欲望的刺激，而是通过自我克制、自我平衡以及自我管理，使人们在行动之前，仔细想想，再三权衡——这也就是教育，或者起码可以说道德教育所要努力达到的目标。”富兰克林深刻地阐释了自我控制的内涵与方法。这让我们明白了自我控制是做人的一种基本教养，是事业上取得成功的前提。成功者的第一条原则就是自我控制。

慎言是富兰克林为自己制定的第二条做人原则。语言是解析人们内心玄机的一把钥匙，我们中的大多数人无法对他人产生影响力，因为我们总是忙着谈论自己。富兰克林主张与人交谈时，应该选择对方最感兴趣的话题。他说，“如果你能和任何人连续谈上10分钟，而且能使对方对你感兴趣，你便是最优秀的交际人物。”

而最优秀的交际人物不仅懂得在适当的场合说出自己的想法，而且还懂得在什么时候保持沉默。富兰克林不止一次在他的自传中指出，听比说更重要。聆听得越多，你就会变得被更多的人喜爱，就会成为更好的谈话伙伴。

“秩序”这一原则要求人们每一件事务的安排都要遵循一定的时间。传统的时间管理一味强调要在最短时间内做出最多的事，使人们忽略了应该依照自己对事情的重视程序来安排时间顺序。富兰克林认为，制定工作优先次序有两个途径：根据紧急性或根据重要性。大多数人是根据紧急性，而富兰克林倾向于根据重要性来定优先秩序，好把时间用在更有用的地方。

富兰克林一生，曾遇到过无数的艰难困苦，他都一一克服了，似乎轻而易举地化险为夷。那么是什么神奇的力量，赐予他驾驭困境的能力呢？富兰克林认为战胜困难的法则就是坚定的信念。只要有坚定的信心，你就能移动一座山。只要坚信自己能成功，就会赢得成功。

从《富兰克林自传》中我们可以看到，这位伟人一生信奉着节俭的原则。他认为机会无处不在，但只能提供给那些手中有余钱的人，或是那些已经养成储蓄习惯的，而且懂得运用金钱的人，因为，他们在养成节俭的习惯的同时，还培养出了其他一些良好的品德。

勤奋是一种重要的美德，而富兰克林堪称是勤奋的楷模。富兰克林的成功的一生说明，个人的奋发向上和勤奋，是取得杰出成就所必需的。富兰克林能从一无所有的学徒到一代伟人，仰仗的便是勤劳。

在富兰克林的一生中，诚实是他的基本行为准则。他把诚实看做是自己的一大优势和财富，在他的经商生涯中，他始终坚持以诚致富，从不欺骗顾客。他认为一个人如果不诚实，将会失去一个好朋友，一个客户，甚至更多。

富兰克林之所以能获得众多的支持者，这和他的公正原则是分不开的。做事公正，尽自己的义力，致力于公益事业，说话做事以诚待人，这一切为富兰克林赢得了极大的声誉。在自传中，他写道：“我越来越相信，公正是人与人交往中获得幸福的最重要的东西，我写下我的决心，要毕生实践这一道德原则……”

所有认识富兰克林的人，当然也包括他的敌人，都认为他是一个十分宽容的人。他从不轻易发火，也能容忍别人的狂妄自大。富兰克林认为，一个拥有宽容美德的人，能够对那些在意见、习惯和信仰等方面与自己不同的人表示友好，宽容最能够表现出一个人的耐心、明智，宽容是一个成功者最优秀的美德之一。

富兰克林风度翩翩、谈吐幽默，形象十分迷人，他认为自己的个人魅力并非完全依靠人格魅力，整洁的形象也极为重要，因为人们的好恶往往是由第一印象决定的。如果你的外表一团糟，别人怎么会跟你交往呢？

以一种平静的姿态来对待发生在

身边的一切，这是富兰克林人生的一个重要原则。他认为人间万事没有一件值得过度焦虑，因此他主张要容忍生活中的压力，如果我们无法获得平静，生活将没有意义。

在忠贞方面，富兰克林认为应该对家庭、妻子保持贞洁，对朋友保持忠心。此外，富兰克林认为谦虚谨慎也是做人的美德。一个成熟的人，有成就的人，必备此种品格，宜低头、忍让，而非自高自大。这也许是许多成功人士之美德。

从富兰克林的自传中，我们可以看出富兰克林一生始终不渝地坚持着这13条原则，正因为如此，成就了他伟大辉煌的一生。

《富兰克林自传》的出版具有划时代的意义。它在1771年动笔，1788年完成，前后历时17年之久。这部传记可以说是在读者如饥似渴的等待中出版的，一经问世，立刻被翻译为法文，被一抢而光。青年人都希望学习富兰克林成功的秘诀，他们把这部书当成"人生指导"读物。富兰克林以清晰流畅的文字、真诚坦率的态度显示了其人生经历。他讲述自己对人性和自由、科学与进步的无限崇尚与追求，他相信人类凭借知识和理性足以化解横亘在发展途中的种种难题，并谆谆告诫读者不要抛却以勤劳节俭为核心的美德。由此可见，这部自传不仅是富兰克林个人心路历程的真实回顾，而且也是一部包含了诸种善与美的道德律令手册。富兰克林不仅从空中扼住雷电的咽喉，将专制殖民者的权力归还人民，而且还将一部训诫人生的永恒之作传诸后世。

JINGDIAN DAODU
J 经典导读

完美品质的化身

毋庸置疑，富兰克林是美国历史上最为重要的开国元勋之一，而且，在那批真诚又令人难忘的开国元勋中，他是仅有的一位国人无须仰目而视者。其他几位元勋——华盛顿、杰斐逊、两位亚当斯、佩恩、亨利、汉密尔顿、麦迪逊和梅森——或使人敬而远之，或让人望而生畏，他们都居高临下地俯视着我们。只有富兰克林的眼里闪烁着和蔼的光芒，显得那样平易近人。

美国人渴望英雄，却又对英雄满怀狐疑。人们景仰华盛顿，敬佩杰斐逊，崇敬林肯；但是对于富兰克林，人们却只能以其本色去考察他，将他看成是自己中的一分子。在他面前，芸芸众生丝毫不感到拘束，他的处世之道影响了无数人。

富兰克林的自传作为一部18世纪的文学代表作及一份属于新时代的革命文献，一直为世人所赞美。富兰克林工作辛苦，他推动改进，调解不和，他促动实施大众需要的且对他们有利的公益事业。他在自传中记录下这些成就、作用及一些可堪效法的行为方式，旨在告诉我们，在一个新的革命的大铸模里，一代杰出的传人是如何运用自己的聪明才智来创造生活的。

《富兰克林自传》向我们展示了这位伟人难以置信的多才多艺、经久不衰的能力、完善自我与改进社会的热情、精明睿智的头脑、和蔼可亲的性格、与任何人都能愉快相处的本领、甘于平凡的品质以及随机应变的天赋。

富兰克林的处世之道是彻底的实用主义的，把富兰克林放在20世纪美国的任何地方，他肯定都能生活下去。作为政治家，他不宣称信仰任何政治理论；作为科学家，他不为人性或天性而烦恼，而是将二者兼收并蓄。他性情温和，心态宁静，脾气极好。他的道德准则主要在于行善。他极力颂扬了诚实、自制、勤勉、宽容、节俭等13项朴素的做人原则，并道出了这样的真谛：谁具有这些原则，谁就一定会在生活中获得成功。

富兰克林主编过最成功的一份殖民地报纸，出版过年历，当过州议会的零活儿的印刷商，他能够轻而易举地制定出一项收费图书馆计划，也能够轻而易举地制定出一项殖民地联合计划；他能够组建成一个有利可图的邮局，也能够建立一个国际联盟；闲暇的时候他能够做风和海潮的实验，绘制海流图，让闪电俯首听命。从根本上说，任何一个人只要有其中一项成就，就可以在人类历史上永垂不朽了。富兰克林以一人之身，在多个领域创造了非凡成就，实为历史所罕见。

“假设你不欣赏富兰克林的自传，我将剥夺你的继承权。”英国杂文家西德尼·史密斯对他的女儿这样说。西德尼的要求是有些过高，但是我们无法否认：世世代代的读者对富兰克林的13项做人原则的赞美与喜爱，绝不会很快消失；富兰克林的13项做人原则中那些丝毫不加修饰地展现出来的优秀品质，在未来的年代里仍将是弥足珍贵的。（亨利·斯蒂尔·康马杰）

伟大的人生

所谓成功的人，并不一定非得是高官厚禄的人，并不一定非得是轰轰烈烈的人。所谓成功的人，对于绝大多数人而言，就是今天比昨天更智慧的人，今天比昨天更慈悲的人，今天比昨天更宽容的人，今天比昨天更懂得爱的人：也就是今天比昨天进步一点儿，心灵和行为日趋高尚的人。

美国杰出的文学家、思想家和科学家富兰克林，作为美国财富和智慧的代表者，美国人民把他的头像印在100美元纸钞的正面。200多年来，这位智者的思想一直被那些希望增进美德并过上富足生活的人们所遵循和实践着。

可以毫不夸张地说，富兰克林造就了一个属于他的时代，富兰克林以自身的努力创造了一个不朽的神话。

世界上许多专家对富兰克林不平凡的一生产生了浓厚的兴趣，他们认为一个人能做出如此之多的成就，肯定有特殊之处。经过研究，富兰克林的传记作家卡尔·范·多林终于揭开了这个秘密。他从富兰克林的日记中发现：在1728年，也就是富兰克林22岁时，他为自己制定了13项做人原则。这13项原则是富兰克林成为一代伟人真正的力量源泉，难怪马克·吐温读了富兰克林的自传后指出：“伟人之所以伟大，并不是因为他比别人多些什么，而只是因为他有原则；常人之所以平常，并不是因为他比别人少些什么，而只是因为他缺乏原则。”

我们还是仔细看一下富兰克林的13项做人原则吧！

在1728年，富兰克林设想了一个大胆而艰巨的计划，想达到完美成功的境界。他希望一生任何时候都能不犯错误。他要战胜所有的缺点，不管是天生的偏好，流行的习俗，还是同伴们引诱而致的陋习。因为富兰克林知道什么是对，什么是错。他就应该做正确的事而不做错事。

但是不久，富兰克林发现，要完成这一任务比他想象的要困难得多：当他集中精力对付一个错误时，另一个错误往往会出人意料地冒出来；习惯总是乘人不备而来，偏好往往强于理智。后来富兰克林得出结论：从理论上相信完善的道德对人们是很有利的，但这还不足以防止错误的发生；坏的习惯必须打破，好的习惯必须去培养和建立，这样才能使得自己的行为正确。

因此富兰克林列出13项做人原则，他认为这在当时是他希望做，而且也是必须做到的；每一项目后附上一条简约的格言，表达他对每一做人原则的含义的理解。

富兰克林的目的是要将这些原则培养成习惯，他认为还是不要一下子对全部的原则进行尝试为好，而是在一段时间里只专注于一项原则的修炼，当把这一项原则养成了习惯后，再对另一项原则加以培养，如此进行下去，直到他实践全部13条原则为止。

富兰克林做了一个小本子，在其中一页上写上了各种美德，每页上用红墨水划成七栏，每一栏代表一星期中的一天，上面注上星期几的第一个字母；再划上13道竖线，每一行中用代表每一项原则的第一个字母注上。在横竖线形成的空格内，当他检查完一天的道德实践的情况后，就对所犯的错误用小黑点在其中标明。

富兰克林从制定好13项原则后，一生始终不渝地坚持着，也正是这13项做人原则造就了他伟大而辉煌的一生。我们从《富兰克林自传》一书中，可以深刻体会到这13项原则对于一个人的成功的巨大作用。所以，只要我们坚持富兰克林的13项原则，我们也能成为一个杰出的人。（佚　名）

DASHI CHUANQI D大师传奇

本杰明·富兰克林作为美国的政治家、外交家、著述家、科学家、发明家而闻名于世，像他这样在各方面都显示出卓越才能的人是少见的。

1706年1月17日，本杰明·富兰克林出生在北美洲的波士顿。他的父亲原是英国漆匠，当时以制造蜡烛和肥皂为业。富兰克林少年时进过两年学校，虽然学习成绩优异，但由于他家中孩子太多，父亲的收入无法负担他读书的费用，被迫辍学。12岁时，父亲让他到哥哥的印刷铺里当学徒。学徒的日子是艰难的，然而，他却利用学徒的闲暇时间刻苦自学，阅读了大量的书籍，在政治、科学、历史、文学等方面打下了扎实的基础，他还通过自学而熟练地运用法语、意大利语、西班牙语和拉丁语。

1723年富兰克林离开了波士顿，只身前往费城，从此开始了他独立奋斗、开创事业的生涯。到费城后，富兰克林开始在别人的印刷铺里当帮工。后来，在两位朋友的帮助下，他自己开了一间印刷所，由于经营得法，同时也因为他自学掌握的知识帮了他的忙，他的印刷所办得有声有色。他印刷和发行了《宾夕尼亚报》，并出版了《可怜的穷查历书》，当时被译成12种文字，销行于欧美各国。1727年秋，富兰克林在费城和几个青年创办了"共读社"，组织了一个小型图书馆，帮助工人、手工业者和小职员进行自学；每星期五晚上，讨论有关哲学、政治和自然科学等问题。这时富兰克林还不到30岁，但通过刻苦自修已经成为一个学识渊博的学者和启蒙思想家，在北美的声誉日益提高。在富兰克林的领导下，"共读社"几乎存在了40年之久，后来发展为美国哲学会，成为美国科学思想的中心。

1736年，富兰克林当选为宾夕尼亚洲议会秘书。1737年，他担任费城副邮务长。虽然工作越来越繁重，可是富兰克林每天仍然坚持学习。他广泛地接受了世界科学文化的先进成果，为自己的科学研究奠定了坚实的基础。

1752年，富兰克林的风筝实验使他在全世界科学界名声大振。英国皇家学会给他送来了金质奖章，聘请他担任皇家学会的会员。他的科学著作也被译成了多种语言，他的电学研究取得了初步的胜利。然而，在荣誉和胜利面前，富兰克林没有停止对电学的进一步研究。1753年，俄国著名电学家利赫曼为了验证富兰克林的实验，不幸被雷电击死，这是做电实验的第一个牺牲者。血的代价，使许多人对雷电试验产生了戒心和恐惧。但富兰克林在死亡的威胁面前没有退缩，经过多次试验，他制成了一根实用的避雷针。1754年，避雷针开始应用，并相继传到英国、德国、法国，最后普及世界各地。

富兰克林对科学的贡献不仅在静电学方面，他的研究范围极其广泛。在数学方面，他创造了8次和16次幻方，这两种幻方性质特殊，变化复杂，至今尚为学者称道；在热学方面，他改良了取暖的炉子，可以节省3/4的燃料，被称为"富兰克林炉"；在光学方面，他发明了老年人用的双焦距眼镜，戴上这种眼镜既可以看清近处的东西，也可看清远处的东西。他和剑桥大学的哈特莱共同利用醚的蒸发得到负25摄氏度的低温，创造了蒸发制冷的理论。此外，他对气象、地质、声学及海洋航行等方面都有研究，并取得了不少成就。

富兰克林不仅是一位优秀的科学家，而且还是一位杰出的社会活动家。他一生用了不少时间去从事社会活动。他还特别重视教育，兴办图书馆，组织和创立多个协会，这都是为了提高各阶层人们的文化素质。

政治活动是富兰克林人生的一大主旋律，但是他并没有把政治活动当做谋取个人名声的手段，而是为了北美的独立和人民的利益。从 1757 年到 1775 年他几次作为北美殖民地代表到英国谈判。独立战争爆发后，他参加了第二届大陆会议和《独立宣言》的起草工作。1776 年，已经 70 岁高龄的富兰克林又远涉重洋出使法国，赢得了法国和欧洲人民对北美独立战争的支援。1787 年，他积极参加制定美国宪法的工作，并组织反对奴役黑人的运动。

1790 年 4 月 17 日夜里 11 点，富兰克林溘然逝去。4 月 21 日，费城人民为他举行了葬礼，2 万人参加了出殡队伍，为富兰克林的逝世服丧一个月以示哀悼。本杰明·富兰克林就这样走完了他人生路上的 84 度春秋，静静地躺在教堂院子里的墓穴中，他的墓碑上只刻着："印刷工富兰克林"。然而正是这个印刷工人，却赢得了世人的普遍尊敬和钦佩。

YANSHEN YUEDU 延伸阅读

100 多年以前，海伦·凯勒的处女作**《我生活的故事》**出版后，立刻引起巨大的轰动，被称为"世界文学史上无与伦比的杰作"，甚至被誉为 1902 年世界文学上最重要的两大贡献之一。海伦是 19 世纪最出类拔萃的人物之一，而《我生活的故事》则是近两个世纪以来最感人、最能触动人们心弦的文学著作之一。书中海伦以富有诗意的描述向人们展示了一卷精彩的人生画面，其中的精神内涵哺育了一代又一代的人，使人们对生活充满热情。现在该书已经有不同文字的版本在全世界广泛流传，海伦·凯勒的奇迹经历感动着一代又一代人和一个又一个国家。她也因此被美国《时代周刊》评选为 20 世纪美国十大英雄偶像之一。马克·吐温称赞她是与拿破仑齐名的杰出人物。

* * * *

《甘地自传》是有史以来最伟大的传记著作，是最值得读的传记之一。本书由圣雄甘地自己写作而成，以纪实的手法展示了他传奇的一生，让我们看到一个虔诚的心灵和伟大的人格如何在古老的文化与现代文明的激烈碰撞中发挥出神奇的力量，一个人如何瓦解了一个强大的帝国。虽然甘地的一生最后仍以悲剧告终，但是他的思想仍然在继续传播，并影响了包括马丁·路德·金、曼德拉等一批自由战士。他告诉我们，真正的勇敢是什么，真正强大的精神是怎样的，我们可以从他这部伟大的自传中学习到许多东西，并且受用终身。

小窗幽记

陈继儒 （中国·明代 1558年—1639年）

眉公先生，负一代盛名，立志高尚，著述等身，曾集《小窗幽记》以自娱。汇天地之秘笈，撷经史之菁华，语带烟霞韵谐金石。醒世持世，一字不落言筌。挥麈风生，直夺清谈之席；解牙语妙，常发斑管之花。所谓端庄杂流淳，尔雅兼温文，有美斯臻，无奇不备，夫岂卮言无当，徒以资覆瓿之用乎？

——（清）陈本敬

在晚明崛起的一批奇人中，无论是射策中科、名列麟阁者，还是抗辞直疏、捐躯国门者，抑或是虚蹈凌谷、实隐市朝者，都很注重生命的意义，致力于修身处世之道者不乏其人，著名文学家陈继儒就是其中之一。

陈继儒不仅是明代著名的文学家，还是著名的画家和书法家，他工诗善文，尤长小品清言，且能书画，著述甚丰，如《太平清话》、《安得长者言》、《模世语》、《狂夫之言》等一批作品流传于世，而《小窗幽记》尤受时人喜爱，其中所选的格言妙语，涉及社会、人生诸多方面，或立言精深，使人百思方悟；或含蓄蕴藉，令人回味悠长；或情趣盎然，读来津津有味，总之，无一不闪烁着智慧的火花。

随着社会的快速发展，人们所处的人事环境、物质环境也在急速变化中，面对这复杂多变的环境，我们不禁要喟叹，现在不仅做事难，做人更难。处世之道，就是为人之道，今天我们要能立足于社会，就得先从如何做人开始。明白怎样做人，才能与人和睦相处，待人接物才能通达合理，这确实是一门高深的学问，值得我们终身学习。而在如何立身处世方面，陈继儒的《小窗幽记》为我们指明了一条光明之路，他归纳出的“安详是处事第一法，谦退是保身第一法，涵容是处人第一法，洒脱是养心第一法”四法，建议人们保持达观的心境，平和地为人处世，对后人影响至深。

《小窗幽记》中精妙绝伦的语言、灵性四射的意趣，令人叹为观止，特别是对人生的思索、处世的智慧更是令世人受益无穷。现代人欲寻回本真的自我，涤去心灵的积埃，超脱于尘世的喧嚣、烦扰，不妨打开《小窗幽记》，自然可以从中找到一方宁静、淡泊、洒脱之地。

KUANGSHI JIEZUO 旷世杰作

《小窗幽记》分醒、情、峭、灵 4 篇，共 194 条格言，其文字常在不经意中散发着一种宁静、淡泊的气息，使读者在享受行云流水般优美文字的同时，细细品味诙谐之处蕴涵的道理，慢慢揣摩平淡之中饱藏的深意。

陈继儒认为“文有能言立言二种，能言者诗词歌赋，此草花之文章也；立言者，性命道德有关世教人心，此救世之文章也”。他本着这一宗旨进行文学创作，因此《小窗幽记》这部格言集可以称为“救世文章”。

道德是中国传统社会历来提倡的重要内容之一。陈继儒指出，为人处世若不符合道德的要求，即使在其他方面表现出色，也将遭到无情的淘汰。“栖守道德者，寂寞一时，依阿权变者，凄凉万古，我如为善，虽一介寒士，有人服其德；我如为恶，纵位极人臣，有人议其过。”一个人的为人在于其自身的德行，权高位重并不等于品德高尚，对名对利的过分追求，往往会导致道德的沦丧。因此，要懂得节制，加强自我约束，自我控制。陈继儒认为“才智英敏者，宜以学问摄其躁；气节激昂者，当以德行融其偏。”意思是说，有才能和智慧、英雄敏捷的人，由于自己的天资聪慧颖悟，所以对事情往往不爱去多加考虑，最容易棋失一着而满盘皆输。如果他们肯努力在学问上下点脚踏实地的工夫，成就一定会比一般人大得多。抱持有志气和节操的人，往往会用自己的观点和人格去要求别人，肯定会激昂慷慨，疾恶如仇，对社会的看法也往往过于激烈分明。他们应该增进自己的道德和涵养，用慈悲的眼光和宽恕的心情去对待社会和人生。

人成长的道路往往充满荆棘和坎坷，面对困难和逆境，《小窗幽记》告诉我们，“知天地皆逆旅，不必更求顺境”，既要正视眼前的困难，又要不安于现状，有改变困境的信心与决心。只有这样才能具备面对层出不穷的变化应付自如的能力，正所谓“士人有百折不回之真心，才有万变不穷之妙用”。真正的达观之人，处在灾祸之中而不忧不惧，居住福禄之内却不骄不躁，知道那幸福与灾祸都在于自己一人的所作所为和人生观如何。面临困难时，应坚持自己的目标。行动的目的越明确，意志表现的水平越高，就能自觉克服前进路上的一切障碍。而目标的实现应既要有利于自己，也要能使他人从中获益。

目标的实现不是一朝一夕的事，除了长远的规划外，对要遇到的各种无法预料的因素要有充分的思想准备，不可急于求成。陈继儒说，“奋迅以求速者，多因速而致迟”，意思是凡事欲速则不达，需尊重客观事实与事物的变化规律。“处事最当熟思缓处”，经过深思熟虑，才能细致、全面地分析处理问题。任何事物都存在着好与坏两方面，因此无论做什么事，既要考虑有利的一面，也要兼顾其不利的一面。许多事情如果不事先考虑在其过程中可能遇到的困难，从而加以准备的话，等到碰上麻烦而无法进行，就已经来不及了，这就是“忧先于事故能无忧，事至而忧无救于事”。由此可见，全面、辩证地思考问题，居安思危、早下对策将增强对事态的预测控制能力。

在现代社会中，人们常常把宽容列为现代人所应具备的美德和素养。其实，《小窗幽记》中也不乏此类观点：“平易近人，会见神仙济度；瞒心昧己，便有邪祟出来。”对人须多一分宽容，多一点体谅，以诚相待，对己则应严格要求。严于律己必须先摆正自己的位置。也就是说，自己的言行举止一定要符合自己的身份，这样才叫做得体。言行举止得体的人，自然会得到大家的认同。怎么才能得体呢？就是要时刻检点自己的言行举止。人在忙碌的时候，因为手忙脚乱，所以又会变得粗心大意，脾气暴躁，不能冷静地思考问题。这样一来，往往会出现判断失误，或者顾此失彼，无法应付全面的工作，有时甚至会做出终生遗憾的事情。这时，我们如果能够反思一下，觉察到自己情绪的浮动、意气的烦躁，然后静下心来，安定情绪，便不会将事情做错了，自然也不会得罪他人了。全面地认识自身，这不仅需要做到“忙处常向闲中检点”，还要具备敢于自我批评的勇气，追求“心事无不可对人语”，“行事无不可使人见”，方可达到“完得心上之本”，“尽得世间之常道”的境界。

社会上形形色色的人都有，如何处理好与他们的关系呢？陈继儒认为一个人的能力如何，关键要看他待人接物、处事应世怎么样。人要想在社会上处好人际关系，就一定要掌握其中的技巧。在社会交往中，因为人的素质、层次、背景、教养、个性、兴趣等方面的不同，便会造成各种各样的文化圈。但每一个圈子又都是相互串联的，所以上上下下、前前后后、左左右右都会拉到一起，那么对于不同圈子里的人就应该以不同的方法去对待，否则自己就会很狼狈。因为并不是每一个人都能够以心相交，以义款待的。《小窗幽记》告诫我们：“遇嘿嘿不语之士，切莫输心；见悻悻自好之徒，应须防口”，也就是说，碰上沉默寡言的人，不能小看，他可能只是深藏不露；而对夸夸其谈的人则不应多与他交往。“喜传语者，不可与语；好议事者，不可图事。”喜欢到处传话的人，往往夸大其词，添油加醋，所以不能把重要的事情告诉他；偏好议论闲事的人，经常夸夸其谈，因而不能与之共商大事。此外，书中还指出，别人说的话不应不假思索就完全接受，一定要按理性加以判断、衡量，验证之后方可相信，即要“揆理而信”。

人类的生存空间就是社会，社会是由人组成的。所以，要想生存在其中，就必须与人处好关系。而人际关系中，最重要的就是朋友。在人格上保持平等，尊重他人，是交友观人的正确方法。陈继儒认为信任朋友是交往的首要原则，“交友之后宜信”。他指出，朋友间的关系是循序渐进的，“先淡后浓，先疏后亲，先远后近”，而且“交友不宜滥，滥则贡谀者来”。交友要有一定的品位，“人之交友，不出趣味两字”，切忌人云亦云，趋从潮流。另外，《小窗幽记》一书中还指出，“交友须带三分侠气，做人要存一点素心”，朋友之间就应该互相帮助，多一份为他人着想之心。“轻财足以聚人，律己足以服人，量宽足以得人，身先足以率人。”钱财是众人所希求的，如果一个领袖太重视钱财而将利益一把抓，他人得不到利益，自然会离开你。相反的，将利益与他人共享，甚至舍弃个人的利益，大家一定会从心里感激，自然就会对你忠心耿耿而终生敬重。况且，钱财本是身外之物，生不带来死不带去的，本来就不该执著。如果一个人能够用这些本来就不属于自己的钱财，去换得更多人的忠心和爱戴，应该说就拥有了更大的财富，是最富有的人了。

此外，陈继儒还在《小窗幽记》中指出在纷扰繁杂的世事中应以退为进，保持心态的平和。篇中提到，“淡泊之守，须从浓艳场中试来；镇定之操，还向纷纭境上堪过”，时运不济时，提高自己的道德修养；辛苦劳顿时，保持心情的宽舒；际遇不佳时，则加强自己的识见，体现出一种顽强地与命运抗争的积极心态。

以平常心处世

几乎所有生活在都市里的人都抱怨——活得太累了，身累，心更累。这种累是从一个刚满六岁半的孩子开始的。可悲的是，孩子们的累，也不仅仅指脊背上那个几乎占了他们二分之一身高的大书包，还有很多拥塞在幼小心灵里的困惑：为什么非得考双百不可呢？重点中学是什么意思？将来当工程师还是开汽车？

没有人怀疑，他们脊背上的书包终有丢掉的一日，但拥塞于他们心灵中的那些困惑可能会变得复杂多样，而不会轻易被除掉。难道这就是我们所要孜孜以求的绚丽多彩的人生么？如果您想到了这个问题，如果您还没有得到答案，那么我想告诉您：为什么不读一读《小窗幽记》呢？

对人生的苦与乐各人有各人的理解，正是基于这个道理，既然苦乐在我，那么人活着最重要的就是调整自己的心态，以平常心看待荣华富贵，不嫉人有，也不笑人无。心中毫无滞碍，灵台一片空明，苦恼、烦闷自然一扫而光。陈公眉在《小窗幽记》一书中说得极透彻：眼里无点灰尘，方可读书千卷；胸中没些渣滓，才能处世一番。又说：剖去胸中荆棘，以便人我往来，是天下第一快乐世界。心地狭窄，凡事计较利害得失的人，怎么可能享受到安宁幸福呢？

生死是生命的两端，是相反相成的矛盾体。把握人生、深刻了解人生的价值，就必须懂得什么叫死。生是偶然的，死才是必然，明白了这些道理以后，我们除了珍惜热爱生命以外，谁还去计较那些生不带来，死不带去的身外之物呢？所以陈继儒说：“打透生死关，生来也罢，死来也罢；参破名利场，得了也好，失了也好。”可见，打透生死关是很重要的，也是非常难以达到的。

生命只有一次，对于更多的人来说，当看透生死奥妙的时候，也同时就是生命结束的时候，也许正因为这一点，死亡的体验弥足珍贵。对人生、社会的感悟，以自己的亲身经历为最深，著者对此很有见地：“事理因人言而悟者，有悟还有迷，总不如自悟之了了；意兴从外境而得者，有得还有失，总不如自得之休休。”陈眉公的治学不偏不执，兼收并蓄，且很多观点都闪烁着智慧的火花。如关于出世入世的见解：“居轩冕之中，要有山林的气味；处林泉之下，常怀廊庙的经纶。必出世者，方能入世，不则世缘易坠；必入世者，方能出世，不则空趣难持。”他没有把出世和入世绝对对立起来，而是将二者看成是相反相成的关系，互补互用，方能渐入佳境。而人生的哲理也的确是这样，没有超凡脱俗的清高节操，为官为宦，穿梭于豪门权贵之间，满眼皆是功名利禄，就很难克制贪欲，终而不能自拔；如果没有仕宦经历，看不透官场正大光明掩盖下的虚伪狡诈、人欲横流的真面目，又怎么能安于山林的空寂呢？

陈眉公虽流连于山林之乐，但他所赞赏的人生态度是敢于承担社会责任。他说：“不担当，则无经世之事业；不摆脱，则无出世之胸襟。不仅要勇于担当，而且要百折不挠，尽人事知天命，无论结果怎样，但求心之所安。天薄我福，吾厚吾德以迎之；天劳我形，吾逸吾心以补之；天厄我遇，吾享吾道以通之。”这种豁达的人生态度是值得赞赏的。此外，在日常生活及待人接物等多方面，著者也发表了很多真知灼见，这些道理，就是在今天仍有借鉴价值。无论是待人，还是处世，最根本的一条就是给自己留一点回旋余地，以便在以后的日子里稳操主动权。人们感觉到了有余不尽的恩德，就会感恩戴德忠实于自己；在处理工作过程中自己觉得有了有用不完的智慧，便会潇洒自如起来，工作反而会顺利得多。（佚　名）

幽窗夜自吟

东方的智慧，是安定社会的良策，是寄托精神的支柱，是升华感情的梯航，是培养思想的武器。怎么样拥有东方人生的智慧呢？明末陈眉公著的《小窗幽记》，共收录了 194 条人生处世的格言，作者通过自己的切身体验，为我们指出了一条阳关大道——幽窗夜自吟。以下就其中的几个方面加以阐述：

（一）淡泊之守，镇定之操

我们常说世事纷纭，变幻无常，人如果整天陷在这无常的世事中，当然就会没有了自己，失去了人生的价值和本性。人的意义就在于争取到最大的自主权，谁也不愿意浑浑噩噩地混上一辈子，那么就要在这纷纭的世事中拥有自己的主意和思想。一个人能够在大事中不糊涂，乱事中不慌张，也就是所谓的镇定自若。一旦镇定下来，许多事情的看法和处理也就不至于有所遗憾了。

《小窗幽记》中《集醒篇》的第102条指出，“淡泊之守，须从浓艳场中试来；镇定之操，还向纷纭境上勘过。”意思是一个人的心境要达到淡泊无为是不容易的，要经过无数次的考验和磨炼。真正的恬淡自守、潇洒无为，绝不是没有经历过世事的一片空白，而是能够经历任何乐声美色、豪侠富贵的境遇，却都能够不执迷于心。能够在纷纭中保持坚定不移的自我，也就是《孟子》中说的“富贵不能淫，威武不能屈”，才能干出一番事业来。能镇定的人，才能掌握自己的方向。

真正的镇定自若，是要有过人的节操，不跟一般的人一般见识，莫名其妙地招来耻辱心里却不愤怒，突如其来的险境加身却不惊慌。之所以能够如此，一个根本的原因是他有着更大的理想和志向，远大的目标使他忘记了眼前的荣辱利害，所以没有任何东西可以使他放弃自己的目标的。

人要想达到一个淡泊清静的境界，就不要怕那五颜六色的世界，也只有世界这只大染缸能够染出最纯洁的布来。和尚出家，但并不见得能够心出家；居士在家，却未必就不能够心出家。真正的清净不在于身，而在于心；心能清净，无牵无挂，则何处不是恬淡！真正的镇定也不在于身，而在于心；心能镇定，不动不摇，则何时不能安宁！

（二）待足与得闲

人是最难满足的，尤其是人的欲望更难侍候，所以常说这山望见那山高。我们从前辈那里得到的，就是必须不停地去奋斗和追求，来实现我们人生的价值。因为我们所追求的往往是把捉不住的东西，得到了很快就会失去，所以永远处在一种希望和失望的交替矛盾当中，谁也不会满足。所谓的满足，其实只是暂时的。永远不足，也就永远痛苦。因此，陈眉公在《小窗幽记》中劝导世人“人生待足何时足，未老得闲始是闲”。

人不能没有追求，但却不能成为欲望的奴隶，必须有自己的主宰权。当芸芸众生都在追求物欲的时候，我们如果能够放下欲望，能够及早地明白心灵上的满足才是真正的满足，精神上的享受才是最大的享受，也就不会为物欲外境所驱使，过着那表面上愉快，可内心里却紧张的生活。心里安宁了，人生也就清闲自在了。若是要到衰老的时候才因为有心无力而住手的话，虽然表面上退了休清闲自在了，其实心中却会感到更大的痛苦。他们永远生活在当年轰轰烈烈、气势飞扬的记忆中，与现实中的衰老无力、遭人冷落形成了强烈的对比。于是，这种巨大的落差，使那些曾经红极一时的人物无法再生存下去。

与其在衰老时如此悲哀地死亡，何不在未老时就能明了这一点，放下一切，顺着生活的自然，必定能够尝到真正安闲的滋味。

(三)忍己情与恕人情

人们在社会生活中的交往都是相互的，你给人方便，人便会给你方便；别人方便你，你也应该方便别人。这样一来，社会的生活才会正常运转，大家都能够得到幸福的感受。所以，在人们进入社会之前，就必须学会社会生活的标准，这就是每一个人在社会公共生活中所必须遵循的伦理道德。

孔子说："四海之内皆兄弟也。"也就是说，天下的人都是我们的兄弟，我们互相之间也应该以兄弟的情谊来对待。兄弟的地位是平等的。只有相互帮助、相互制约，才能实现人生的理想。而能够保持这平等地位而使大家都皆大欢喜的，只有两个字：忍、恕。正如《小窗幽记》中所说："己情不可纵，当用逆之法制之，其道在一忍字。人情不可拂，当用顺之法制之，其道在一恕字。"

忍字是心头之上插把刀，当然不好受。要能受得住，才能是好汉，当然这是对自己而言的。恕字是从如从心，就是说凡人心都是一样的，你所欢喜的别人也一样欢喜，别人所厌恶的你也一定不喜欢。如的意思是如同、相同，这是将心比心的意思，也是孔子说的："己所不欲，勿施于人。"自己所不愿意的，也就不要强加给别人；别人所愿意的，自己也不要去强夺。

我们常说的，要顺随人情，要随缘处世，就是要让对方的情欲得到正当的发泄，也就不会有朝一日如河流决堤，不可收拾。顺与逆的结果却完全不同，就看我们怎么去对待了。只要我们的内心里存着"恕"道，便能时时想着人情，也才能愉快地与人相处。

在幽静的夜晚，守在小窗前，望着那灿烂的星空，憧憬着美妙的人生境界，吟咏着自己宽广而又温柔的心灵。久而久之，我们的身心都与那广阔的星空、美妙的境界融为了一体，实现了人生的超越……（李安纲）

DASHI CHUANQI 大师传奇

陈继儒，字仲醇，号眉公，明代华亭（今上海松江）人。他自幼聪颖过人，工诗文，善书画，与董其昌友善，同时倡导"南北宗论"。陈继儒的书法在苏轼、米芾之间，萧散秀雅；善画水墨梅花、山水，尤以画梅见长。其水墨梅花，多卷册小幅，轻描淡写，意态萧疏，间或衬以竹石，草草而就，反映了明末文人闲居弄笔、不求工拙、聊以抒情适意的一种"以画为寄"的态度。

陈继儒一生著作甚丰，其中一部分是著述之作，如《陈眉公先生全集》、《陈眉公全集》、《晚香堂小品》、《白石樵真稿》等；一部分是编辑之作，如《酒颠补》、《邵康节外记》、《逸民史》以及一部容量颇大的丛书《宝颜堂秘籍》等。若从文体上看，其著述涉题叙、寿序、传记、碑记、祭文、墓志、诔、行状、疏文、论、策、议、辨、偈、铭、赞、尺牍、诗、词、曲、赋、题跋、语录、清言 24 类；再若从功用上看，又可分为致用之作、谋生之作与娱性之作。

陈继儒虽是弃仕途而不谋，弃征诏而不出的人，但传统文化的熏陶使他在出世之乐中仍不能全然摒绝对国事的关注，常常被一种矛盾的情愫裹结，从而在几十年的市隐生活的宁静平和中，时有忧愁压抑在胸。因此，他的一些论、策、议、辨、疏文是其怀抱救世之心留下的致用之作，或针砭有关国计民生的赋役制度的弊端，提出切实可行的改良建议；或痛陈乡间小民的困窘疾苦，期望君主关心民生减税少征，从中可以见到陈继儒心系民生的赤诚衷肠。

陈继儒所处的晚明，王朝统治虽出现行将崩溃的趋势，但商品经济的畸形发展与社会风貌的特殊变化为陈继儒这样一批山人提供了生存的温床。与历代隐逸之士一样，陈继儒期望有较为适意的生存环境，渴望桃花源式的隐居之地，表现出对无苛政能温饱的乐国乐土的希冀。陈继儒一生一直在经营楼阁精舍，构建读书台、顽仙庐、磊轲轩等。他晚年仍不断增添亭台楼轩等构建，57 岁筑水边林下、58 岁为道庵、61 岁造老是庵、62 岁建代笠亭、66 岁盖箬帚庵、70 岁在凤凰山葺精舍来仪堂。他对 55 岁时建于畲山的青微草亭尤为得意，夕阳时分登亭远眺，天马、细林二山横亘如黛，陈继儒以为观之可代古人名画，十分惬意。

在这样的生存环境中，其尽情享受生活乐趣的心态在娱性之作中得到淋漓尽致的反映。诗词曲赋以及尺牍、游记、清言等小品是最能体现陈继儒文学成就与晚明山人个性特征的作品，其中诗、词、曲、赋更是其生活的写照。陈继儒自叙其集，云"平生不喜留草，随作随逸"，故在漫长的生涯中其诗词赋散佚之作亦不在少数。从他存世的娱性之作中，譬如投刺见访、游山玩水、莳竹养花、品茶饮酒、焚香抚琴、赏月晒书等，我们可以感受到陈继儒这位晚明大山人与世无争、自得其乐的生活概貌。

陈继儒早年生活窘困，凭借毛颖先生维系生活并驰名天下，中年之后名成望高，有恒产恒业，要其代笔、作序、题跋的人却更多。明人追求文学涂饰，已与民众生活相连，且民间此风之盛正说明不独士大夫文人，平民百姓亦以为文字能华身耀祖，同时也说明晚明众多山人何以能借诗文走天下。而如陈继儒这样的上流山人，士大夫都倾慕其名声，希望得到他的墨宝者趋之若鹜。除了大量的寿序、墓表、祭文、题跋以外，陈继儒还刊刻了一些与科试有关的时艺，尤其在其一个门生科举高中后，自己也制作八股文刊刻，并选一些科试秘籍付梓印行，还召集一些穷秀才编纂书籍。这些谋生之作带来的润笔之资是陈继儒一生中主要的经济来源。在 82 岁辞世之年，陈继儒夜寝顽仙庐，日处古香庭院，虽已倦于应酬却仍未能谢绝纸墨，《陈鹿苹碑记》与《许绳斋志铭》是其绝笔。

陈继儒早年有出世之想，因世事龌龊，"人间十九倚尘堵，五浊纷纷不堪数"，而决意谢绝尘鞅。中年多适世之情，他的《山中作》"话隐惬中年，山庐枕墓田。心空鄙章句，骨傲薄神仙"相当典型地反映了以隐逸为适世享乐的惬意情怀。此时的陈继儒，早已断绝功名利禄之想，也逐渐从困顿的生活窘境中解脱出来，晚年则较明显地耽于娱世之乐。除偶尔出游外，日常隐居畲山，或听泉、试茶、或踏落梅、坐蒲团，或山中采药，更多地追求一种世俗生活的朴实、宁静、温馨。《自咏》可以说是陈继儒对自己生存选择的总结："若非睥睨乾坤，定是流连光景。半瓢白酒初醒，一卷黄庭高枕。"包含几分遗世的失落、出世的洒脱和娱世的惬意，更多的是对自在生活的自赏和自足。

YANSHEN YUEDU 延伸阅读

清代王永彬著的**《围炉夜话》**，共记载了184条人生的哲理和行为的标准，是中国古典文学宝库中的经典之作。无论你是从政、治学、经商，还是创办实业，无论你是成功者还是暂时的失败者，只要能认真读一读这两部人生哲言小品集，都会开卷有益的。《围炉夜话》文辞浅近、意旨深远，情真语直，意存劝诫，与《小窗幽记》相映生辉，同样具有实用价值和指导现代人生的意义。

* * * *

明清小品大多立言精深，情趣盎然。张潮的**《幽梦影》**就闪烁着几百年前文人雅士的智慧火花，别具情趣，古意盎然。作者采用格言、警句、语录等形式，以优雅的心胸和眼光去发现美的事物，反映了东方式的高雅的生活品位和艺术情调。张潮是清代的才子，也是一位千古奇人，他将自己独特的人生见解，用小品的笔法书写出来。《幽梦影》既无长篇宏论，又非封建说教，自成一家。其题材广泛，遣词精辟，多则数行，少则三言两句。内容多涉及修身、处世、养生之道，是提高修养、陶冶情操的一部优秀之作。

蒙田随笔

蒙　田　Montaigne(法国　1533 年—1592 年)

蒙田以一个智者的目光，观察和思考大千世界的众生相，芸芸众生，林林总总；他从古希腊一直观察到 16 世纪，从法国一直观察到古代的埃及和波斯，发为文章，波澜壮阔。他博学多能，引古证今，鉴古知今，对许多人类共同有的思想感情，提出了自己独到的、有时似乎是奇特的见解，给人以深思、反省的机会、能提高人们对人生的理解。在这一部书中，零金碎玉可以找到不少。只要挑选对头，就能够让我们终身受用。我认为，《蒙田随笔》是一部有用的书，很有用的书。

——著名学者　季羡林

蒙田是法国文艺复兴后重要的人文主义作家、著名的思想家、散文家，在 16 世纪的作家中，很少有人像他那样受到现代人的崇敬。他是启蒙运动以前法国的权威批评家，人类感情的冷峻的观察家，亦是对各民族文化、特别是西方文化进行冷静研究的学者。这位享有“生活大师”之誉的哲人，并不是那种板起脸要给我们什么说教的人，而是一个懂得生活的人，是与我们的修身处世紧密相关而不是距离遥远的人。他的《蒙田随笔》与培根的《人生论》、帕斯卡尔的《思想录》一起，被人们誉为欧洲近代哲理散文三大经典，自从出版后就再也没有绝版过，世界上所有的书面文字都可以读到它。

蒙田以博学闻名于世，因此他的随笔集包罗万象、无所不谈，成为当时各种知识的荟萃，其中有关生活的阐述均发人深省。他对随笔体裁运用娴熟，开创了近代法国随笔式散文之先河。在这部随笔中，他以一个智者的目光，观察和思考大千世界的众生相，从古希腊一直观察到 16 世纪，从法国一直观察到古代的埃及、波斯。他引古证今，鉴古知今，对许多人类共有的思想感情提出了自己独到的见解，再将观察化为波澜壮阔的随笔，使这部作品成为 16 世纪各种思潮和各种知识经过分析的总汇，有“生活的哲学”之美称。

《蒙田随笔》是一部脍炙人口、流

芳百世的佳作，影响深远，给人以深思、反省的机会，从而帮助人们增进对人生的理解。世界上很多名人从这本随笔集中学到如何修身与处世的道理。福楼拜曾向心情抑郁的女友推荐说："读蒙田吧，他能使你平静。"莎士比亚也不时从《蒙田随笔》中找到处世的智慧。尼采则认为，正因为有了蒙田的这一著作，他活在这世上的乐趣才增加了。凭借这部著作，蒙田同拉伯雷一道奠定了把法语确立为文学语言的基础，并影响了帕斯卡尔、拉罗什福科、卢梭、孟德斯鸠、圣伯夫、勒内、法朗士等一大批文人。

KUANGSHI JIEZUO 旷世杰作

蒙田是文艺复兴后期法国人文主义最重要的代表。他的《蒙田随笔》于1580年—1588年分三卷在法国先后出版，收有107篇论文，是一部关于社会政治、宗教、伦理和哲学的论著。《蒙田随笔》先后写了将近10年，在此期间，随着作者思想的不断发展、变化，作品的内容也陆续加以修改与补充。蒙田这位法国16世纪的大哲学家在他的著作中向我们展示了一个绚丽的思想世界，在字里行间我们都能找到智慧的光芒。

蒙田是一位人文主义作家，在随笔集中他不囿于渊博的书本知识，而是陈述自己对于个体、人类生活方式与如何完善自己等问题的思考，如在《对好坏的判断主要取决于我们的主观看法》一文中，他这样说道："我们之所以不能耐心忍受痛苦，是因为我们不习惯从心灵上获得主要的满足，没有给予心灵足够的重视，而它却是我们状态和行为唯一至高无上的主宰。身体只是一种方式、一种状态。而心灵却多姿多态，它让身体的各种感觉和意外听命于它的状态。"蒙田认为如果我们想的话，客观上的痛苦也可以成为快乐，关键在于我们如何去看待。诸如此类令人拍案叫绝的议论在书中比比皆是。蒙田会使我们认识到心灵是伟大的，它可以控制我们的言行、我们的思维，甚至我们周围的客观事物，这就更需要我们注重管理我们的心灵，提高我们的思想境界，这样就足以使生活变得美好得多。

在蒙田的时代，哲人们深受宗教的束缚，鄙视生命，把生活贬低为消磨时光，并且尽量回避它，"仿佛这是一桩苦役、一件贱物似的"。蒙田却把生命视为"自然的厚赐"，并声称"开心如意的生活是人生的杰作"。在蒙田看来，只有生活得自然，才能生活得幸福。他认为一个人在尚未度完人生喜剧最后也许是最难的一幕之前，就决不要说生活幸福，因为幸福取决于安详和知足的心境、果断和自信的心灵。他说："人的一生都可能戴上假面具；那些漂亮的哲学言论不过用来装饰我们的举止；那些意外的遭遇不想把我们彻底推垮，因此我们总能保持安详的面容。但是，当我们面对死亡扮演人生最后一个角色时，就再没有什么可装的了，就必须讲真话，直截了当地道出内心之所想，这就是为何我们一生的行为都必须要受生命最后一刻的检验。"这段话说得十分有道理。的确只有面对死亡，或者经历死亡过后，我们才会对人生有更深刻的感悟，对身边事物才会有更清醒和本质的认识。所谓功名利禄，所谓“幸福”，也许真不过是一场空。当我们没必要再虚伪的时候，我们才认清，原先不屑一顾的淡泊名利、宁静致远也许才是真正的追求。这时，什么仇恨、愤怒、狂喜、悲痛都不再重要了，我们这才发现，原来如果把一切都看淡的话会惬意得多。我们总是会在死亡之前留有遗憾，也正是因为之前我们不可能发现自己所真正追求的，不可能理解什么是“真正的幸福”，一切等死后才有定论。

蒙田的哲学是一种自我内省的意识。他认为既然每个人内心都有普遍理性的种子，那么，没有人比自己更懂得应当如何生活、如何完善自身、如何处世。在今天这个物欲横流、精神沦丧的社会里，蒙田的这些思想无疑是一种不可缺少的清醒剂。因此，蒙田的文章更适合从生活处世的角度去看，想想自己在生活中遇到的诸多问题，可以从他的随笔里若有所悟，会心而笑。

《蒙田随笔》问世后，影响深远。在17世纪，各种不同的人都从蒙田的作品中尝到了乐趣。德·塞维尼夫人对蒙田的魅力赞不绝口：“我有许多好书，蒙田当属最佳，他绝对不会愚弄你，你还需要什么呢?”查理·索雷尔称这部作品是“宫廷和世界的日常教科书”。

18世纪，人们对蒙田好评有加。孟德斯鸠说：“在大多数作品中，我看到了写书的人；而在这一本书中，我却看到了一个思想者。”伏尔泰在驳斥帕斯卡尔时大声赞美蒙田：“蒙田像他所做的那样朴实描述自己，这是多么可爱的设想！因为他描绘的是人性……”

到了19世纪，蒙田的崇拜者遍及全世界。司汤达在创作《论爱情》时常常参照《蒙田随笔》，德国的歌德、席勒，英国的拜伦、萨克雷，以及后来美国的爱默生都对蒙田十分推崇。

半个世纪前，阿曼戈博士创立了“蒙田友好协会”，到了今天，该协会会员遍及世界各地。而没有参加蒙田友协，自己私下与蒙田倾心交谈、从蒙田身上学习有关修身处世道理的人则更是不计其数。蒙田早已成了追求心灵独立者的亲密私交，阅读蒙田则成了人们精神休闲的最好去处。

JINGDIAN DAODU J 经典导读

岁末读蒙田

《蒙田随笔》是一本必读的书。在这部书里，没有大喊大叫，没有愤怒和哀伤，没有热烈与冲动，只有冬夜炉火的温暖和安详；他的话语里没有故弄玄虚的哲学术语和空话，只有平实亲切的声音。

我认为在西方哲人的思想中，最接近儒家“中庸”之道的大概非蒙田莫属。然而，他的随笔更兼有庄子的洒脱和风流。他参透了道家的阴阳符号，在叙述中，他总会让你看到有关修身处世的智慧。

蒙田被尊为圣人是当之无愧的，他是一个最让人舒服的圣人。与歌德一样，他不是一个隐居山林的学究，在青壮年时就投身到世俗的名利场，他曾两度被选为法国波尔多市的市长。在这样的政治旋涡中，蒙田却随遇而安，处处逢源。无论他的朋友还是敌人都与他和睦相处。即使在晚年，疾病缠身，为肾结石和肠绞痛折磨得痛苦不堪的蒙田依然面对痛苦谈笑风生。而在他的随笔里，我读不到一声呻吟和哀怨，也没有一句豪言壮语。他笑对疾病和医生，觉悟到病本身也有它的生老病死的过程。他的思想纯洁晶莹，穿透 400 多年的时空，依然光芒四射。

蒙田的随笔不管挑哪一篇来读，都是趣味盎然的，他汇集了西方几个世纪的文化精华，是 16 世纪西方智慧的结晶。随笔里没有偏执的诡辩以及设置逻辑陷阱以扰乱读者心境。如果没有时间读"圣贤书"，读完蒙田的随笔集大概也就够了。（玛　雅）

见证蒙田：16 世纪的现代人

蒙田是一个让我们越看越像现代人的家伙。他很世俗，绝不忘掉与达官贵人友好交往。但是我们并不讨厌他，因为他绝不以出卖自己的立场为代价来谋取好处。从根子上来讲，他甚至对物质上的好处也同样抱着谨慎的怀疑态度。但是他洞悉政治的微妙，也很清楚如何在各种政治势力之间寻找一种平衡。蒙田的时髦却绝对不在于他的政治平衡能力。他为现代人所推崇，是因为他早大家四个多世纪说出的话，大家在四个多世纪后居然能依然越品越有味。照理说，品古人的东西，犹如啃剔除掉肉后的骨头，初尝生香，继则无味，久则如同嚼蜡。但是我们现代人读起蒙田来，却免不了会忘掉长达四个世纪的时间差别。

蒙田能让你回头注视自己，道理非常简单，他是一个不折不扣的怀疑主义者。他无法相信绝对的真理——当然，他也会拒绝断然否认这种真理的存在。他只告诉你说，我不知道。或者，用他自己的话说："我知道什么呢？"对外在真理的悬疑态度，促使他回头来审视自己。蒙田在《随笔集》中的一个重要话题，就是不断地来省察自己，省察自己的生活状况，省察自己的身体活动与精神活动，以及省察自己的身体活动与精神活动之间的关系。

这也就难怪那些渴望心灵独立的自由派知识分子会这么喜欢蒙田。在其随笔集中，他写道："以我看来，世界上的什么怪异，什么奇迹，都不如我自己身上这么显著……我越通过自省而自知，我的畸形就越令我骇异，而我就越不懂我自己。"他觉得了解自己非常困难。他声明，我们自身在这么多时刻变成了这么多不同的人，结果，"我们自己跟自己的不同，就像我们跟他人的不同一样多。"顺便讲一下，这话是 400 多年前说的。

现在你该明白他为什么现代了吧？蒙田勇敢地跨进了社会生活，他没有逃避。"我不希望人们不对自己承担的事情表示关注，为之奔走，费口舌，必要时流血流汗。”他多次担任公职。在蒙田看来，毫无疑问应该担当好自己的社会角色，这是一个道德问题。“世界上最伟大的事”，他写道，“是一个人懂得如何做自己的主人”。他十分平静地，甚至非常高兴地接受了自己的、也接受了人类的局限性和不确定性。“没有什么能比好好地、尽力地扮演一个人这样美，这样合法了；也没有任何一门科学能比认识到好好地、自然地过此一生更艰难。我们的疾患中，最猖狂、最蛮横的，就是瞧不起我们的存在……就我来说，我爱生活，并开拓生活。”

蒙田是一个道德家，一个幽默高手。任何一个仔细阅读蒙田的人，无不被他在字里行间所透露出来的机智所打动。正如毛姆所说：“蒙田的随笔不管挑哪一篇来读，你都会觉得趣味盎然，他那种宜人的闲谈特点也发挥得比较充分；虽然这些文章的题目相对来说有点一本正经。但文章本身依然妙趣横生。”（李　菲）

生活大师蒙田

把随笔确立为一种文体的蒙田，是个才华横溢的多面人物。他是第一个随笔作者、一个怀疑论者、人类的敏锐研究者和生动迷人的文体家。法国著名文学评论家圣伯夫认为“我们每个人都能在蒙田身上发现自己的一小部分”。

在《蒙田随笔》中，蒙田主张追求人生的幸福和快乐，成为创造自己生活的主人，而且生命愈是短暂，我们愈要使之过得丰盈饱满。他说：“世上最难学懂学透的学问就是如何享受此生，在我们所有缺点中最严重的就是轻视生命。”据说，恺撒和亚历山大在戎马倥偬之余，仍不忘充分享受生活的乐趣。蒙田对此大加赞赏，因为尽享生活之乐才是人之常情，而战事纯属异常之举。当有人叹息说“我今天一事无成”时，蒙田却问：“怎么，您不是又好好过了一天吗？”在他眼里，能满心喜悦地享受一天的生活，也是一桩不容小瞧的成就。他认为我们的责任是安排好自己的生活，而不是去编书和打仗；我们最豪迈最光荣的事业是生活得写意，至于当官、发财、成名等，不过是这一事业可有可无的点缀而已。

正因为认识到生活的可贵，蒙田不忍虚度此生，总是“慢慢赏玩和细心品味生命中美好的时光”。他自豪地说：“享受生活要讲究方法。我比别人多享受到一倍的生活，因为生活乐趣的大小是随我们对生活关心的程度而定的。”他还以极其坦率的态度谈到性的话题：“传宗接代本是极其自然必须而又正当的行为，我们为什么一说到这种行为就难为情，把它逐出严肃的谈话之外呢？我们敢于说出杀、抢、出卖这样的字眼，但提到性这个字我们却只敢悄声低语——如果把我们降生于世的那种行为称为野蛮，那我们岂不是都成了野蛮人？”这些坦诚而大胆的言论拉近了读者和蒙田的距离，一下子征服了我们的心灵。

人常说：书有书的命运。有的书一出世便寿终正寝了，而蒙田的《随笔集》却跨越400多年的漫长岁月仍盛行不衰，并在中国有了全译本和多种节译本。这其中的缘由很简单：因为蒙田是一位真正热爱生活和懂得生活的大师，而生活，是永远不会苍老的。（钟少松）

DASHI CHUANQI 大师传奇

有人说，一个国家即使有诗、戏剧以及后来的小说，如果没有像样的精美散文，就称不上文学大国。法国因为有了米舍勒·爱冈·德·蒙田，这位"随笔"这一体裁的创始人，就足以在人类文学史上占有重要的一席之地。正如法国学者尼扎尔所说：一系列反映法国精神的杰作是从《蒙田随笔》这部书开始的。

蒙田生于1533年2月28日，出身于资历不深的贵族家庭，祖上是波尔多人。他的曾祖父是经营酒类、渔业的富商，父亲也是当地富商。他当过兵、打过仗，后担当过法官、副市长和市长等职。蒙田的母亲是西班牙人后裔，其家族笃信天主教。蒙田自幼就接受严格的家庭教育，他的父亲极为重视古典语文的学习，为蒙田专门聘请了拉丁语教师。蒙田的家庭成员、教师以及仆人都只能用拉丁语同蒙田谈话。因而，在幼年时代蒙田就打下了较为深厚的拉丁语基础。6岁以后，蒙田才开始接触自己的母语——法语。他在七八岁时就自学了许多文学家和哲学家的著作。1539年到1546年，蒙田人著名的人文主义学校波尔多的居埃纳教会学校接受早期的学校教育。1554年他被任命为佩里格城法院的顾问，1557年又到波尔多市的最高法院任职。

因为身处官场，蒙田目睹了官场的腐败而愤世嫉俗，他反对无故判处新教徒极刑，痛恨殖民者在新大陆的暴行。由于种种社会丑恶现象促使蒙田渐渐厌恶官场生活，他萌发引退念头。到1570年，他卖掉职位。此后他回到父亲留下的乡下领地隐居，一头扎进其祖传的一座圆塔的藏书室中，从喧闹世界引退。为什么要隐居呢？蒙田解释说："当我独自一人的时候，我便更容易全神贯注于社会的利益和世界的大事。"正是在那座圆塔里，蒙田把读书心得、旅途见闻和日常感想记录下来，写成了不朽的《蒙田随笔》。

蒙田自1572年开始，直至他逝世的1592年，在长达20年的岁月中，他一直断断续续地在写他的随笔。1578年蒙田的肾结石发作，影响了他的写作。1581年起他当选并连任两届波尔多市长。他在职期间，多次上书国王，为第三等级的不合理捐税负担鸣不平。1585年，他的第二届市长任期将满，波尔多市发生鼠疫，蒙田适在领地，未返任所，举家外出避疫，于1587年重回旧居续写他的随笔。在这期间，蒙田结识了对他狂热崇拜的德·古内小姐。蒙田晚年在政治上效忠法国国王亨利四世，国王也曾到他的城堡做客数次。我们今天所见的《蒙田随笔全集》是由德·古内小姐在他生前出版的随笔集的基础上，根据他在笔记上写下的大量注释和增添内容结集而成的。

蒙田在他生活的时代已成大名，但他的作品在相当长一段时间内有过很大的争议。一些著名作家如卢梭等人指责他的作品充满了“可憎的虚荣心”、“表面的真诚”，但伏尔泰和狄德罗则赞扬他的作品反映了作者“明哲善辩”、“精于心理分析”，他的“文风简朴流畅，朗朗上口”。经过400余年的考验，历史证明了蒙田与培根、莎士比亚等伟大作家一样，是一位不朽的人物，他的随笔如他自己所说的，是“世上同类体裁中绝无仅有的”。蒙田以对人生的特殊敏锐力，记录了自己在智力和精神上的发展历程，为后代留下了极其宝贵的精神财富。

YANSHEN YUEDU 延伸阅读

叔本华是德国哲学家，因为他对人间的苦难非常敏感，所以被人称做是“悲观主义的哲学家”。**《叔本华思想随笔》**是从《叔本华全集的》卷二、卷四中选取与我们的世俗生活息息相关的7篇随笔。在这些文章里，叔本华以优雅的文体、格言式的笔触，围绕着“意欲”与“智力”的关系阐述了自己独到的见解，处处闪烁着其思想的智慧之光。

* * * *

走近奥修，我们面对他的思想，我们会怀疑，我们会震动，我们会轻松，我们会充溢爱心，我们会静下心来。如果说，当代西方众多思想家都在寻找现代文明中的心灵的“自然家园”，那么奥修则是积极创造这样一个心灵的“自然家园”的东方思想家。这也是他的著作在西方各国、东南亚一带，引起很大震动的缘由。有人称他是继泰戈尔以后，印度又一位伟大的思想家。**《智慧金块》**一书是从奥修许多演讲录中精选出来的，分为6个部分。透过这32篇短文，我们可以感受到奥修对生活的各个层面、每个角落的新鲜洞见和独特体验。奥修在书中传递了一个理念：不论你的工作好坏、金钱多少，你不应该牺牲生命存在的喜悦去换取功利的满足。

菜根谭

洪应明 （中国·明代 生卒年不详）

《菜根谭》其间有持身语，有涉世语，有隐逸语，有显达语，有迁善语，有介节语，有仁语，有义语，有禅语，有趣语，有学道语，词约意明，文简理诣，设能熟习沉玩而励行之……可以补过，可以进德，且近于律，亦近于道矣……静心沉玩，乃得其旨。

——清代学者 三山病夫

明朝万历年间，朝纲不振、吏治腐败、流寇四起、社会混乱不堪，而随着商业大潮的荡涤，社会经济的变革，社会风气的大变，思想领域空前解放，形成了一个“千古未有之大变局”。影响所及，文化界涌现出了一批性灵之士，其中最有名的就是隐士洪应明。他以旁观的态度洞察世情，以自身的生活体验人生，在山水泉石间寻求雅趣，直抒胸臆，适意而止，他将儒家积极入世、济人利物的精神与佛道两家避世超俗、修身独善的思想融为一体，创作出一部囊括了中国几千年处世智慧的经典——《菜根谭》。

《菜根谭》一书知人论世，文如行云流水，意似朗月长空，其中既有积极入世、经营天下的儒家思想，又有清静无为、修身养性的道家旨趣，更有透彻禅机、空灵无际的佛家智慧。其内涵丰富深刻，蕴涵着博大精妙的处世哲学和以仁取胜的机智，对于个人如何正心修德，正确认识自我，以及如何处理各种人际关系，看待人生的得失，都有着十分独到的见解，洪应明以人们所熟知的菜根为喻，将人生所涉及的修身、为官、治家、摄政、学问、御人、处世诸方面融为一体，其中很多精彩的论断直到今天仍有指导我们如何做人的现实意义。该书问世以来，备受世人喜爱，被誉为“心灵之药石”。

当今社会，“适者生存，强者发展”的物欲竞争理念使人情冷漠、世态炎凉，世人无不处在压力状态中，难得一片心理上的轻松。当生活给我们带来与日俱增的焦虑、烦躁、不安时，《菜根谭》如细雨般净化心灵，如清风般启人心智，如一溪清泉涤去我们烦躁焦虑的尘灰，如一杯醇酒化解我们心中的烦恼，无愧为一剂精神良方。

K旷世杰作 KUANGSHI JIEZUO

明朝万历年间，在中国出现了一部“奇书”，那就是影响深远、名播海内外的《菜根谭》。《菜根谭》又名《处世修养篇》，它的得名来自于宋人汪信民的“咬得菜根(断)，则百事可做”的名言。菜根者，虀之根基，万物皆由根处发，厚培其根，其味乃厚，喻人生的根本；谭通谈，将菜味比作世味，须培本固根、静心沉玩方能领悟其中妙旨。故《菜根谭》之意即是关于人生根本的哲理之谈。与洪应明同时代的于孔兼认为：“谭以菜根名，固自清苦历练中来，亦自栽培灌溉里得，其颠顿风波，备尝险阻可想矣。”由此看来，洪应明是以菜根之清苦历练来喻自己历经人世沧桑后所获得的一种超逸、通达的品格。

作为一部专门论述为人处世的格言集，《菜根谭》在内容上并没有严密的逻辑关系，而是采用语录体的形式，由360则格言警句组成，分为修省、应酬、评议、闲适、概论几部分。全书语句工整押韵，雅美睿智；行文自然清新、流畅自由，读起来似行云流水，自如无碍。

从内容上看，该书涉及的范围极为广泛，可以说几乎涵盖了人生所能遇到的一切重大问题，全书糅合了儒、道、释三家思想以及作者本人的生活体验，以儒家“入世，中庸”的思想帮助世人在纷繁复杂的社会中以积极入世的态度机智地把握人生；以佛家“出世，劝世”，道家“无为，抱朴归真”的思想为人们提供了为人处世的准则，帮助世人准确地理解出世、入世的辩证关系，形成了一套为人处世的经验法则和独特的见解，对后人很有启发。

洪应明十分强调人的道德品质的修养，认为德是人生事业的基础，是个人才能的统率与主心骨。开篇第一则格言便是“栖守道德者，寂寞一时；依阿权势者，凄凉万古，达人观物外之物，思身后之身，宁受一时寂寞，毋取万古之凄凉。”又说“立功建业、事事要从实处着脚，若稍慕虚名，便成伪果；讲道修德，念念要从虚处立基，若稍计功效，便落欲尘”等，这些思想都反映出洪应明以德为主导的观念。

关于文人“出世”、“入世”的选择历来众说纷纭，莫衷一是。儒家重视“学而优则仕”，主张积极“入世”，以兼济天下；道家强调“清真无为”，主张遁世，以葆真性；释家宣称“万物皆苦，万象皆幻”，主张出家，以求解脱。中国历代文人对此一直很迷茫，经常为此争得面红耳赤。而《菜根谭》则扫除了这一迷茫，洪应明提出了诸如“居轩冕之中，不可无山林的气味；处林泉之下，须要怀廊庙的经纶”。“机息时便有月到风来，不必苦海人世；心远处自无车尘马迹，何须痼疾丘山”的见解，既反对“遁世”与“出家”，也不完全赞同急功近利的儒家的思想，主张“以出世的精神干入世的事业”，从而树立了典范的处世准则，甚至成为后世无数人毕生所追求的境界。

洪应明认为人不论忙碌与否，得意与否，都不忘寻找空闲的时间来自检自省，以保持安静的心境，抛弃那些不合时宜、不合规范的幻想。从《菜根谭》中所说："风恬浪静中，见人生之真境；味淡声稀处，识心体之本然"，可见洪应明显然是特别注重"静"这一心境的，并将之作为修身养性的前提，并在书中不厌其烦地多次声明。如他在《菜根谭》中曾反复提到的"水流任急心常静，花落虽频意自闲"的境界，从他那津津乐道的口吻，不难看出对这种"喧处见寂"的修养境界的心仪。

于喧闹处保持心灵的娴静，今天看来似乎更加重要。现实生活的喧嚣往往掩盖了人性的真实的一面，欲寻求一方净土，恐怕是很难的。因为只有心灵回归到生命的本原状态，才能有效地进行心灵的自我省视，才不至于在都市的烦嚣中迷失自己真实的心声。既能洁身自好、完善自己，又会处理好自己与他人、社会的关系，有助于民众的事业和利益。这种儒家的"每日三省吾身"的思想随处渗透在《菜根谭》中。

《菜根谭》集合了中国传统文化中的智慧，兼具明代小品清言的特征，于平淡中见真知。清康熙帝曾亲自辑录满汉合璧本《菜根谭》，命内务府印行，以教育子弟。此书流入日本后，于江户时代重刊，风行日本三岛。在日本、美国等经济强国，它成为企业家修身必读之书。

JINGDIAN DAODU 经典导读

《菜根谭》：透视人世的慧眼

一个极其平凡的人，写出了一部让历史永远不能忘却的书，那就是《菜根谭》。这本明代洪应明所著的书，也不知道被后人翻印过了多少次，由此可见喜读此书的人之多。古人云：性定菜根香。精心玩味，乃得其旨。毛泽东非常喜欢此书，他曾说过："嚼得菜根者百事可做。"读懂一部《菜根谭》，体味人生的百种滋味，就能做到"风斜雨急处，立得脚定。花浓柳艳处，着得眼高。路危径险处，回得头早"。可见这本书给人的教益，非同一般。

我读《菜根谭》从中看到，上自治国、平天下，下至修身、治家，人世中的大道无所不包。政治家可以从其中找到经邦治国的谋略："居轩冕之中，不可无山林气味；处林泉之下，须要怀廊庙经纶。""议事者身在事外，宜悉利害之情；任事者自居事中，当忘利害之虑。"商人可以找到机智，一种进退的机智，一种以仁取胜的机智；僧侣则会发现博大和宽柔，而我读《菜根谭》，更多的是想弄懂作者的思辨和处世哲学。

处治世宜方、处乱世宜圆，这种富有变通的处世哲学在书中无处不在。涉世不深的人，所沾染的不良习惯也相对来说要少些，而阅历比较丰富的人，所懂得的奸谋技巧也就比较多。

所以想做一个心胸坦荡的君子，与其精明老练、熟悉人情世故，不如纯朴天真，做个诚恳正直的人；与其处处谨小慎微拘泥小节，不如坦坦荡荡光明磊落。

为人处世，一个人必须胸怀正直、与人为善，不必矫揉造作，这样便可以吃得安稳饭、睡得安稳觉。如果一味追求世故圆滑，逢场作戏，势必钻进自己的圈套，后悔还来不及。

有那么一些人常叹世态炎凉，而书中是这样告诉我们，“我贵而人奉之，奉此峨冠大带也；我贱而人侮之，侮此布衣草履也。然则原非奉我，我胡为喜？原非侮我，我胡为怒？”让立体的“我”与世俗给予我们的外物决然分开去对待荣辱，这不失为一种绝大的智慧。如果为官的都能这般认为，就不会被那些别有用心的吹捧者所迷惑，从而做出亲小人而远君子的蠢事来。而作者不惮以最坏的恶意度小人，以最小的信任寄于世情，以保持宠辱不惊的心态，这也是一种智慧啊。

“羁锁于物欲，觉吾生之可哀；夷犹于性真，觉吾生之可乐。知其可哀，则尘情立破；知其可乐，则圣境自臻。”当人被物质与欲望所束缚后，就会觉得生命很可悲；悠然游乐在纯真的本性中，才觉得生命很可爱。知道什么很可悲，那么尘世的欲望就可以立刻消除；知道什么很可爱，那么神圣的境界就自然会达到完美。

“子生而母危，镪积而盗窥，何喜非忧也？贫可以节用，病可以保身，何忧非喜也？”有了这样的辩证，就有了柔度，在生活中才会适可而止，才不至于被逆境击得粉碎。“自老视少，可以消奔驰角逐之心，自瘁视荣，可以绝纷华靡丽之念。”用这样透视的眼光去看人生历史，人才不至于轻得像一颗纤尘，随世风飞扬，而是始终保持一颗冷静的心。真可谓：物欲可哀，性真可乐矣。

“非分之福，无故之获，非造物之钓饵，即人世之机阱。此处着眼不高，鲜不堕彼术中矣。”为官者都能深悟此道，就不会一时糊涂，结果作茧自缚，相反，倒可以未雨绸缪，防患于未然，从而安然度日。也就是说：内心保持清净，丝毫不沾染外物的话，世俗生活也会过得像神仙一样逍遥自在。但若执著于外在的人、事、物而不能摆脱，那么即使令人感到优美、快乐的境界，也会变得苦海无边。

博大、淡泊、宽容、善良、谋略和智慧，书中无处不在。读《菜根谭》，是与一位智者交谈，与一位畏友交流，心中的疑虑消失了，留下的都是那份沉甸甸的还带着暖意的警策。这就是《菜根谭》，她淡雅的眉目下藏着的却是一双透视人世的慧眼，这就是《菜根谭》。

（曾倮乙）

《菜根谭》的处世哲学

本书以“菜根”为名，蕴涵着作者的深意。其含意大致有三：第一，努力培养处世之根。蔬菜是人类得以生存的必不可少之物，是极富营养的佐餐佳品。菜之味，或甘美、或清醇、或辛辣，但都是由根产生的。老圃深知其理，故种菜必厚培其根，而其味则厚。人生在世，与人交往，亦须厚培其根。这根就是对人生真谛的理解。其二，不可轻视菜根。菜根与菜叶、菜茎是无法比拟的，多被人们所丢弃。在一些凡夫俗子的心目中，处世之理似乎犹如菜根，不值得重视。但作者认为处世之道绝不可等闲视之。第三，菜根自有菜根的妙处，应当甘之如饴。根虽远不如菜，但贫苦人家常常把菜根当做菜蔬来食用的。古人云："性定菜根香。"不存奢望，没有贪求，菜根吃起来也是香甜的。今日的俗语说："嚼得菜根，吃得苦辛。"肯于过清苦的日子，就没有什么艰辛经受不了的。

作者洪应明或许就是嚼得菜根谈"菜根"的，他也希望世人阅读《菜根谭》如同咀嚼菜根，能从中体味出一些为人处世的滋味来。

《菜根谭》提倡的处世哲学是什么呢？

首先，提倡安贫乐道，淡泊名利。安于清贫的生活，甘心处于窘迫的境地，乐于接受人们共同遵守的道德，不存非分之想，也不做非分之事，把名和利看成镜花水月、空中楼阁，恬于进取，耻于追求。安贫乐道，是治国、平天下的大经络；淡泊名利，是修身处世的做人准则。《修省》篇中说："能轻富贵，不能轻一轻富贵之心；能重名义，又复重一重名义之念，是事境之尘气未扫，而心境之芥蒂未忘。此处拔除不净，恐石去而草复生矣。"作者在对比中，反复强调不要把富贵名利看得太重，要耐得住贫寒寂寞。如此，方能在纷杂的世界中优游自处，如鱼得水。《评议》篇中谆谆告诫说："富贵是无情之物，看得它重，它害你越大；贫贱是耐久之交，处得它好，它益你反深。"

其次，提倡克己博爱，厚以待人。克己博爱是一个古老的话题，自古以来，仁人志士都大加倡导，身体力行，成为中华民族的传统美德，历来为人们所重视。《菜根谭》所有的篇章都闪耀着这一处世思想的光芒。"克己"的内容十分广泛，但首要的是制欲、制怒。要清心寡欲，抑制各种欲望；无论是有名之火，还是无名之怒，都要抑而不发。作者形象地说："人欲从初起处剪除，便以新刍剧斩，其工夫极易；天理自乍明时充拓，便如尘镜复磨，其光彩更新。"（《修省》篇）人食五谷杂粮，接触千人万物，不可能不产生种种奢欲，关键在于要肯于并善于控制奢欲，并消灭在萌芽之中。薄以待己，宽以待人，是人际交往、处世酬人时不可或缺的原则之一。不论对家人、对朋友、对乡里都应如此，这是维系家庭和睦、朋友知心、乡里团结的纽带。作者深明个中三昧，语重心长地说："家人有过，不宜暴怒，不宜轻弃。此事难言，借他事而隐讽之；今日不悟，俟来日再警之。如春风解冻，和气消冻，才是家庭的型范。"（《概论》篇）

最后，提倡心地坦白，慎于独处。"慎独"是儒家一贯提倡的处世的原则，今日已被人们所接受，承认这是应该具有的美好的道德品质。为人处世要心地坦白、光明正大，在明处、在人前，要堂堂正正，做一个正人君子；在暗处、在背后，也要磊落坦诚，检点行为，绝无不良之念，不做苟且之行。

《应酬》篇中说："遇大事矜持者，小事必纵驰；处明庭检饬者，暗室必放逸。君子则一个念头持到底，自然临小事如临大敌，坐密室若坐通衢。"又说："待人无毫矫伪欺隐，虽狡如山鬼，亦自献诚。"心地光洁，襟怀坦白，对己则心安理得，无所愧悔，也就无偏私，无畏惧；对人则开诚而公，赤心相见，无隐瞒，无避讳，则得到他人的理解、宽容与帮助。若是心存龌龊，当面一套，背后一套，人前口如蜜，人后腹藏剑，不仅会失掉朋友，就是在人世中也难以容身。只有"不昧己心，不拂人情，不竭物力"，才"可以为天地立心，为生民立命，为子孙造福"。

《菜根谭》所提倡的处世原则、处世方法、处世手段是十分广博的，涉及了人际交往中的方方面面。（佚　名）

DASHI CHUANQI 大师传奇

《菜根谭》是一位悟透了人生的隐士融释、道、儒于一身，别具慧眼，将自己体认的人生奥妙和盘托出的结晶。它的作者洪应明，字自诚，号初怀道人，生卒年不详，大致生活在明嘉靖、万历年间。许多文章介绍他时都说"究不知其为何许人也"。而当初给《菜根谭》题词的人叫于孔兼，是金坛人，万历年间进士，做过九江府推官、礼部主事，他与洪应明为同一时代的人，也是洪应明的朋友。因此，有人推测洪应明极有可能是金坛人，另有一说他是浙江余杭人。

从《菜根谭》的内容及洪应明的友人于孔兼等人的记载中，可知洪应明早年曾离乡学道，研究佛、释、道，著有《仙佛奇踪》4卷（被收入《四库全书》）、《寂光境》，晚年隐居茅山，写下了《菜根谭》。

洪应明是一个"达则兼济天下，穷则独善其身"的士人，且一生中独善其身的时候为多，是一个隐士。《菜根谭》以格言警句的形式，说出了作者在人生许多方面的感悟体认，因为这些人生的感悟总结了前人和他自己的经验教训，所以格外深刻独特、博大精深。

于孔兼应洪应明之请，为其所著的《菜根谭》写了"题词"，他称赞这部书说："其谭性命直入玄微，道人性曲尽岩险。俯仰天地，见胸次之夷犹；尘芥功名，知识趣之高远。笔底陶铸，无非绿树青山。口吻化工，尽是鸢飞鱼跃。"他认为这本书"悉砭世醒人之吃紧，非入耳出口之浮华也"。

菜根在灾荒之年可以度命，人生处世也得咬"菜根"矫枉左右。菜之花、菜之叶可用鼻、用舌品味；菜之根却需用心体验；书之"谭"即谈心也，谈修身养性、处世待人、接物应事。警世之言，言简意丰。但《菜根谭》起初却只是以孤高的道德说教流传于僧舍道观、骚人墨客之间，几百年来，时隐时现，险些失传。据《江苏艺文志》记载，此书到了乾隆三十三年（1768），才由常州天宁寺校刻，莼思鸥馆藏。后来得以出版也纯属偶然。乾隆五十九年，一位遂初堂主人，在古刹残破弃书中拾得此卷，通读之后，深感此为性命之学，于是校正付梓，公之于世。

清朝中叶以后，《菜根谭》逐渐得

到重视，人们不断翻刻，各种版本流行于世，世人将其视为修身处世的通俗读本。现代人则将其视为铸造民族魂的教科书，看成为人处世的规范。

YANSHEN YUEDU 延伸阅读

《呻吟语》由明末唯物主义思想家、著名学者吕坤著，是一部语录体的著作。全书共6卷，前3卷为内篇，计有《性命》、《存心》、《伦理》、《修养》等8篇；后3卷为外篇，共有《天地》、《世运》、《圣贤》等9篇。作者以儒家思想为基础，包容吸纳了诸子百家的思想精华，加上他本人多年的宦海沉浮以及他对人世间冷暖沧桑的独特体验，从而在人生修养、处世原则、兴邦治国、养生之道等方面有了自己独到的见解和认识。特别是修身养性方面，《呻吟语》更有其独特而精辟的论述，因此至今仍获得广大读者的喜爱。

* * * *

元武宗至大三年庚戌年（1310年），名士许名奎编著了**《劝忍百箴》**一书，汇集了有关"忍"的100条精辟简练的格言警句，内容涉及忠孝仁义等道德范畴、喜怒好恶等情感领域以及酒食声色、名誉权势等各个方面。其中既有关于"忍"的理论、方法、功用和要诀，又有关于"忍"的故事和实践，尤其是其中每一条里几乎都包含有一个乃至多个有关"忍"的故事，使得这部书可读性、趣味性更强，同时又能让人从中获得智慧，更好地为人处世，本书可以说是我国古籍中的瑰宝。

曾国藩家书

曾国藩 （中国·清代 1811年—1872年）

曾氏被公认为中国近代最后一个集传统文化于一身的典型人物，人们对他的关注和兴趣，正好给我们以启示：处在变革时期而浮躁不安的中国人，依然渴求来自本族文化的滋润，尤其企盼从这种文化所培育出的成功人士身上获取某些启迪。这启迪，因同源同种同血脉的缘故，而显得更亲切，更实用，也更有效。

——著名作家 唐浩明

中国自古就有立功（完成大事业）、立德（成为世人的精神楷模）、立言（为后人留下学说）"三不朽"之说，而真正能够实现者却寥若晨星，曾国藩就是其中之一。他打败太平天国，保住了大清江山，是清朝的"救命恩人"；他"匡救时弊"、整肃政风、学习西方文化，使晚清出现了"同治中兴"；他克己惟严，崇尚气节，标榜道德，身体力行，获得上下一致的拥戴；他的学问文章兼收并蓄、博大精深，是近代儒家宗师，"其著作为任何政治家所必读"，实现了儒家修身、齐家、治国、平天下，以及立功、立德、立言"三不朽"事业，不愧为"中华千古第一完人"。

曾国藩这位中国近代史上的重要历史人物，被称为晚清"第一名臣"，后来者推崇其为"千古完人"、"官场楷模"。他整肃政风、倡学西洋，开启"同治中兴"，使大厦将倾的清王朝又苟延了60年，而他的著作和思想亦影响深远。尽管曾氏著作流传下来的太少，但仅一部《曾国藩家书》足以体现他的学识造诣和道德修养。这部家书使其赢得"道德文章冠冕一代"的称誉，并成为中国封建社会最后一尊精神偶像。

《曾国藩家书》是一个思想者对世道人心的观察体验，是一个学者对读书治学的经验之谈，是一个成功者对功名事业的奋斗经历，更是一个胸中有着万千沟壑的大人物心灵世界的袒露。读懂这样一部书，胜过读千百册平庸之作。大多数官宦之家，一代两代即衰，而曾氏家族却代代有英才，出现了像曾纪泽、曾广钧、曾约农、曾宪植、曾昭抡等一批著名的外交家、诗人、教育家、科学家和高级干部。这与曾国藩的修身处世教育有莫大关系。

KUANGSHI JIEZUO 旷世杰作

1865年，曾国藩在攻克天京后，被封

为一等勇毅侯，加太子太傅，权势极大，功高震主。清朝对其极不放心。咸丰帝曾在湘军克复武汉时叹道："去了半个洪秀全，来了一个曾国藩。"曾国藩具有丰富的政治经验和历史知识，他熟悉历代掌故，因而在击败太平天国后，一方面自裁湘军，一方面把家书刊行问世，借以表明自己忠心为清廷效命，以塞弄臣之口。古人避祸方式种种，却少见有借助家书以自表心迹的先例，曾氏刊行家书，以示无隐，韬光养晦，洁身自保，而且可以减轻朝臣的猜忌，确是一招高妙的修身处世之道。此外，作为一个受中国传统文化特别是儒学思想濡染的人物，曾国藩更看重身后的名誉。而刊刻家书，流传后世，是另一种更大的表明心迹，是一种大智慧。《曾国藩家书》自刊发后便风靡不衰。

曾氏家族，向来治家极严，也很有章法。曾国藩受家风熏陶，对子弟也要求极严，并谆谆加以教诲。他的家庭教育指导思想中，有许多可取之处。曾国藩的家书，共有300多封，是历史上家书保存下来最多的一个。全书分为治家类、修身类、劝学类、理财类、济急类、交友类、用人类等十大类。曾国藩的家书内容十分广泛，涉及到了当时的政治、军事、社会生活的许多方面，也谈到了官场、僚属、朋友、邻里之间的种种关系，还说明了为学、读书、作文等方面应遵循的原则和方法。这些信都围绕着一个中心：一个人应当怎样修身、做人、处世。其行文从容镇定，形式自由活泼，随想而至，挥洒自如，没有虚伪和造作，真切感人，于平淡中孕育真知良知，凝聚的人生思考，修身齐家处世的精辟见解，足以反映他高超的学识造诣和道德修养，更足够后人鉴赏。

读曾国藩的家书，可以发现这位为清王朝立下汗马功劳、已经大红大紫的钦差大臣，竟有"居官不过偶然之事，居家乃是长久之计"，"凡有盛必有衰，不可不预为计"这样的自我告诫，透露出曾氏的精明和清醒，蕴涵着他对"狡兔死，走狗烹"的警觉。他教诲子侄"有福不可享尽，有势不可使尽"，"将相无种，圣贤豪杰亦无种"，这些话也十分耐人寻味。读曾国藩的家书，好像听见他在耳边娓娓道来，看不到丝毫厚黑、狡诈，也不会觉得他是一个政治家。家书从曾国藩由翰林院庶吉士初授官职到去世前不久，跨越近30年。除了思想渐趋成熟外，他的志趣仍然和少年读书时一样，始终以读书人自居，这决定了他对周围事物的看法，也成为他一生成功的基石。他在信中表述的对为学、作文、历史等等的认识，有很多经验值得后人学习，按现在的话说，即是他有非常好的学习方法和领悟能力。他科举出身，却深得教育大义，因此他在家书中对自己官场得失谈得较少，而始终牵挂在心的是子弟的学习。同时，他官学并举、胸怀大略，时时刻刻警戒自己：做官清廉、做人谦逊、做事勤劳；对弟弟、儿子晓之以理，动之以情，功夫力透纸背，非一般官宦人家所能及。

曾国藩关于修身养性有很多真知灼见，包括立志、求知、敬恕、忠信、反省、慎独、谨言、有恒、勤俭、谦虚等内容，其目的在于：始于修身，终于济世。曾国藩认为做人之道关键在于"敬恕"二字，所谓"敬"，一要做到无论在多少人面前，无论在大、小人面前都不能傲慢，这叫泰而不骄；二是衣冠整齐、态度俨然会使人望而生畏，这叫威而不猛。"恕"字要做到完美的境地，待人仁厚有礼，终身谨慎小心。如果行为得不到别人的赞许，就应反过来在自己身上找原因。

曾国藩一生孜孜于克己之学，师从理学大师唐镜海后，更是自律甚严。曾国藩一贯重视道德修养，总结了修养为八德：勤俭刚明孝信谦浑。勤俭刚明四字，皆求诸己之事；孝信谦浑四字，皆施诸人之事。曾国藩还主张自修求强，不断修正自我，完善自我，进而战胜自我。通过自修而完善，是君子所珍惜和追求的境界。自古以来，多少钟鸣鼎食之家相继败落，都是因为子孙骄奢淫逸所致。曾国藩出将入相，最担心的就是子孙长处于富贵乡里，习惯过一种寄生虫似的生活，渐渐蜕化到不可救药的地步。他随时随地言传身教，苦口婆心地训导诸弟诸子诸侄克勤克俭，不可懒惰奢靡。

作为清王朝的封疆大吏、朝廷重臣，曾国藩的官位不可谓不高，权势不可谓不重。他位列三公，封侯拜相，是晚清时期一位炙手可热的人物；他掌握着一支训练有素的湘军，一时权倾朝野，威震大江南北。在这样的环境中，他没有踌躇满志、趾高气扬、飞扬跋扈、为所欲为，而是居高思危，谨小慎微；在飞黄腾达之时，官运亨通之际，时时想着退路，处处考虑到罢官。这就是他的处世哲学之一。在“朕即国家”、尔虞我诈的封建时代，他深知权高震主将会给自身带来的危害，所以在镇压太平天国起义和捻军起义之后，立即向朝廷提出了解除自己职务的请求，表现了不居大位、不享大名的思想，认识到享名太盛必多缺憾。但是他得知满族御史参劾他力求解职是恃功骄惰时，就马上乖乖赴任，表现出灵活圆滑的处世态度。

曾国藩是最好的儿子，能使父母宽心；他是最好的哥哥，教导和照顾弟妹，体贴入微；曾国藩更是仁慈的父亲，是儿女的好榜样。对待家人，曾国藩则提出了一般平民所应遵循的处世原则，要求他们严格奉行，谨慎恪守，不能有丝毫懈怠。不以势利对待亲友，不以盛衰对待故旧，也不因恩怨疏远他们，是曾国藩在处理亲友关系上提出的处世之道。即使对一些他不满意的人，和一些已经产生了嫌隙隔阂的人，也不因一个人而影响了整个家族的关系。对待一般人，曾国藩提出了平等待人的主张，居乡要全守乡间旧样子，不能掺半点官宦习气；对待长辈要力尽孝心、恭谨钦敬；做晚辈要有孝心，是中华民族的传统美德，曾国藩在家书中大力倡导；对待儿孙辈他强调不要太娇惯，认为“爱之反以害之”。

在“高鸟尽，良弓藏，狡兔死，走狗烹”的封建时代，曾国藩步步高升，得以善终，完全凭仗他高明的处世之道。曾国藩一世都生活在官场中、军旅里，他的处世之道当然是一个封建官僚，尤其是一个高级官员在复杂的世事中总结出来的。他的家书讲求人生理想、精神境界和道德修养，在骨肉亲情日渐淡漠、邻里亲戚形同陌路的现代社会里，确实有劝世化俗的价值，值得每个人一读。

JINGDIAN DAODU 经典导读

修身与齐家

对曾国藩的评价，100 多年来，世

人结论各异。有人从学术思想的角度对之进行评价，认为曾氏起家词林，潜心学问，对诗古文辞用力甚勤，对程朱理学造诣颇深，因此把他推为“一代儒宗”、“理学名儒”；有人从政治角度出发对之进行评价，誉称他为“中兴名臣”、“勋德名俭，冠绝百僚”……尽管观点各异，结论不一，但谁读完《曾国藩家书》，谁都不得不承认曾国藩在教育子弟方面获得了较大的成功，他的治家理论和方法，既充实具体，又亲切感人。“家书”是曾国藩思想和人格的倒影，世人所十分关心的立志、为学、处世、从政、持家、教子等心法，均详其内。

曾国藩兄弟五人，他为老大。作为兄长，他全面担负着教导弟弟们读书做人、修身处世等方面的重任。他根据祖父曾玉屏的治家遗规，参合自己的见解，对于在乡间主持家务的兄弟，在家书中屡次训导其谨守家风，教育子侄辈读书做好人，从小养成勤俭、谦虚的品行；要求其弟不忘“耕读”之本，不要干预地方事务。对于跟随他在外作战、做官的三个弟弟，尤其是对曾国荃的训导可谓面面俱到，从处世为人、政治治事、谨守家风、保养身心等方面都加以细心的开导，有了成绩加以鼓励、赞扬，有了缺点和错误则毫不留情地给予批评，充分体现出一个做兄长的形象，尽到了做长兄的义务。这在中国家庭教育史上是不多见的。

尤其值得注意的是，曾国藩对子侄辈的教导一刻也不放松，总是详详细细、无微不至，希望他们对先世家风谨守勿失；唯恐他们生长在大官家庭而流于骄侈，因此在书信中总是殷勤指引、细心开导。用现在的通俗语言来说，曾纪泽和曾纪鸿是“正牌高干子弟”，然而他们在曾国藩的严格教育之下，都没有变成大少爷。曾纪泽诗文书画俱佳，又自学通英文，成为清末著名的爱国外交家；曾纪鸿不幸早死，研究古算学也已取得了相当可喜的成就。不仅曾国藩的儿子个个成材，曾家的孙子辈还出了曾广钧这样才华横溢的诗人，曾孙辈又出了曾约农、曾宝荪这样有影响的教育家和学者。旁系后代也出现了曾昭抡、曾宪植这样有地位的科学家和政治要人。

曾国藩教育子弟不要背离“八本”，颇有意味。“八本”是指读古书以训诂为本；作诗文以声调为本；赡养双亲以得其欢心为本；调养身体以少恼怒为本；立身处世以不乱说话为本；治家以不晚起为本；做官以不要钱为本；行军以不扰民为本。在修身方面，曾国藩诊断当以“不忮不求”为最重要。“忮”是指“嫉贤害能，妒功争宠”；“求”是指“贪利贪名，计较实惠，所谓未得患得，既得患失这一类”。曾氏曾深有感触地说：“一个人心中没有羞愧的事，就会泰然自若，这是人生第一自强的道路，第一获得快乐的方法，也是守身处世的首要任务。”

曾国藩家庭教育观对中国近代现代的很多人的影响也是很深远的。例如彭玉麟对曾国藩家庭教育观揣摩颇深，效法可谓急切而实际，尤其在告诫子弟勤俭持家、做一个好官方面表现极为突出。

总之，曾国藩的家庭教育观不仅在中国近代教育史上占有重要的地位，而且在一部分学人士子、官僚政客身上得到了突出的反映。它既来源于中国传统文化，又在新的历史环境和条件下得到了阐发，并赋予了新的内容，取得了实际的效果，从而适合一部分人的心理，把学习它作为教育子弟成材、保持家世经久不衰的一种切实可行的途径。（佚 名）

曾国藩的学问

青年毛泽东在致友人信中说："愚于近人，独服曾文正。"蒋介石更将曾国藩奉为终身学习的楷模。镇压太平天国运动时，清政府曾把半壁江山的权力交给曾国藩。从个人角度来看，历史上轰轰烈烈、建功立名的人物能做到功成而退、善始善终的人少之又少。而在晚清动荡的政局下，曾国藩以汉族耕读人家出身的背景，能做到官居一品，爵至封侯，不仅需要足够的能力和魄力，更需要洞悉人生和社会的方方面面，这些可以从曾氏家书中窥见一斑。

曾国藩写家书，写得跟他人不一样。他不谈抱负，不展胸襟，多说些种菜、养鸡之类小事。时人大为不解。却不知这家书的可读之处，不在书里，而在书外。或者说，读罢书里的，才能悟到书外的意思。

除了农活家务小事，家书里有一大部分涉及曾国藩所体验与感悟的处世道理，乃其呕心而出的"入世哲学"，在今人眼里成为这部家书的精华所在。例如其"好汉打脱牙，和血吞"的名言，例如其"处大位而兼享大名，自古曾有几人能善其末路者，总须设法将权位二字推让少许，减去几成，则晚节渐渐可收场耳"的处世之道，对今人仍有可取之处。知识、修养与成功的关系密不可分。"修身齐家治国平天下"的古训在充满挑战与机遇的今天更适合现代人。

修身是人一生事业的基础，如兴建高楼大厦，假如不先打稳地基，就绝对不能建成坚固耐久的房屋。曾国藩从小听从祖训，"男儿需有倔强之气，人以懦弱无刚为大耻"，故少年立志曰："此生不为圣贤，便为禽兽；不问收获，只问耕耘。"他认为：农、工、商是以劳力求生存，而士是以劳心求生存的，从没有学业果然高明而不能生存，只会是自己学业还不够精通。他主张"读书是为了增进自己道德修养，追求诚实正直修身齐家的道理，以无愧此生"。曾国藩教诲说，"陈岱云姻伯之子，比尔仅长一岁，以其无父无母家渐清贫，遂尔勤苦好学，少年成名。尔幸托祖父余荫，衣食丰适，宽然无虑，遂尔酣豢佚乐，不复以读书立身为事"。在大儿子 23 岁时，指出"今年二十三岁，全靠尔自己发愤，父兄师长无能为力"；对小儿子则指出"生长富贵，但闻谀颂之言，不闻督责鄙笑之语，故文理浅陋而不自知。处境太顺，无困横激发之时，难期其长进"。他在京城权倾朝野，却规劝家人不要自高自大，插手地方政事。对同为高官的弟弟，他谈到"纵人以巧诈来，我仍以浑含应之，以诚愚应之。久之，则人之意也消；若钩心斗角，相迎相距，则报复无已时耳"；"未有钱多而子弟不骄者。吾兄弟欲为先人留遗泽，为后人惜余福，除却勤俭二字，别无做法"，"此时家门极盛，处处皆行得通。一旦失势，炎凉之态处处使人难堪。故不如预为之地，不见不闻之为愈也"，"吾辈在自修处求强则可，在胜人处求强则不可”。从这些言语里可以感受到他的坦诚大度和坚毅稳重，这些绝不是所谓厚黑，完全是积极向上的认识和方法。

曾国藩一生推崇“惜福”两字，认为好处不可占尽，福不可享尽。日中则昃，月盈则亏，所谓：路让三分与人行，实则留路与自己。因而他身居高位仍居安思危，时时警醒自己及家人，并言：“此生虽在宦海中，却时作上岸之计，要令罢官居家之日，己身可以淡泊，妻子可以服劳（从事劳动）。”智者贵能有自知之明，能盛时作衰时想，有时作无时想，因为他深知“有甚得则必有甚失，有甚乐则有甚苦”的道理。所谓：“祸兮福所倚，福兮祸所伏”，变，始终是人世间永恒的法则。所以，他教育儿子及侄子，不断告诫他们不要养成奢侈的习惯，建议他们种菜、养猪、给农田施肥；让人在墙外就看到家里的生气，进院又能看到一片繁荣景象。因为这些事，可以看出一个家庭是在上升还是在败落，勤俭持家，家族的繁荣才能持续下去。他主张不把财产留给子孙，子孙不肖留亦无用，子孙图强，也不愁吃饭的途径。故而他培养出曾纪泽这样的外交家，且孙子、曾孙都是著名的学者和教授。

曾国藩认为一生成功与朋友是否贤能有关，因此他告诫家人，“择友是第一要事，须择志趣远大者。善不吾与，吾强与之附，不善不吾恶，吾强与之拒。”纵观古今凡能成其大者都有这种“非梧桐不栖，非廉泉不饮”的骨气。但同时他又宽容地说：“天下没有完全没毛病的人才，也没有完全没有矛盾的友情，大的方面正直，小的毛病可以包涵，也就行了。”这正是为人的高明之处，人至察则无友，举大事理应不拘小节。居高不恃才傲物责难友邻，处优不自视才高小视旁人；对己严、待友宽；尽择志趣远大者为友；能知宽容友人的缺点和过失，这些对今天的人们交友无疑是重要的。（佚　名）

DASHI CHUANQI 大师传奇

曾国藩号涤生，谥文正，湖南湘乡人，是中国历史上最有影响的人物之一。他从湖南一个偏僻的小山村以一介书生入京赴考，中进士留京师后十年七迁，连升十级。他能获得这么快的提升，关键在于他深谙修身处世之道。他37岁任礼部侍郎，官至二品，紧接着因母丧返乡。恰逢太平天国巨澜横扫湘湖大地，他因势在家乡拉起了一支特别的民团湘军，历尽艰辛为清王朝平定了天下，被封为一等勇毅侯，成为清代以文人而封武侯的第一人；后历任两江总督、直隶总督，官居一品，死后被谥“文正”。曾国藩所处的时代，是清王朝由乾嘉盛世转而为没落、衰败，内忧外患接踵而来的动荡年代，由于曾国藩等人的力挽狂澜，一度出现“同治中兴”的局面。曾国藩正是这一过渡时期的重心人物，在政治、军事、文化、经济等各个方面产生了令人注目的影响。这种影响不仅仅作用于当时，而且一直延至今日。

曾国藩在同辈士大夫中“属中等”，颇为钝拙，但他志向远大、性格倔强、意志超强、勤学好问，非常人所能及。他从少年起，就“困知勉行，立志自拔于流俗”，天天写日记反省自己，一生中没有一天不监视自己、教训自己。他待上、待下、待同事谦恕自抑、豁达大度，一生朋友很多，很受人尊重；他守着"拙诚"、埋头苦干，不论遭受多大打击，都不灰心丧气。

曾国藩具有高深的学问素养，是一个"办事（干出事业）兼传教（留下思想学说）之人"（毛泽东语）。他一生勤奋读书，推崇儒家学说，讲求经世致用的实用主义，成为继孔子、孟子、朱熹之后又一个"儒学大师"。他革新桐城派的文章学理论，其诗歌散文主持了道（光）、咸（丰）、同（治）三朝的文坛，可谓"道德文章冠冕一代"。

曾国藩受儒家思想影响很深，从不放弃自己的品德修养，至其年衰，政治思想成熟，也不放弃对自己的行为进行反省和自责。他的一生是"修身齐家治国平天下"的真实写照。曾国藩立志求学，要求极严，抱负很高。他极重择师交友，立志向圣贤看齐，极重人才。当年李鸿章将刘铭传推荐给曾国藩时，还一起推荐了另外两个书生。曾国藩为了测验他们三人中谁的品格最好，便故意约他们在某个时间到曾府去面谈。可是到了约定的时刻，曾国藩却故意不出面，让他们在客厅中等候，暗中却仔细观察他们的态度。只见其他两位都显得很不耐烦似的，不停地抱怨；只有刘铭传一个人安安静静、心平气和地欣赏墙上的字画。后来曾国藩考问他们客厅中的字画，只有刘铭传一人答得出来。结果刘铭传被推荐为台湾总督。曾国藩终生勤俭谨慎，修学不断。因此，当清王朝镇压太平军起义屡遭败北时，他创立的湘军却能扭转败局，取得军事上的胜利。清政府称他是"学本有源，器成远大，忠诚体国，节劲凌霜"，赞扬他是"中兴第一名臣"。毛泽东年轻时，曾对曾国藩倾服备至。现藏韶山纪念馆的光绪年间版《曾国藩家书》中，数卷扉页上都有毛手书的"咏之珍藏"。蒋介石更是把曾国藩奉为终身学习的楷模，还经常向儿子蒋经国讲述他学习曾国藩的心得体会，一再叮嘱蒋经国要终身学习研究《曾国藩家书》。

YANSHEN YUEDU 延伸阅读

《挺经》一书是曾国藩总结自身人生经验和成功心得而成的一部传世奇书，它是曾国藩修身处世、居官治平的最高法则。用他的得意门生李鸿章的话来说，《挺经》是曾国藩"精通造化，守身用世的秘诀"。曾国藩的一生，正是凭借这个"挺"字，在困厄中求出路、在苦斗中求挺实。本书因其具有极强的实用性、启迪性和借鉴性而受到各界人士的重视和喜爱。

* * * *

曾国藩是中国近代史上有巨大影响的人物。唐浩明为著名的曾国藩研究者，他的**《曾国藩》**一书使曾国藩这个长期被当代历史忽略的人物，重现在读者面前。本书详细介绍了曾国藩的生平经历和主要事迹，重点记述其镇压太平天国革命运动、捻军起义和处理天津教案、发起洋务运动的过程；深刻透辟地分析了曾国藩政治和学术思想的形成、发展、演变及对后世的影响；深入归纳了曾国藩的用人方略，概述了以曾国藩及其幕府为核心的政治集团的形成、发展、分化和主要特征、作用；同时，历史地、科学地、实事求是地总结评价了曾国藩的历史功过和历史作用。

人性的弱点

戴尔·卡耐基　Dale Carnegie(美国　1888年—1955年)

戴尔·卡耐基的《人性的弱点》的唯一目的就是帮助你解决你所面临的最大问题：如何在你的日常生活、商务活动与社会交往中与人打交道，并有效地影响他人；如何击败人类的生存之敌——忧虑，以创造一种幸福美好的人生。当你通过本书解决好这一问题之后，其他问题也就迎刃而解了。

——成功学大师　拿破仑·希尔

戴尔·卡耐基被誉为“成人教育之父”。早在20世纪上半叶，当经济不景气、社会不平等和战争等恶魔正在磨灭人类追求美好生活的心灵时，卡耐基以他对人性的洞见，利用大量普通人不断努力取得成功的故事，通过他的演讲和书唤起无数陷入迷惘者的斗志，激励他们取得辉煌的成功。“或许除了自由女神，卡耐基就是美国的象征”，美国《时代周刊》的这句评价非常形象地概括出戴尔·卡耐基一生的地位和影响。卡耐基的著作风靡全球，从西方到东方，从北半球到南半球，几乎所有的语系都有他的著作译本。他创立的独特的成人教育课程，历经大半个世纪，仍受人欢迎。接受过这位伟大的人生导师的教育的不仅有社会名流、军政要人、内阁成员，还有几位总统，很多著名人物都是其教育课程的毕业学员。

卡耐基认为一个人事业上的成功，只有15%是由于他的专业技术，另外的85%要靠人际关系和处世技巧。因此，他的教育思想就是着眼于人的自信心的培养和人与人之间的沟通和交往。他的载誉世界的《人性的弱点》是世界上最经典也是最有实用价值的为人处世参考书。在该书中，卡耐基并没有解决宇宙中深奥的秘密，但他源于常理的哲学影响和教育实践，却施惠了千百万人。不管你是什么人，《人性的弱点》都是一本让你惊喜，使你思想更成熟、举止更稳重的好书。本书自出版以来销量已突破1 000万本，帮助数百万人改变了一生的命运，至今仍在持续畅销中。

戴尔·卡耐基以对人性的深刻认识为基础，为根除人性的弱点提出了有效的处方，提示了人们待人接物的处世方法。凡是读过此书的人都会由衷地钦佩其中简明易懂的处世道理，只要在实际生活中尽力按照其中的原则去实践，在社会生活中就能如鱼得水，左右逢源。

KUANGSHI JIEZUO 旷世杰作

《人性的弱点》是由卡耐基授课时所用的教材演变而成的。卡耐基在谈到这部书的写作和出版过程时说，1912年当他在纽约为商业界和专业人员开班时，逐渐了解到，学员们不仅需要在“有效的说法”方面受到训练，还需要另一种训练，以获得在日常商务和社交中与人相处的艺术。因为他在多半给工程技术人员上课时发现，收入最丰厚的，不是对工程学懂得最多的人，而是一个拥有专门知识，加上能够表达他的意念，并善于为人处世，能领导和鼓舞他人的人。因此他深信，人们除了渴望健康以外，最需要的便是研读改善人际关系、教人为人处世艺术的书。但当时并没有这样的书，于是他决定去写。

为了写这本书，卡耐基阅读了所有这方面能够找到的资料。他还聘请了一位受过专门训练的研究人员，花了一年半的时间，在各种各类的图书馆里博览过去他没有读过的心理学方面的著作。卡耐基浏览了成千的杂志文章，搜寻了无数的名人传记，尽力找出各个时代的伟人做人处世的技巧。他还亲自采访了富兰克林、罗斯福、约翰逊等几十位成功之士，了解他们如何做人处世，从他们那里积累了极珍贵、极难得的对处理人际关系问题的独特见解与做法。然后，卡耐基把他获得的这些资料编成简短的故事，在他的人际关系训练班上讲述，然后由学员们去实践、去验证、去丰富和发展，随着经验积累越来越丰富，卡耐基于1936年推出了《人性的弱点》一书。

在这本讲述人际交往的学问的书中，作者阐述了在与人交往中如何对他人产生影响力，从而达到提升自己的能力，赢得他人的认同。书中所蕴涵的哲理如文明一样古老、如十诫一般简明，在帮助人们学习如何处世上，在帮助人们获得自尊、自重、勇气和信心上，在帮助人们克服人性的弱点、发挥人性的优点、开发人类潜在智能、从而获得事业的成功和人生的快乐上，具有划时代的意义，影响了无数人的生活。本书的独特实用之处不仅在于它简洁地阐明了与人相处的各个方面的基本技巧，而且还辅以商场中很多实战事例加以生动演说，可以让读者在阅读它的过程中，一同在卡耐基的以人性做实验主题的实验室里，挑战旧有的思维模式和处世方法。

美国石油大王洛克菲勒在事业的盛年曾说过：“应付人的能力也是一种可以购买的商品，正如糖或咖啡一样。而我愿意付酬购买这种能力，而且酬金比世上任何别的东西都多。”现在无需我们付出昂贵的酬金，就可以在戴尔·卡耐基的这本《人性的弱点》中找到处世的基本原则和生存之道，这是我们每个人都应该学习的人生必修课。卡耐基从20世纪初就开始讲授他的成人训练课程，开创了美国的成人教育运动。他的处世技巧对当今时代的年轻人来说，仍是一个永恒的人生课题。

《人性的弱点》是其教导世人为人处世、走上成功之路的杰作。它改变了传统的成人教育方式，影响了千百万人的生活，大受欢迎。许多父母买来送给子女，老板买来送给他的员工，从政的人也大量买来送给他的选民。不到一年，该书就印行了50万册，而且一直畅销不衰。

JINGDIAN DAODU 经典导读

如何从这本书里获得最大效益

哈佛名教授詹姆士曾说："与我们应当取得的成就相比较。我们不过是半醒着，我们现在只是利用了我们身心资源的一小部分。广义地说，人类就是这样地生活着，远在他应有的极限之内。他有着各种力量，但是不会利用。"对于那些你"不会利用"的力量，《人性的弱点》这本书的唯一目的就是帮助你发现、发展、利用它们。

如果你要从这本书里获得到最大的益处，有一个必须具备的条件，一个比任何定例或技术都重要的基本条件，你必须有这种基本的条件，不然，你再如何研究也不会有多少用处。如果有这种天赋的才智，你就能获得到奇迹。这种奇妙的条件是什么？那是一种深入、前驱的学习欲望，一个增加你应付他人能力的强烈决心。

如何触发这样一个冲动呢？你应经常提醒你自己，让自己知道这些原则对你是何等的重要。替你自己做这样的想象——如果将这些原则运用自如，将使你接触到多彩多姿的环境；在经济酬劳上，又如何能有更多的帮助。你要一次又一次地跟自己说："我之所以受人欢迎，我所获得的快乐和我酬劳收入的增加，那是由于我知道了应付他人的技巧。"

也许你习惯于把每一章迅速地阅读过，得到一个概念后就想接着看下一章，可是，我希望你别这样看这本书。除非你仅是为了消磨时间而阅览的——如果你是为了增加你在人与人之间的关系中的技巧而阅读，那么你把这一章详细研读，这才是最省时间和最有效果的办法。当你阅读的时候，不妨稍微地停一下，思索你读到的是些什么？你这样问自己——在何时何地，你如何运用书中的每一项建议。

阅读这本书时，手里拿一支红墨水钢笔，或是红色原子笔——遇到一项你认为能运用的建议时，就在这列字旁边画出一条线。如果看到一项极好的建议，那么就在那些句子旁边画出一列特殊的符号。如果在这本书上，有着像这样的画线和符号后，不但使你感觉到有趣味，还可以在日后进行迅速有效地温习，同时使你蒙受到更大的益处。

你如果要从这本书里获得真实持久的益处，不能草率地看过一遍就认为够了。你把这本书详细阅读过后，每月应该抽出若干的时间加以温习，同时要放在你的书桌上，不时地翻看。别忘记，只有恒久的、深切的温习，才能使这些原则的运用成为习惯。

萧伯纳曾这样说过："如果你教一个人某件事，他永远不去学了。"萧氏所讲的是对的。学习是一种自动的过程。所以，你如果想把这本书中所研究的原则加以运用自如，那就应在遇到这样的机会时，运用这些原则。如果不这样做，你很快就会把书上所看的内容忘记干净。毕竟只有是切身运用过的学识，才会深深地留在脑海。

你读这本书的时候，有一点你别忘了，你不只是要获得书中的知识，同时要养成你新的习惯。你是在尝试一项新的生活方式，那是需要时间、持久力和每天实施的。所以你要常阅读这本书，把这本书看做如何沟通人与人之间关系的活用手册。无论什么时候，如果你遇到一桩特殊的问题时——诸如如何管理小孩子，如何使妻子顺从你的意思，如何满足一个气愤的顾客……这都是些常会遇到的事，当你翻开这本书，试着去做其中的某项提议，说不定就会有奇迹般的发现。

不妨再加上一本记事簿，把你实施这些原则后的效果记入这本记事簿中，要写得很清楚，把日期、效果和对方的姓名记下来。使用这样一本记事簿，可以激励你更加的努力……这些记录，是项有趣又有意义的工作。

（戴尔·卡耐基）

思想的火花

为人处世是一门哲学，与人交往更是这门哲学中较为重要的一部分。也许我们时常会发出这样的感叹："做人真难啊！"但人是社会性动物，无论在生活上，还是在职场上，都不可能完全孤立，而是注定了要与周围的人与事物发生联系。中国有句古话是："蜀道难，难于上青天"，如果改为"做人难，难于上青天"，借后者来形容人与人之间的交往是一点也不为过的。如何才能处理好人与人之间的交往呢？《人性的弱点》给了我们很好的提示。

《人性的弱点》是本好书，这本书讲的主要内容用一句话来概括就是：认清人性中的弱点，当我们办事的时候针对这些弱点下手，就会事半功倍，顺利成功。相信一听这句话就会觉得它非常有用，确实，真的是非常有用。这里所说的"弱点"既可以是别人的也可以是自己的。了解人们通常的弱点，使你在日常交往中能顺利地进展，而了解自己的弱点，则可以使自己扬长避短，建立美好的人生。

也许人的优点和弱点就像我们身体中的细胞一样，时刻处于不停地生长与死亡的交替中，只是优缺点的变换状态周期不同，不易察觉。问题的关键是，我们该以怎样的心态看待它们。过去的许多年里，我一直因为自己的年轻与莽撞而没有办法认真地审视自己，更无法以一份愉悦的心情省察自己，怕的是一旦发现了身上的弱点便自己嫌弃起自己来。在读这本书之前，虽然我也意识到自己有这毛病，但从没把它当成一个需要改掉的正式问题。看了书后才知道这个毛病有医治的好方法。以此类推，我想人们在许多方面都有一些自己不自知或不以为异的毛病，通过学习《人性的弱点》这类书籍就像得到一位名医的妙手医治，会使我们的生活豁然变得轻松美好。因此可以说，现在的我们都很幸运，因为有机会读到这本《人性的弱点》。

当我们处在人际关系紧张的时候，当我们想重新改变处世方式的时候，当我们需要重新认识自己的时候，《人性的弱点》对我们有非常重要的启发意义，甚至可以影响我们人生历程的路向。比如你工作的单位里有一个人对你一直有偏见，处处与你为难，你当然不想身边有这样一个对头，那怎么办呢？书中教我们：找找这个人有什么最喜欢的或最拿手的事，比如他喜欢集邮，比如他在写作方面有专长，那么就向他请教集邮的事或写作的事，并赞美他在这些方面的成就。他会兴奋起来，大说特说自己的得意事，你就顺势表达你的钦佩（当然要真诚，人总是会有优势的，他在这些得意的方面是必定有让你钦佩之处的），最后请他出示他的集邮册或作品，下次再找一些有深度的问题向他请教。这样一两次后，他再也不处处与你为难了，甚至引你为知交好友。通过这个例子，我们可以看到认清和利用人性的弱点是多么重要而且有效，这真是一把利器。

卡耐基在《人性的弱点》中说，人的一生只有两个目标：一是追求你想要的，一是享受你所追求到的。无论哪一点都不是很容易就能够做到的，这中间，我们可能会遇到这样或那样的困难，但重要的是，我们必须保有一颗淡定的心，始终用无限大的信心来充盈自己，不要总以为自己一无所有，其实，每天给予你的身边人最真诚的微笑就是你最大的优势。（佚　名）

DASHI CHUANQI 大师传奇

卡耐基是20世纪最伟大的人生导师，他1888年11月24日出生于美国密苏里州一个贫穷的农家里。如果说，卡耐基的童年和密苏里州农家男孩子有什么不同的话，那就是受到他母亲的很大影响。他母亲鼓励他读书，希望他将来做一名传教士，或做一名教员，但是，家境的贫困使年轻的卡耐基必须为受教育而努力奋斗。在家里，他帮助父母亲挤牛奶、伐木、喂猪……在学校，他虽然得到全额奖学金，但还必须参加各种工作，以赚取必要的学习费用。

1908年毕业后，卡耐基到了国际函授学校总部所在地的丹佛市，受雇做了一名推销员。在做推销员的过程中，他遍访名家，总结自身经验，形成了一整套系统实用的公开演说课。卡耐基的公开演说课不仅讲解演说术的历史和演说的原理，更主要的是采取启发式，由他和学员们共同参与实施，专门设计以实际的经验来训练人思考，并且让学员在众人面前讲演，以便能更清楚、更有效、更泰然自若地表达自己的意思。看到很多社会人士通过自己的课程如此之快地建立了自信，有些还获得了晋升、加薪，卡耐基颇感意外。

卡耐基是一个质朴而谦诚的人，他热情、友善、忠诚，并且具有坚强的信念、充沛的精力和对理想执著追求的毅力。由于公开演说课开得成功，他声名远扬。后来，卡耐基开始在东海岸所有基督教青年会教授公开演说课，成为一名享有盛誉的讲师了。在授课过程中，卡耐基发现，自己的学员不仅需要“有效的说话”，还需要一种在日常事务和社交中与人相处的做人处世的艺术，于是他相继又开设了人际关系班、推销人员班、管理讲习班、顾客关系班、人事发展班等，开创和发展了一种融合演讲术、推销术、做人处世术和实用心理学的训练方式。

卡耐基的课程也曾中断过几年。第一次世界大战期间，卡耐基在纽约附近服兵役一年半。退伍之后，他于1921年为一家电台节目主持人当巡回演讲经理。1922年，卡耐基恢复了成人教育工作。不过，这时他不再依靠基督教青年会，而是由他自己主持。这是卡耐基成人教育机构真正的开始。在此后的20年间，卡耐基成人教育机构发展成为全国性的。卡耐基的课程不仅使千千万万人的事业成功、家庭幸福，也能培养团体精神、合作精神，使一个部门、一个企业渡过难关，走向成功和胜利。据说，1972年6月20日，网格大士飓风袭击了美国东部，造成了严重的灾难，著名的“吹笛人飞机公司”全毁，几乎没有办法修复，总经理和他的助理人员都很悲观。但是，由于经理人员都参加过卡耐基管理讲习班的学习，于是他们便用所学的原则来重建飞机公司。他们让每个人都认为公司的重建计划就是他们自己的计划，把公司每个人都动员起来，并尽可能授权给他们，发挥出他们每个人的高度热忱和合作精神。由于人与人之间意见都能很快地沟通，各个部门、各个小组都能通力合作，攻克了一个又一个的难关，终于提前三个月完成了公司的恢复任务，开始生产新的飞机。

由于卡耐基成人教育的成功，卡耐基的原则和方式迅速传遍美国。当卡耐基训练渐为人知，并且被承认为实用的迅速成功的法宝时，无论是在经济萧条时期渴望达到小康生活的普通民众，还是在经济发达的现代社会里努力获利更多的百万富翁，无论是梦想飞黄腾达、事业成功的军政要人、各界明星，还是希冀健康快乐、家庭幸福的家庭主妇，都感到接受卡耐基训练、获得做人处世能力，是他们的一种需要。不仅如此，卡耐基训练也被认为是一个团体、一个机构、一种事业成功的需要，因此很多企业纷纷把管理人员或其他一些职员送到卡耐基机构接受训练，还有许多机构干脆在本部门开班授课。

卡耐基的哲学思想、成人教育的原则和方式，不仅普及到美国各地，而且跨越国界、漂洋过海，传播到了全世界。全世界千千万万的人，在卡耐基课程丰富的、重要的方式的影响下，提高了生活素质。他们从日益增长的自信和热忱中，得到生活的力量，增进了沟通意见的能力，学会了做人处世的技巧，在业务上、在社交上、在私人生活中，都享受到了、获得了更大的成功。

戴尔·卡耐基逝世于1955年11月1日，享年67岁。他一生写了不少文章，登载在报纸杂志上，并开播了自己的无线电广播节目。更重要的是，他一生中创作了《语言的突破》、《人性的光辉》、《人性的弱点》、《美好的人生》、《伟大的人物》、《人性的优点》、《快乐的人生》七部书。这些著作是卡耐基成人教育实践的结晶，也是卡耐基处世哲学的集中体现，一直畅销不衰。它们和卡耐基的成人教育相辅相成，改变了传统的成人教育方式，影响了千百万人的生活，也使卡耐基本人享誉世界，由一个贫民之子成为20世纪的名人和富翁。

YANSHEN YUEDU 延伸阅读

1912年卡耐基开始为纽约基督教青年会夜校开班时，首先开的就是"公开演讲"课。由于卡耐基在开设演讲课时积累了丰富知识，而且他评判过15万篇学员的公开演讲，因此他建立了一套实用的演讲模式。为了便于更多的人学习，1926年卡耐基根据自己的心得体会和学员学习的经验，写了一本题名为《公开演讲：企业人士的实用课程》的关于演讲的教科书。后来，这本教材又经过几年的实验和修订，于1931年以**《语言的突破》**为名正式出版发行。这本书教人克服畏惧，建立自信，顺乎自然地发挥自己的潜在智能，在各种场合下发表恰当的谈话，博得赞誉，获得成功。因此，多年来这本书不仅是"卡耐基公开演说与人际关系课程"的主要教科书之一，而且还被译成几十种文字，成为卡耐基最畅销的主要著作之一。

* * * *

《人性的优点》问世于1948年，它和《人性的弱点》、《语言的突破》一样，是戴尔·卡耐基成人教育班的三种主要教材之一。这是一本关于人类如何征服"忧虑"的书。卡耐基认为，忧虑是人类面临的最大问题之一。他阅读了曾经面临严重问题的著名人物的传记，从中找出这些人物是如何解决问题的，又向几十位人士请教他们克服忧虑的办法，整理出一套停止忧虑的原则。卡耐基让学员们在生活中应用，然后在班上谈论他们应用的结果，使他的原则不断地得到充实和完善，最后终于完成了包括"如何抗拒忧虑"、"分析忧虑的方法"、"改掉忧虑的习惯"、"常保充沛的活力"这四个主要部分的《人性的优点》。